JN096092

永遠の仮眠

松尾潔

Kiyoshi Matsuo

新潮社

目次

永遠の仮眠

プロローグ

二〇一〇年十二月二十二日　水曜　那覇・桜坂

はじめは神棚かと思った。

バーカウンターの背面の高い位置に小さな戸棚がある。その上に鎮座する小ぶりのボトルは泡盛だろうか。赤くあやしげな光につつまれた店内で、そこだけは神々しく輝いて見える。混沌や猥雑といった言葉を用いて語られることの多い、那覇《なは》きってのディープな歓楽街・桜坂《さくらざか》のソウルバー『ダイ』の雰囲気にはそぐわないものだ。


宜野湾《ぎのわん》市の沖縄コンベンションセンターで開催されたタレントコンテストの審査員を務めた光安悟《みつやすさとる》に、市役所職員たちで編成された事務局スタッフはみな恭《うやうや》しく接した。司会者から「東京からやってきたクールなプロフェッショナル」と紹介された通りの役回りに徹してコンテストを盛り上げた悟への、感謝や敬意が込められているのは明らかだった。

クールなプロフェッショナル。

口の中で復唱すると、どうしても笑ってしまう。実際の自分といえば、来春四月から始まる民放テレビ局UBCの連続ドラマ『カムバック　飛翔倶楽部ゼロ』の主題歌制作が思うように進まず、このところ苛立《いらだ》ちだらけの日々を過ごしているのだから。

ドラマを統括するのは、UBCの多田羅俊介《たたらしゅんすけ》だ。『飛翔倶楽部』シリーズは事実上このプロデューサーの独裁状態にある。多田羅には独特のこだわりがあるようで、悟が作ったデモはすでにもう三曲もNGを喰《く》らった。音楽プロデューサーを名乗るようになって十年以上たつが、テレビドラマ主題歌のデモに三回もNGを出されたのは初めての経験だ。

悟は直感していた。『カムバック　飛翔倶楽部ゼロ』の主題歌をプロデュースするのは、楽キャリアだけではなく、これからの人生に大きな意味を持つことになると。

コンテストはさすが芸能王国オキナワと唸《うな》るほどの充実ぶりだった。

米軍勤務の黒人《アフリカン・アメリカン》の父親を持つミックスの美少女がビヨンセになりきって歌う"Listen"は圧巻だったし、加計呂麻《かけろま》島の還暦《かんれき》を過ぎた男性が三線《さんしん》一本で歌う島唄にも鳥肌が立った。ジャスティン・ビーバーを歌う男子小学生へ辛辣《しんらつ》なコメントを寄せた悟に観客から大きなブーイングが起こったのも、首都圏ではまずお目にかかることのない反応だろう。

結局、グランプリを獲得したのは、Kポップ調のオリジナル楽曲を歌い踊る十代男子三名のグループだった。

全国デビューできるほどの魅力が彼らにあるかどうかは、悟には判断がつきかねる。プロデュースしたいかと訊かれても正直困る。でもはるばる沖縄まで来たのだから、この先、万が一彼らが大きなブレイクを果たした暁には、少なくとも「発掘者」として自分の名が必ず出てくるだけの爪痕《つめあと》は残しておきたい――。

思案の末、悟の口から出てきたのは「音楽の未来を見た！」という歯の浮くような賛辞だった。何のことはない、若きブルース・スプリングスティーンのライブを観た評論家ジョン・ランドウの名文句「ロックンロールの未来を見た」の身勝手な引用である。

ところが、その言葉は観客に刺さった。パクリ寸前の世辞《せじ》は熱烈に支持されたのである。客席から次々に沸きおこったエイサー仕込みの指笛《ゆびぶえ》はいつまでも鳴りやまず、しまいには事務局スタッフが舞台から頭を下げてなんとか事態を収拾したほどだ。客が熱狂すればするほど、悟はバツの悪い思いを募《つの》らせる始末だった。

「南国のありがたみをいちばん感じるのは、真夏よりも今日みたいな冬の夜さぁ」

恋人を追いかけてニューヨークで三年間暮らした経験があるというヘアメイクのロナルドが、コンテスト前に楽屋でなにげなく口にしたフレーズが、本番を終えても頭に残っていた。造作の整ったその男は、北谷《ちゃたん》でヘアサロンを経営しているらしい。長い上まつげと濃い下まつげにはさまれた、こぼれ落ちそうな大きな黒目。父親はフィリピン人だといった。ロナルドに飲みに誘われた悟は、四曲目の歌詞も多田羅のことも束の間忘れたくなり、ふたつ返事でオーケーと答えた。

「ママ、あれって貴重なお酒なのかな」

悟はまなざしを戸棚の上に向け、大音量で流れるアイズレー・ブラザーズの"Between The Sheets"にかき消されぬよう、思いきり声を張って訊《たず》ねた。

「貴重かっていえば、この店にあれ以上貴重なものもないわね。誰も飲みやしないけど」

ママのダイちゃんはカウンターの中で目を閉じて小首を傾《かし》げた。

そんな楚々《そそ》とした仕草《しぐさ》も、ハイヒール着用で一七五センチはあろうかという長身の美女のものとなると、色気を帯びたユーモアが自然と生まれる。十五席ほどのカウンターの客全員がクスッと笑う気配があった。真ん中あたりに座る本土からの観光客らしい女性ふたり以外は、人種を問わずすべて男たちであることに悟は初めて気づいた。

ドレープがボディラインの美しさを引き立てるラップドレスは、ダイアン・フォン・ファステンバーグだろう。このシルエットになじみがあるのは、妻がいっとき取り憑かれたかのように買い漁《あさ》っていたからだ。

ショートボブの髪は、赤い光の下でも烏《からす》の濡羽色《ぬればいろ》とわかる。細長い両手をもち、美しく鎖骨が浮き出ているダイちゃんに、ダイアンの艶《つや》っぽいデザインはよく似合う。とりわけ、基地の米兵向けガイドブックにGhetto's best kept secret（ゲットーの穴場）と紹介される桜坂の古びた飲み屋街では、収まりが悪いほどのオーラがあった。

店に入ると同時にロナルドは知り合いにつかまり、悟はカウンター席でひとりで飲む羽目になった。ダイちゃんおすすめの泡盛〈菊之露ＶＩＰゴールド〉の二杯目を飲み干すころには、猛烈な眠気と尿意が同時に襲ってきたが、三杯目を注文してから用をたすと眠気も収まった。席に戻るとき、止まり木の端に座る総白髪の男性と目が合い会釈した。老人は戸棚のボトルを指差し、「あれは何だと思いますか」と訊ねてきた。

さっきとは逆の方向から見たら、ボトルの底に白い実のようなものが転がっている。

「ラッキョウですか」

首を横に振ったあと、悟の耳元に口を寄せた老人は小声でささやいた。

「コーガン。ダイちゃんのコーガン」

酔いでぼんやりとしてきた頭に「睾丸」の二文字が明朝体で浮かぶ。

「あっ」と漏《も》らした悟は、喉元に酸っぱい液がこみ上げるのを感じて、両手で口を押さえた。いつのまにか背後にいたロナルドが、音楽に埋もれないよく通る声で話しかけてくる。

「ダイちゃんって、九〇年代はコザのＢボーイのカリスマだったんだから。You know what《マジっ》 I'm sayin'?《すよ》　ＩＳＳＡだって三浦大知《みうらだいち》だってＭＡＲＩＯだって、みーんなダイちゃんに憧れてダンス始めたさぁ」

「やだロナルド、そんなに話盛らないでよー」

客たちから卑猥《ひわい》な歓声が上がった。

「音楽プロデューサーさんに、あたし、初めて会ったわ」

席に戻ってきた悟に、好奇心を隠そうともせずにダイちゃんが話しかける。

「まあ一応ね」

「プロデュースの領域って無限大だと思わない？　役立たずの睾丸だってエンターテインメントの具にできるのがプロデュースでしょう？」

そう聞かされては悟も熱くなる。

「ぼくにとってプロデュースの肝《きも》は、まずポップであるかどうかだな」

「じゃあプロデューサーさんからみた理想の『うた』って、どんなもの？」

「うーん……勢いで言っちゃうと、頭の中ではアイディアの爆発をくり返しながら、作品はすっきり整理されて疑問なく楽しめるもの、かな」

「ふーん。頭いいのね。難しすぎて、あたし、よくわかんない」

「なんだかエラそうなこと言っちゃったかな。ごめん」

ダイちゃんは、悟が照れる様子にはまったく興味がなさそうだ。

「そこまで考えて作ったうたも、すぐに忘れられてしまうこともあるわけでしょう？」

酔いが一気に醒める。親しい仲間からさえこんな不躾《ぶしつけ》なことを訊かれた経験はない。

「ぼくは安っぽいラブソングにこそ、奥行きのある何かを織り込むべきだと思ってる……いや、逆だ。深いことを伝えたければ安い流行歌を作れ、ってこと」

「悟さんって、ちょっとお子ちゃまなところがあるのね」

「えっ」

「おかしなものや場違いなものを見つけても、その場では口にしないのが大人でしょう。なのに悟さん、ぜーんぶ言葉で説明しようとしてるみたい」

「でも、炭鉱のカナリア的な機能だって必要だよ。声を上げなければ伝わらないことも多いのが、プロデュースの仕事なんだから」

疲れと酔いとダイちゃんへの緊張とで、やわらかい笑顔を作る余裕もない。悟の右目の周りの筋肉は痙攣《けいれん》し、瞬きさえスムーズにできなくなっている。

「ほーら、理屈っぽいのよ。あと、好きなものに対して潔癖すぎるんじゃない?」

「潔癖すぎる?」

「あたしもさんざん見てきたけど、潔癖性の人ほど不幸な人はいないって。不潔な世界にいるって嘆きながら一生を過ごすんだから。トイレに行って手も洗わないような人は、自分が不潔だなんてちっとも思ってない。こんな皮肉な話ってあると思う?」

さんざんな言われようだ。いっこうに収まらない右目周りの痙攣とあわせて、不愉快の虫が騒ぎ立てる。

「じゃあぼくが潔癖性だとしてだよ、それを治す特効薬はあるの?」

「さあどうでしょう。あたしは知らない」

そっけなく言い放ったダイちゃんは、女性ふたり客の追加注文を取り始めた。

言葉を失って、悟は気がついた。

水が飲みたい。無性に水が飲みたい——。

第Ⅰ部　虚勢

第一章

二〇一一年三月九日　水曜　東京・鉢山町

喉が渇《かわ》いて、目がさめた。

洗面所に向かって歩いていたはずなのに、冷蔵庫の前にいる。扉に手を伸ばして、紙パックの牛乳を取りだす。

「ひと口ぶんしか残ってないなら、全部飲めばいいだろ。何度も言わせないでよ」

「あ、ごめーん」

テーブルから呑気《のんき》な反応が返ってくる。どうやら、妻の紗和《さわ》に悟の苛立ちは露《つゆ》ほども伝わっていないようだ。

たかが牛乳の話だ。朝の食卓につく前にここまでくどくど言う自分は、みっともないほど精神的な余裕が欠けている。わかっているけれど、言わずにはいられない。

渋谷区と目黒区の区境近くにある築二十年のビンテージマンションを購入して五年になる。ローンも使わずにキャッシュで購入したことを旧友の公認会計士に言ったら、いちばん頭の悪いカネの使い途だとあきれられた。そんなことは百も承知だが、音楽人がそういうカネの使い方をしなくてどうする、と反発したい気持ちが悟にはいつもある。

矜持《きょうじ》というには大げさだ。所詮《しょせん》ただの虚勢かもしれない。だがそんな虚勢を必死に手放さずにきたおかげで、自分はフリーランスの音楽制作という不安定極まりない仕事を続けることができたとも思う。世間は虚勢の効用を見くびり過ぎだ。

入居にあたっては、紗和の理想をほぼ完璧にかなえる形でリノベーションを施《ほどこ》した。ときどき仕事仲間を招いて催《もよお》すホームパーティーで、そのポテンシャルを遺憾《いかん》なく発揮するリビングルームは、なかでも彼女がデザインに心を砕いた空間だ。キッチンと洋間を仕切る壁を取りはらって作ったスペースは、合計三十畳ほどの広さになるだろうか。

アイランドキッチンをはさんだ先のソファに座る妻の紗和は、飲み残しの牛乳から始まった悟の小言を、ｉＰａｄを手にずっと黙って聞いている。

自分が言葉を聞きたいときにかぎって紗和が口を開かないことが、最近とみに増えてきた。無言をつらぬくことで何かをアピールしているようにも感じられる。手先だけは動いているのが見えるから、夫の言葉は聞き流しているのかもしれない。

レコーディングスタジオでの作業は明け方にまでおよぶことが多い。結婚して九年、慣れっこのはずの紗和は、面と向かって悟に不平を言ったことはない。そのことに悟は心から感謝している。でも、徹夜明けの高揚感を共有できぬもどかしさを自分だけが抱えていることに気づくたび、夫婦も所詮は他人という陳腐《ちんぷ》な結論にいつもたどり着く。

短い躊躇《ちゅうちょ》のあと、紙パックに直接口をつけてひと口ぶんの牛乳を飲み干した。紗和の咎《とが》めるような視線には構わず、パックをことさらに高く持ち上げる。

注ぎ口を下の歯に当ててトントンと音をたてた。少しでも大きく聞こえるように。自分が身を削りながら音楽の仕事をして買った牛乳、その最後の一滴まで無駄にしてはならないと見せつけたい。

いつもなら悟に「朝ごはんは？」と訊ねる紗和だが、今朝はいっこうにその気配がない。どうやら自分は先にひとりで朝食を済ませたらしい。といっても手製のスムージーを飲んだだけだろう。iPadで読んでいるのは女友達とのメールかフェイスブックか。

　結婚がきまったとき、紗和は悟にも家族にも相談することなく、すぐに退職届をしたためた。悟に事後報告する際に「だってほら、結婚と仕事の両立なんてあり得ないでしょう」とことも無げに言い添えた紗和が、「鰻《うなぎ》と梅ぼしは食い合わせが悪い」と信じて疑うことのなかった祖母と重なった。そのことは、趣味を突きつめて生業《なりわい》にした悟にとって、少し意外に感じられただけではなく、自分はまだ妻の性格を理解していないという現実を強く認識させた。

　生まれ育った仙台から結婚を機に上京してきた当初、東京に親しい友人がほとんどいなかった紗和の交友関係を大きく変えたのは、半年ほど経って通い始めた料理教室だった。悟と懇意の輸入車ディーラーの妻が紹介してくれた教室で、主宰者は長らくサンフランシスコで過ごした大手商社駐在員の妻である。帰国後に島津山《しまづやま》の自宅で開いた料理教室はサロン的な意味合いも強く、経済的に余裕のある専業主婦ばかりが集う。

　教室に行くようになってからは、それまで縁もなかったグルテンフリーのファラフェルのような新しいメニューがテーブルに並ぶようになったし、夫には無理強いしないものの、紗和は一日に一度はローフードと呼ばれる非加熱食材の料理を口にしている。

　料理だけではない。ファッションブランドやセレクトショップのファミリーセール招待にはじまり、ワインの試飲会、紹介制の高級洋菓子、高級マンションの新築計画、名門幼稚園の実態、ときには未公開株にいたるまで、いま紗和が持っている富裕層向けのさまざまな情報は、ほぼすべてこの教室のコミュニティを通して得たものである。特に気の合った生徒二名とは、ヨガのクラスにも一緒に通っているほどだ。

　不必要な介入はしないと決めている悟だが、紗和が生徒仲間たちと毎日何かしらの連絡を取り合っていることを、苦々しく思うこともある。生徒仲間との付きあいの先に、大切な学びや有意義な時間があるようにはみえないのだ。とはいえ、自分が紹介したのである。まあ浮気しているわけでも散財しているわけでもないし、と考え直して心のバランスを取るのだが、炎が消えても焦《こ》げついた臭いだけは残るように、もやもやとした気持ちは完全には消し去れない。

「大声だしてごめんね、紗和」

悟は極力やさしく言葉をかけた。だが自分がテーブルに着いても、真正面の紗和は生返事だけでｉＰａｄから顔を上げようとはしなかった。この無愛想な態度には我慢ならない。

「ちょっと、いいかげん、何か言ったらどう」

声を荒らげてしまった。無理して装ったやさしさの反動はいつも早い。だが紗和はさほど動じる気配もなく、ゆっくりと顔を上げた。堂々たるさまに気圧《けお》されそうになりながらも、目をそらさないように、悟は臍《へそ》のあたりに力を込めた。

「悟さん、いまわたしの話を聞いてくれる?」

紗和は悟が拍子抜けするほど穏やかな笑みを浮かべ、やさしい声で言った。

「話って……」

会話をさえぎるように、悟の携帯電話がくぐもった振動音を発した。発信者の名前を確かめた悟は、紗和に聞こえるように「義人《よしと》からだ」と言い残してベッドルームへと向かった。仕事に関する通話を妻に聞かれたくないのは、結婚したときからずっと変わらない。

電話をかけてきたのは、新ドラマ『カムバック　飛翔倶楽部ゼロ』の主題歌を歌う櫛田《くしだ》義人だった。一昨日ドラマ側に提出した新しいデモの反応を確認したくて仕方がないのだろう。

十年前は音楽業界の頂点に君臨していた義人も、現在の位置づけを考えれば、メガヒットを記録したドラマ『飛翔倶楽部』の続編の主題歌を歌うのは、明らかに分不相応である。

裏を返せば、極上のタイアップ案件ともいえる。老獪《ろうかい》さで知られる所属事務所シュガー&スパイス社長の下川隆三《しもかわりゅうぞう》が、寝技でも使ってもぎ取ってきた好機かもしれない。いま与えられた情報だけでは真相はわからないが。

ただ、これだけは言える。

この主題歌に義人はカムバックを賭けている。

ここ数ヶ月というもの、義人は毎日のように悟に電話かメールをよこしてくる。煩《わずら》わしさを感じることもあるが、その電話が人恋しさや気まぐれからではないとはっきり判断できる場合は、いくらでも付きあうことにしている。いい歳をした大人のただのエゴに付きあうほど暇ではないが、それが「アーティスト・エゴ」と呼び得るものであるかぎり、プロデューサーは誠実に向きあわなければならない。

そういうときに悟が心がけていることはただひとつ、いたずらに期待を抱かせるような内容を口にしないことだ。

「義人、ごめん。まだ反応が戻ってきてないんだ」

「そうですか。わかりました。オレに手伝えそうなことがあったら、どんなに小さいことでもいいんで、即教えてくださいよ」

「うん。わかってるって。ありがとう……あ、ごめん、キャッチ入っちゃった。じゃあここで切るから、またね」

キャッチホンは、UBC音楽出版、通称U音《ユーおん》の社員プロデューサー、澤口乙矢《さわぐちおとや》からだった。主題歌の制作コーディネイト担当者である。

「いつもお世話になっております。U音の澤口です。今、よろしかったでしょうか」

「はい」

「お取り込み中にすみません。一昨日いただいた新しいデモについて、お話しさせていただこうかと」

この種の連絡は、普段なら義人の所属レコード会社であるラッキーミュージックを介して悟のもとに届くようになっている。だが今日はその手順を端折《はしょ》るほど急を要するらしい。

無理もないことだ。もう三月も上旬が終わろうとしているのに、主題歌がまだ決まっていない事態は、異常といっていい。

ましてやUBCの金看板である土曜夜十時からの名門ドラマ枠「サタジュウ」だ。今回のように四月スタートの場合、主題歌は遅くとも二月には仕上がっている。前年のうちに完成していることもめずらしくない。澤口が焦りを隠さないのも当然だろう。

『飛翔倶楽部』は、社会現象とまで言われた大ヒット作である。昭和二十三年に東大生によって起業された闇金融「光クラブ」をめぐる人間模様を描き、一昨年の春期にUBC開局以来最高の視聴率を記録した。人気に火がついたきっかけは、番組宣伝で使われた「世界よ、これがニッポンの実力だ」というコピーに、野党の四十代女性議員が嚙《か》みついたことだ。

さえない俳優業から政界に転身して三期目の彼女は、金融犯罪集団を美化するものとしてこのコピーを問題視し、メディアのモラル欠如、またUBCの右傾化の象徴として国会で取り上げた。

メディアパフォーマンスであることは明らかだったが、ワイドショーのヒマネタとしてはちょうどよかったのだろう。ライバル局はこぞって彼女の国会発言を面白おかしく伝え、開始時十パーセント弱の視聴率は三週目にして一気に二十パーセント台まで上昇した。いったん上昇気流に乗った視聴率は、ストーリーが佳境に入った八週目以降は三十パーセント台を一度も割ることなく、最終話でついに四十四・四パーセントという異例の数字を叩き出したのだった。

続編『カムバック　飛翔倶楽部ゼロ』は、今春のテレビドラマ業界最大の話題だ。前作の視聴率が二十パーセントを超えたあたりから、続編が実現するかどうかに大きな注目が集まっていた。

主人公を演じる中里猛《なかざとたける》は当初、続編への出演とNHK大河ドラマ主役を天秤にかけていたらしいが、昨年五月、彼の主演続投で『カムバック　飛翔倶楽部ゼロ』が作られることが報じられた。その翌月に発表された二年後の大河ドラマの主役は、中里が俳優に転向する以前のモデル時代に、人気男性雑誌の表紙の枠を競いあった横手弓彦《よこてゆみひこ》だった。

マスコミがこの因縁に目をつけるなか、中里が「出演料《ギャラ》こそ役者の勲章《くんしょう》でしょう」と発言したことで、横手とのライバル関係とともに『カムバック　飛翔倶楽部ゼロ』への注目もさらに高まった。ヒットは確実視され、マスコミの興味は目下その視聴率が大河に勝てるのか、そして前作『飛翔倶楽部』を上回ることができるかに集まっている。

ドラマ視聴の習慣がない悟は、『カムバック　飛翔倶楽部ゼロ』の主題歌プロデュースを依頼されるとすぐに、前シリーズ『飛翔倶楽部』全話のDVDを取り寄せた。類型的なギリシア悲劇に濃口醤油をジャブジャブふりかけたような安手の作劇術にうんざりしながらも、これも音楽プロデュース業務のうちと、何回もくり返し観た。

簡明な世界観や平面的な人物造形は、多田羅が視聴者の知性やリテラシーに一切の信頼を寄せていない証拠だと、悟には感じられた。一方で、そんな批判さえ百も承知と言わんばかりの予定調和《オヤクソク》シーンの連発に、これこそ視聴者の欲しがるものでしょう、という多田羅の揺るぎない自信が透《す》けて見えたのも事実だ。「誤読の余地のなさ」はテレビドラマとしての優秀さでもある。どのシーンを切りとっても多田羅イズムと呼べる何かがあった。

どんなにドラマのテーマやトーンに同意しかねるところがあっても、上質な主題歌を作ることで、何物にも代えがたい人生の報酬《ほうしゅう》が得られるはずだ。悟はかたくなにそう信じて、昨秋からプライベートスタジオの光安《ミツ》スタジオに籠《こも》って制作を重ねてきた。

一昨日出したデモはすでに六曲目。神経を研ぎ澄ませて一ヶ月近くを費やした力作である。五年前にこの国で最も権威ある音楽賞とされる日本ミュージックアワードのグランプリを獲得し、悟の名声と評価を決定づけたストーリーテラーズのバラード「トゥルー・ロマンス」に、勝るとも劣らぬ強い手応えがあった。

だがドラマのプロデューサー多田羅は、またも首を縦に振らなかったらしい。

「私は今回はとりわけ大傑作だと思うんですけどねえ……UBCサイドがどこか違うって言うんですよ。今のまんまじゃドラマの絵も映えないし、歌詞のコトバも立っていないからぜんぜん入ってこないと。いや、あくまでドラマのトーンとのバランスって意味ですよ。個人的には光安さんプロデュースならではの珠玉のバラードだと思ってますから」

曲の不出来を責める澤口の慇懃《いんぎん》ながらねっとりとした物言いに、悟はいいかげん食傷《しょくしょう》気味だ。自分よりひとつ年上のこの音楽業界人は、音大生のころにキーボード奏者として参加していたバンドでメジャーデビューし、アルバムを一枚出した経歴の主である。

テレビ局系音楽出版会社の社員プロデューサーの業務は、悟のようなフリーランスの音楽プロデューサーと似て非なるものだ。とりわけ澤口の仕事は、UBCの番組や出資映画の主題歌や挿入歌の制作に特化している。

テレビドラマだと、番組プロデューサーと音楽家の中間でさまざまな調整を求められることが大半だ。もちろん音楽出版会社の社員プロデューサーにも、自発的なアイディアを次々に繰りだすタイプがいるにはいる。だが、ことドラマの音楽となると、ほとんどは番組プロデューサーの代弁者、いや伝令役であることも少なくない。理由はいたって単純。音楽出版会社はテレビ局の子会社だからである。ドラマの威光にすがりついてタイアップを欲しがるのは専ら音楽家のほう、という事情がそこに加わる。

テレビ局系音楽出版会社にとっては、ドラマの主題歌や挿入歌を新たに作ることで与えられる出版権で大きな利益を生みだすことが基本業務となる。この手順で作られた新曲は、ドラマで何度使おうとも著作権使用料は免除される。反対に、人気アーティストの既存曲をドラマに採用するとなると、楽曲権利者に莫大《ばくだい》な使用料を支払わねばならない。

悟は語気を強めて訊ねる。

「多田羅俊介さんは具体的にはなんと言ってます？」

自分が声に出すことを避けてきた番組プロデューサーのフルネームを聞いた澤口が、あからさまに口ごもった。

去年十一月の第一回主題歌プレゼンテーションに、悟はデモを二曲提出した。タイトルはシンプルに「Comeback」とし、1と2のナンバリングを打った。いずれも義人が自ら仮歌《かりうた》を入れ、歌詞にも義人のアイディアをふんだんに織り込んだ。

二曲ともかなりの完成度と断言できるもので、どちらが選ばれても驚かないほどの自信があった。先方から求められているのはあくまで主題歌一曲だが、残るもう一曲も挿入歌として採用を請《こ》われる可能性が高いと踏んだ悟は、義人の所属レコード会社ラッキーミュージックの権《ごん》藤雅樹《どうまさき》に、二曲とも会心の作であることを強調するメモを付してデモを送ったのだ。

ところが、多田羅は二曲の「Comeback」にＯＫを出さなかったどころか、どちらがいいとも、どちらが自分のイメージに近いとさえも答えなかった。悟が無理を言って転送させた澤口のメールには、権藤の「気を悪くしないでくださいよ」というメッセージとともに、多田羅の回答が記されていた。

二曲のデモを提出してきたところに、櫛田義人とスタッフのダメさ加減が象徴されている。これぞ自信作という決定的な一曲があれば、二曲も送ってくるなんて姑息《こそく》なことはしないはず。その程度の参加意識で楽曲を送れるなんて『飛翔倶楽部』シリーズもナメられたものだと悲しくなった。それでも仕事だから二曲とも試聴したが、さらに悲しい気持ちになった。どこかでボツになった曲を使い回しているのでは？

腹が立った。多田羅がデモにNGを出してきたからではない。確かに残念ではあるが、それだけならばプロフェッショナル同士のやりとりとして、まだ受け止めることができる。小癪《こしゃく》に障るのは、デモの提出形式に難癖《なんくせ》をつけて、肝心の楽曲内容には触れていないところだ。本当に試聴したのかも怪しい。デモを作った悟と義人に対してこれほど敬意を欠いた文言を、ふたりに近い権藤に送りつける澤口の思慮《しりょ》の乏しさにもあきれる。

人気ドラマをプロデュースすることの重責《じゅうせき》なら、これまで何度も主題歌作りに関わってきた悟は十分に理解しているつもりである。今回もプロデューサーの多田羅は相当なストレスを抱えながら仕事に向きあっているはずだ。それが容易に想像できるから、自分も主題歌「Comeback」のプロデュースには力の限りを尽くして臨《のぞ》んでいる。

「うた」を作るには、すべてを出しきって、ほとんど捨てる。それでも残るものにこそ普遍的な価値がある。遠回りこそが王道だ。

だからこそ、自分に降りかかってくる無礼には全力で抗《あらが》う。

「あ、ええ、ですから多田羅さんというより、ＵＢＣサイド全体の意向としてですね……」

澤口の狼狽《ろうばい》は収まるどころか増幅していくばかりだ。身内の多田羅に「さん」付けするのがその証《あか》しだ。

「あのね、澤口さん。ぼくは多田羅Ｐ《ピー》の狙《ねら》いを正確に知りたいだけです。だってドラマのほかのスタッフは何も言わないんでしょう?」

「いや、何もってことは」

「じゃあそれもぼくに教えてくださいよ」

「……」

「要するに今回も多田羅ＰがＮＧ出してるって理解で間違ってないですよね。よくわかりました」

「じつは今日、緊急ミーティングが」

「ほらやっぱり。多田羅Ｐも出席するんでしょう?」

「もちろんです」

そう話す澤口の語尾は消え入りそうに弱々しい。

「何時からですか」

「十四時からです」

「多田羅Ｐがぼくの参加をご希望なんですね」

「はい。いや、いいえ」

「どっちなんですか」

「おそらく希望してるんですが……ですから、ＵＢＣサイド全体の意向としてですね」

もうこれ以上この男と話しても埒《らち》があかない。

「わかりました。参加させていただきます。UBCに行けばいいですね」

「あ、はい。このあと詳細をメールで送ります。光安さんのお車の情報は以前に伺っておりますので、そのまま地下駐車場にいらしてください」

「スタジオに立ち寄るんで、十四時には少し遅れると思いますが、なる早《はや》で行きます！」

電話を切った悟は、右の奥歯を強く噛みしめていることに気づいた。かかりつけの審美歯科医にいつも注意される悪い癖《くせ》だ。

自分が悪いんじゃない。仕事相手が悪すぎる。音楽のことなら自分がいちばん知っている。


「電話長くなっちゃってごめん」

紗和はさっきから微動《びどう》だにせずに同じ場所にいた。

「それはいいの。悟さん、あのね」

とくだん責めるそぶりは感じられない。

「どうしたの？」

「お腹に赤ちゃんがいます」

言葉が出てこない。吸いつけられるように妻の顔を見る。

「お腹に赤ちゃんがいます」

「マジで」

悟はふだん滅多に使わない言葉を発している自分に羞恥を覚えた。

「マジです。やっとウチにも来てくれたみたい。うれしい？」

「うれしい、って？」

「……うれしくないの？」

「うれしい。うれしいよ。マジか。うれしいよ。超うれしい」

「大げさねえ……でも、うれしいって言ってくれて、わたしもうれしい」

曇《くも》りのない笑顔を見せた紗和はゆっくり立ち上がり、キッチンへ向かった。

「もう、牛乳パックはちゃんと捨ててよね」

どこまでも愉快という調子で悟を叱りつける。

「ま、今日は謝らなくていいけどね」

悟は両の手のひらを合わせた。温かさのなかにひんやりと湿った感覚があった。

第二章

二〇一一年三月九日　水曜　東京・鉢山町

リビングをつつみ込む香りで、紗和がコーヒーを淹《い》れていることを知った。

父親になる。この自分が父親になる。

幸せだ。幸せには違いない。

だが、心の視界は輝度《きど》に欠け、薄い乳白色《にゅうはく》の膜《まく》がかかっている。

その理由が、終わりの見えない主題歌制作であることは明らかだ。もし予定通り主題歌を作り終えたあとにこの吉報が届いたなら、どんなに晴れやかな気分が味わえたことだろう。

いや待てよ、それは贅沢《ぜいたく》というものではないか。フリーランスの身の上としては、仕事のない状態で子どもができることを知るのはもっとつらいはずだ。実際、そういう境遇になってから、仕事も家庭も放りだして失踪したミュージシャンを何人か知っている。取り残された家族は、今どうやって暮らしているのか。

しかし――。

自分より確実に不幸な者を思い浮かべなければすんなりと受容できない「幸せ」なんて、本当の幸せと呼べるだろうか。

「朝ごはんは?」

「今日は大丈夫。このモカ、おいしかった。ごちそうさま」

コーヒーを飲み干した悟は、車のキーを手にして外に出た。

☆

オリガミ完全復活しましたね。たまにはパーコー麵どうですか。

レコード会社ラッキーミュージックの権藤雅樹から六年ぶりにメールが届いたのは、昨年十月下旬のことだ。

悟の心のうちに波が立った。だが、自分以外の誰も気づかない古い傷跡を撫《な》でられるような、甘い感覚がわずかにあった。

この十年の間に昇進を重ねた権藤は、今ではラッキーミュージックのナンバースリーの地位にいる。斜陽が叫ばれる音楽産業にあって、社内に自分の頭文字を冠《かん》したレーベル「Gストリート」を作ったことで、しぶとい存在感を際立たせた。

彼のサクセスストーリーの起点は、悟がプロデュースしたヴァイブ・トリックス、通称ヴァイブスというのはこの業界の常識である。A&R（エーアンドアール）と呼ばれる、制作と宣伝と販売促進を一手に担当する業務で権藤は名を上げた。

　日本で最も多くのCDが売れたのは一九九八年である。その年をピークとして音楽市場が縮小傾向に入ってからリリースされたにもかかわらず、ヴァイブスが二〇〇一年に放ったデビューアルバム『ファースト・トリップ』は三百万枚を上回るセールスを記録、その年一番の大ヒットとなった。男性アーティストのデビューアルバムとして史上最高となるこの数字は、今後の音楽ソフトの行く末を考えてみれば、この先もまず塗り替えられることはない記録だろう。同様に、担当A&Rの権藤の名声が損なわれることもないはずだ。

　アルバムのプロデューサーである自分の名声も、その数字の上に成り立っていることを、悟は自覚している。当時まだマニアックな存在だった悟に、アルバム丸ごとのプロデュースを託してくれたのは権藤だ。感謝の念を忘れたことはないが、この六年ただの一度も会っていないのには、それだけの理由がある。

　その権藤が、たっての願いがあるという。待ち合わせに指定してきたのは、永田町にオープンしたばかりのザ・キャピトルホテル東急のダイニング『ORIGAMI《オリガミ》』。そのセレクトには心憎い配慮が感じられた。前身のキャピトル東急ホテル時代のオリガミは、悟が権藤と親密に接していたころ足繁く通った店だからだ。

　ビートルズの一九六六年の初来日で宿泊先として選ばれたこと、あるいは人気絶頂時のマイケル・ジャクソンが愛猿バブルスと泊まったことでも知られるキャピトル東急は、音楽を生業にする者にとって特別の意味をもつ。深夜のオリガミで、ラーメンの上に揚《あ》げた厚切りの豚ロースをのせた名物メニューのパーコー麺を食べながら、悟はこれでいっぱしの音楽業界人になれたと悦《えつ》に入《い》ったものだ。インドネシア風フライドライスをナシゴレンと呼ぶことも、この店で初めて知った。

当時、オリガミの夜食によく付きあわせたのが権藤である。悟は自分のことは棚に上げて「睡眠不足だろ。眠剤《みんざい》飲んで少しは寝ろよ」と忠告するのがおきまりだった。しかし権藤はそのたびに皮肉っぽく笑い、別のテーブルに陣取る若い代議士のグループにも聞こえる大きな声で、「無理に寝ても夢ん中でずっと仕事してますし。夢には残業代つかないから、俺はせめて会社の経費でうまいもん食うことにしてるんです」と嘯《うそぶ》いた。

二〇〇六年にキャピトル東急ホテルが閉館したときには、すでに権藤とは縁遠くなっていた。その後赤坂見附の東急プラザで移転営業をしていたオリガミには、一度だけ行ったことがある。パーコー麺もナシゴレンもおいしかったが、店の雰囲気は別物で、場所も味のうちと痛感した悟の足は遠のいた。やはりオリガミは永田町でなければ。

権藤と再会を果たすには、今がよいタイミングなのかもしれない。その日の夜に、悟は早速会うことにした。


「店のレイアウト、すっかり変わっちゃいましたね」

久しぶりの再会なのに、権藤は目も合わさず挨拶の言葉もなく話し始めた。このそっけなさこそは照れの裏返しと思いあたると、悟の胸にはなつかしい感触がよみがえった。

「ここ隈研吾《くまけんご》でしょ。いかにも、らしいデザインだよね」

「隈研吾といえば、光安さん、去年できた新しい根津美術館はもう行きました？　庭園にカフェがあるんですけど、ランチで結構使えますよ。駐車場たいがい空いてるし。かわいい女の子も結構見かけます」

「相変わらずその手の情報に詳しいね。いくつになったんだっけ？」

「今年本厄《ほんやく》です。まだ独身でやばいですよ。肥《ふと》ったでしょ、俺」

権藤の口調に往時の軽薄なトーンが顔をのぞかせる。

パーコー麵とナシゴレンが運ばれてきた。

「ナシゴレンも頼んだっけ？」

「昔みたいに分けあいましょうよ」

ナシゴレンにのった目玉焼きをフォークとナイフを使って手際よく切りわける権藤を、悟はじっくり見つめた。六年の歳月なんて、あっという間だという気がしてくる。変わったのは体形と服の趣味くらいだろうか。

悟がヴァイブスをプロデュースしていたころ、権藤は太いデニムとティンバーランドのイエローブーツでスタジオに現れ、Bボーイの名残りを見せることがあった。神奈川のマンモス私大のダンスサークルで部長だったと聞いたことがある。

いまテーブルをはさんで目の前にいる四十男は、仕立ての良いエレガントなウールジャケットに身をつつんでいる。ピークドラペルのホールにフラワーをあしらったデザインは、昨年からセレクトショップでよく見かけるラルディーニだろう。社内でのポジションがめざましく上がったからといって、ハイブランドではなく、適度な現代性と高いコストパフォーマンスを両立した新しめのメーカーを選ぶあたりが、世知に長《た》けた権藤らしい。あのころ背伸びして買ったはずのオメガ・シーマスターのブラックフェイスも、ほどよく腕になじんでいる。

感傷を振りはらうように、悟はパーコー麵に手を伸ばした。スープを少し飲み、別添えの白ネギをたっぷり麵にのせる。権藤がなつかしそうに目を細める。

「そうだ、そうだった、光安さんってネギたっぷり派なんだよなあ」

呑気な反応にしびれを切らした悟は、たまらず本題を切りだした。

「で、権藤。たってのお願いって何だよ」

一瞬で笑みを消した権藤は、フォークとナイフを手に持ったまま訊きかえしてきた。

「光安さん、俺が去年社内に新しいレーベルを立ち上げたのはご存じですか」

「もちろん知ってるよ。Gストリートだろ。このご時世にすごいよなあ」

「光安さんのおかげです。けっしてお世辞じゃなく」

いつのまにか悟を凝視《ぎょうし》している権藤は、次に発する言葉を慎重に選んでいるようだ。シリアスな展開は回避したい。悟は自分から先に訊ねた。

「また新人プロデュース？」

「違います。もっと大きな話です。『飛翔倶楽部』ってドラマ知ってますよね」

「そりゃあ知ってるよ」

「あのドラマの続編が春から始まるんです。その主題歌を……」

「ちょっと待って。誰が歌うんだよ。失礼な言い方になっちゃうけど、そんな大きなタイアップつけて歌う大物ってGストリートにいる？　新人ばかりじゃなかったっけ」

「じつは、このタイミングでGストリートに社内移籍するんです」

悟は自分の顔がにわかに火照り始めたのを感じる。激しくなる心臓の鼓動が権藤に聞こえはしないかと恐れながら、精いっぱい平静を装って訊ねる。

「誰だよ。権藤、まさか……」

「そのまさかです。櫛田義人です」

シンガーソングライター、櫛田義人。

ヴァイブ・トリックスの元メンバーである。悟にとっては今でもＹＯＳＨＩＴＯという表記がしっくりくる。ヴァイブスがデビューして三年後、人気絶頂時にグループ活動休止を発表してからはソロに転じて成功を収めた。

ヴァイブスは友情ありきで結成されたグループではない。帝都テレビの番組『スターサーチン』でボーイシンガー・オーディションの審査員だった悟が、最終審査に残った応募者四人のうち、敗者となった三人を束ねてデビューさせたＲ＆Ｂボーカルトリオである。

審査員長は、「ミスターＪポップ」と称される人気音楽プロデューサー島崎直士《しまざきただし》、通称ザッキーだ。島崎は八〇年代に一世を風靡《ふうび》した人気ロックバンドＸＹＺ（エックス・ワイズ）のベーシストだった。尼崎の幼なじみ三人で結成され、メンバー同士の仲の良さでも定評があったＸＹＺの活動が途絶えたのは、ボーカル兼ギタリストの黒須《くろす》秀次《しゅうじ》が薬物所持で逮捕されたからである。グラマラスなフロントマン黒須と控えめな盟友ふたりという図式で見られていたＸＹＺは、これで音楽シーンから消えるかと思われた。

しかし、それこそが新たなサクセスストーリーの始まりとなった。本人いわく「最後の一手で」プロデュース業に転身した島崎と、「やむを得ず」彼の個人事務所の社長におさまったＸＹＺのドラマー吉野《よしの》拓《たく》が二人三脚で成し遂げたことは、「Ｊポップ史上最高の錬金術」として伝説化している。

吉野が見つけてきた歌手志望の垢抜《あかぬ》けない女の子たちが、島崎のプロデュースを受けてきらきらと輝きだし、次々にスターの階段を駆け上がっていく。ザッキーガールズと呼ばれる彼女たちはスターになっただけではなく、島崎との恋愛が噂されもした。豪勢な暮らしぶりや、女性同士の確執《かくしつ》はスキャンダラスに報じられ、それがまたザッキー人気を過熱させた。

ぶっきらぼうに権藤が言う。

「まあ義人もピークは過ぎてるし、いまさら失敗しても失うものは何もないですから」

「何もない？」

「ええ。だから光安さんにご迷惑かけることもないんじゃないかと」

「やめてくんないかな、そんな言い方」

「すみません、生まれつき言葉が足りないもんで」

「歌手にとって傷を伴わない失敗なんてないよ。この歳になったら、たとえまわり道に見えたことにも意味があったと思わないか」

「まあ、おっしゃることはわかりますよ」

「この世に『無意味』ってものはない」

「御説《おせつ》ごもっともですけど」

棘《とげ》を含んだ言い回しだ。気のせいか。いや――。払拭《ふっしょく》できぬ疑いが頭をもたげる。きっと自分が六年前に友好的な別れを選ばなかったせいだ。人生の困難は、蒸発して消えるようにはできていない。

　あのとき、自分は櫛田義人の発したある言葉にすさまじく憤《いきどお》った。一刻も早くヴァイブ・トリックスのチームから離れたかった。別離は避けられなかったと思うが、つらくても難しくても、できるかぎり丁寧に別れるべきだった。向きあうことからうまく逃げうせたという安堵《あんど》は、きっと幻に過ぎなかったのだ。

「エラそうなこと言える立場じゃないけど、ぼくだから言えることもある」

「なんですか」

　悟は問いには答えず、権藤をまじまじと見つめかえした。目が慣れてきたせいか、いくぶん後退した生え際、やけに乾いた質感の頬骨付近、そして首との境目が曖昧《あいまい》になった両顎のあたりで視線が止まる。

「やるよ。櫛田義人、やる」

権藤が両目を大きく見開いたのを確かめて、悟は言葉を続けた。

「やる前に、ひとつだけはっきり言っておきたい。これに失敗したら、すべてを失う」

「すべてを失うって、いくらなんでも、大げさじゃないですか」

にこりともしない悟に、権藤は茶化した口調をすぐに整えた。

「いや、それだけの大きなチャンスだよ、これは。少なくとも義人にはそう自覚してほしい。まあぼくに言われなくても、さすがに思ってるか」

「だといいんですけどね、あのバカ」

きつい言葉を放つのは、歌い手と近い距離をずっと維持してきた社員A&Rの自負からだろう。この男のプライドは自分とは違うかたちをしている。

「ぼくもその覚悟でやるよ」

「俺も言っておかなきゃいけないことがあるんですが」

「……なんだよ」

会話の主導権を奪われて不機嫌を露《あら》わにする悟から視線を外すように、はめ殺し窓のむこうのライトアップされた庭木に目をやりながら権藤が言う。

「ドラマのプロデューサーっていうのがちょっと厄介《やっかい》な人物らしいです」

「厄介？　そんなの関係あるもんか。音楽の力でねじ伏せてやるよ」

「言いましたね。戦線離脱も泣き言もなしって約束ですよ」

「そっちこそ、ぼくが作る義人の歌で泣くんじゃないぞ」

しばらく悟を注視していた権藤は、何かを観念するように息を長く吐《つ》いたかと思うと、ぺこりと頭を下げた。

「光安さん、最近俺よく思うんっすよ。日本人って音楽聴かない民族だなって」

「大発見みたいに言うなよ、今ごろ。音楽なんて別に必要ないって連中だらけなことくらい、音楽を仕事にする前から知ってただろ。映画や絵画とおんなじだ」

「ま、そりゃそうなんですけど」

権藤もまた久しぶりの再会に感傷的になっているのかもしれない。

「人は音楽でお腹が膨《ふく》れるわけじゃない。ぼくたちだって、音楽で稼《かせ》いだ金で食うメシで腹を満たしてるだけだ。そのどこが悪い」

「いや、悪いなんて言ってません。すみません、余計なこと言いました。忘れてください。パーコー麵、いま食べるとかなりへビーっすね」

「年相応だよ。若いころは食べ過ぎてただけ。音楽もね」

感傷過多なのは自分のほうか。悟はテーブルに両肘をつき、手を組み合わせた。

だが権藤は気にするふうでもなく、丼を抱え上げたかと思うと、「俺も歳くったな……今夜は特別だし、ま、いっか」とつぶやき、たっぷり残ったスープをひと息に飲み干した。

第三章

二〇一一年三月九日　水曜　東京・駒場

悟が代表をつとめる『有限会社　東京光安製作所』は、妻の紗和を形ばかりの社員に据えた夫婦だけの会社にすぎない。経営者としてただひとつだけ掲げる目標は、「光安悟」の単価を上げること。それ以外にはない。

若いアシスタントを雇《やと》って事務や雑務を担当させ、自分はクリエイティブな作業に集中すれば、ビジネスの能率は上がるかもしれない。でもそれは悟のスタイルではない。スタッフの人生を背負って、その責任を全《まっと》うするために仕事を回していくような事態は回避したいし、できれば「前年比」というプレッシャーとも無縁でありたい。

だから事務所の些細《ささい》な雑用を含むすべてが悟の仕事だ。掃除やゴミ出しはもちろん、自分の鞄は自分で持つ、自分の車は自分で運転する。この流儀を変えるつもりはない。

車の運転は嫌いではない。二十代でカラダに染みついてしまった。そのころ出張を重ねたロサンゼルスやアトランタといったアメリカの都市では、空港に着いてまずレンタカーを借りないことには仕事が始まらなかったという事情もある。

社用車のトヨタ・プリウスのほかにも、個人名義の車を持っている。一九六八年製のジャガー420Gだ。七年前、ヴァイブスの仕事に自ら終止符を打ってラッキーミュージックの会議室を飛びだした三十分後に、駒沢通り沿いの中古車屋で衝動買いした。ビンテージカー愛好者の間で有名なその店の前を通るたびにいつも気になっていた、自分の生まれ年製の車だった。

ボディカラーは黒だ。それは黒人《ソウル》シンガー、アイザック・ヘイズが歌う七〇年代の黒人映画《ブラックスプロイテーション》『黒いジャガー』の主題歌を聖典と崇《あが》めてきた悟のこだわりだ。特別な気分のとき、あるいは、特別な気分になりたいときに乗っている。この車にはハンドルを握る者の気分を変えるだけの効能が、いつもある。

420Gが駒場《こまば》公園近くのマンションに着いたときには、やはり一九六八年製のパテック・フィリップ・カラトラバは左腕で十一時半を指していた。

重い防音扉を開き、調光スイッチをオンにし、エアコンやコンピュータに電源を入れる。アーロンチェアに腰をおろした悟は、富ヶ谷《とみがや》のフレッシュネスバーガー第一号店で買ったライムソーダを飲みながら、システムが立ち上がるのを待つことにした。

クラブミュージックのクリエイターに強く支持されるフィンランドのスピーカー、ジェネレックの小さなランプが、通電状態をしめす緑色の光を厳《おごそ》かに放ち始める。あとさらに数分、機材が温まるのを待たねばならない。

自宅ほどではないがこの瀟洒《しょうしゃ》な集合住宅の築年数も結構なものである。先月へアサロンで何の気なしに手にしたインテリア誌には、「築二十年オーバーの都心ビンテージマンションBEST20」にここと自宅のマンションの両方が選出されていた。

その最上階、三階の南西角にミツスタはある。主にヴァイブスのヒット曲で得た印税で3LDKの物件を購入したのが七年前。ゆっくり一年間を費やして空間に手を加え、仕切り壁を取りはらい、ミツスタは完成した。

年配の職人たちが素朴さを残しながら丁寧に塗り上げた乳白色の内壁は、いつも穏やかな気分をもたらしてくれる。床に張った木材はもともと船舶用の耐水性に優れたもので、これも同じ職人たちが古代船を思わせる仕上げを施してくれた。

中央に配置したラグは、最後に会ったときに島崎がプレゼントしてくれたオールドキリムだ。半世紀前に作られたものと思えぬほどダメージも少なく、何より裸足で歩くときに指をつつみ込む感触がたまらない。

島崎によればプライベートスタジオの質感を決定するのはラグで、なかでもキリムがお奨めだという。理由を訊くと「誰かの受け売り」ととぼけた。彼がそう言う場合、まず十中八九ロックの偉人《レジェンド》の実例に倣《なら》っていることを悟は知っている。

ミツスタには、悟が信頼を寄せるスタジオエンジニアが見さだめた機材をひと通り導入してはいる。だがデモの伴奏制作《トラックメイキング》はＭａｃＢｏｏｋ　Ｐｒｏ一台で済ませている。

きょうび、アマチュアや学生でも悟より高価な機材を揃えている音楽クリエイターはざらだ。でも自分には多くの機材は必要ないと割りきれるのは、実際にアレンジを作り込んでいくときは、チーム光安と呼ばれる親しいミュージシャンたちの協力を得る態勢が整っているからだ。悟にとっては統括的な意味でのプロデュースが本分なのである。

この仕事を始めたころは、打ち込み、つまり自らの手でサウンドをプログラミングする作業に、気の遠くなるような時間と体力を費やしていた。しかし、そもそも悟はミュージシャンやアレンジャーとしての達成感や名声を欲したことがなかった。自分よりアレンジやプログラミングに長けた人材がいることがわかっているなら、そして能力と実働にふさわしい対価を保証できるなら、彼らに打ち込みを委《ゆだ》ねることについては一片の躊躇もない。むしろ演奏や打ち込みから自分の体感を排除することで、仕上がりの音に対する判断の客観性が担保されると考えているほどだ。

ここにある楽器らしい楽器といえば、作曲の頼もしい相棒、一九六八年製のヤマハのアップライトピアノＵ２Ｃだけだ。自分と同じ年に世に生みだされたこのＵ２Ｃは、幼稚園に入園したときに両親が倹約を重ねて中古で購入したものだ。

作曲のために弾くと、何かの拍子に幻想に襲われることがある。夕餉《ゆうげ》の支度をする母親の後ろ姿が立ち上がり、九州特有の甘辛い醬油を煮詰めた香りが漂ってくるのだ。そんなこと、あるはずがない。だがこの幻想に出くわすうちは、自分はまだ音楽の魔法を信じることができる。下取りに出しても十万円に満たない安ピアノだが、ずっと手放せないだけの理由がある。

つまりミツスタは本格的なレコーディングを目的としたスタジオではなく、悟が作詞と作曲を含むコンセプトづくりに専念するための極私的空間《アトリエ》と呼ぶにふさわしかった。

スタジオのシステムが立ち上がってから、まずやることは決まっている。前日までの作業分の最新音源データを小さな音量ですべて試聴するのだ。

どんな曲でも、大きな音で聴けばそれなりにいいものに聞こえてしまう。悪くはないと感じてしまう。これほど危険なことはない。

島崎直士が『スターサーチン』ボーイシンガー・オーディション優勝者へ提供したデビュー曲は、熱心な視聴者には酷評され、番組を知らぬ世間には黙殺された。楽曲制作の最終工程であるミキシングをチェックするときのモニタースピーカーの音量は、漫然と大きかったのではないかと、今の悟は睨《にら》んでいる。あの問題点の多い曲の仕上がりには、「精査」という工程の存在が感じられなかった。

本当に大切なことこそ、小さな声で伝えるべきではないのか。いや、小さな声でも伝わるものを「たいせつ」と呼ぶのではないか。

島崎にしても、プロデュースの仕事を始めた当初はきっと、複数のモニタースピーカーを使い、異なる音量で数えきれないほど試聴を重ね、微調整を加えていたに違いないのだ。

音楽プロデューサーを名乗って十年も経てば、誰もが感じるはずだ。この仕事の業務のなかで刺激的な部分はせいぜい二割か三割で、残りは単調とさえいえる地道な工程を根気よく積み重ねることだと。だがその工程なしには、くり返しの鑑賞に耐え得る楽曲なんて仕上がるわけがない。

おそらく、島崎は地道な工程の積み重ねに飽きてしまったのだろう。単調さから目をそらさないだけの辛抱強さを、もう放棄したくなったのかもしれない。生理に忠実にふるまった結果が音楽業界の最前線からの離脱であるなら、本人も納得済みということだ。周囲がどうこう言うことではない。

幸いなことに、四十代になった今もまだ、自分はそんな「飽き」に屈服することなくプロデュースを続けている。だがそいつは、こちらが少しでも気を緩めようものならば、単調な業務の過程で生じた心理の皺《しわ》や切れ目に、容赦なく沁み込んでくる。そのしぶとさは年々増していくばかりだ。遠くない将来、自分も観念して白旗を掲げるのではないかという恐怖は、常にそばにある。現時点で「飽き」を遠ざける最大の理由になっているのが、多田羅や澤口に対して抱く怒りの感情というのは皮肉なことだが。

そんなことをぼんやりと考えながら、悟は一昨日U音の澤口に提出した最新デモを、五回にわけて試聴した。初めの二回は小さな音で。三回目は少し音量を上げて。四回目は自分のため息がかき消される大きなボリュームで。そして五回目は最初の小さな音量に戻して。

義人の熱のある歌が入ったこの六曲目にたどり着くまで、いろんな経緯があった。だが今のところ、悟と義人の間に、権藤が心配していたような一触即発の事態は発生していない。権藤の細やかな配慮のおかげもあるが、デモにNGを連発する番組プロデューサーの多田羅を仮想敵として共有することで、義人との間に強い連帯感が芽生えているのだと悟は思う。

悟よりちょうど十歳下の義人は、ヴァイブ・トリックスがデビューしたときの悟と同じ三十三歳だ。義人が甘えたような口ぶりになると、悟はふたりの年齢差を思いだし、義人が分別《ふんべつ》らしきものをみせると、彼の実年齢を痛感する。

☆

「相変わらず光安流ですねえ。スタジオっていうより、ぶっちゃけ瞑想《めいそう》ルームじゃないすか。へへっ。オレ好きっすよ、こういう空間」

昨年十月末のこと、ミツスタに足を踏み入れるなり、櫛田義人が言った。悟と義人の六年ぶりの再会の場所にここを指定したのは、ラッキーミュージックの権藤だ。

「シンガーの義人は俺なんかとは違って、『音』で光安さんとつながってる。ホテルや会議室なんかより、スタジオで会うのがいちばん自然でしょう」

権藤の言い分に理を認めた悟は、『カムバック　飛翔倶楽部ゼロ』の主題歌の制作に着手するにあたり、その場に義人を呼んだのである。

現場マネージャーも伴わず権藤とふたりだけでミツスタにやってきた義人の佇《たたず》まいは、悟の目には六年前と同じように輝いて映った。年相応の落ち着きが加わったぶん、魅力が立体性を獲得したようにも感じる。

久しぶりの再会にあたっては、義人がかつての輝きを失っていたとしても、けっして態度には出すまい……あらかじめ自分に説き聞かせていた悟は、それが杞憂《きゆう》だったことを心から嬉しく思った。これならいける。このプロジェクトには勝算がある。そう直感した。

「さっき銀座の東映本社で打ち合わせがあったんで買ってきました。さあ食べましょう」

権藤はそう言うや、手土産の空也《くうや》もなかを自ら立て続けに三個たいらげ、「俺の仕事はもう終わり」と言ってそそくさとミツスタを出て行った。

「あっという間にふたりぼっちにされちゃったね」

悟がつぶやくと、義人が無防備な笑顔で言った。

「いいじゃないっすか。まあ主題歌打ち合わせも大切ですけど、今日は久しぶりに光安さんと音楽の話ができるの楽しみにして来たんです。なんでそんなにブラックミュージック好きになったのか、聞かせてもらっていいですか」

「ドラマチックな話があるわけじゃないよ」

「べつに話を盛る必要ないですから」

「親父がジャズ好きでね。福岡の普通のサラリーマンだったんだけど、日曜になると、晴れたら海釣り、雨が降ったら仏間で煙草吸いながらレコードをひたすら聴いてるわけ」

「お母さんもですか？」

「いや、母親はジャズにぜんぜん興味なし。だからこそ、ジャズに抗う気配がない息子のぼくを、親父はやたら可愛がってくれてさ」

「お父さん、家の中で派閥を増やしたかったんですかね」

「弟と妹は母親側についちゃったから、こっちは野党だったけどね。本当かどうかわからないけど、小学校に上がる前から、ぼくが反応するのはいつも黒人のジャズメンだったみたい。マックス・ローチとかソニー・ロリンズとか」

「シブいガキっすねえ。白人と黒人の音の違いなんてわかったんですか」

「だよねえ。で、ぼくも小学校二年か三年のころ、訊いたんだよ。『白人と黒人ってどう違うと？』って。そしたら親父は、なんと答えたと思う？」

「譜面で説明されたとか」

「腕組みしてひと言、『グッとくるとが黒人たい』って」

「やっべぇー」

「あのさ義人、こんな話を聞いてて面白いかな」

「はい。こんな話って言いますけど、昔はまったくしてくれなかったじゃないですか」

悟は苦笑しながら首を縦に小さく振った。

「けど、ほんと、やばいよね。こっちはガキだからね、もう舞い上がって勘違いしちゃったんだ。自分はグッとくるかどうかがわかる、特別な人間なんだって」

楽しい様子で話に耳を傾《かたむ》けていた義人が、急に真剣な表情になった。

「勘違いじゃないです。光安悟は特別な人間です。オレにとって、光安さんが特別じゃなかったことは一秒もありません」

「おいおい、大げさなこと言うなよ。重すぎるって」

「でしたか。すみません」

「謝ることでもないけど。じゃ、ありがとう。そんなことより、とりあえずのデモ作ったから聴いてみない？　一応ラフでメロディ入れてるけど、まだ固めてないから、気づいたことがあればどんどん言って」

「はい。じゃあ聴かせて……あ、ちょっと待ってください」

悟はマックブックの画面をクリックしかけた手を止めた。

「島崎直士さんって、いま何やってるんですか」

「ザッキーさんか。プロデュースの仕事はほぼリタイア状態みたい。一昨年ＸＹＺがシークレットで再結成ライブやったのは知ってる？」

「ほんとに？　知りませんでした」

「あれだけ人気のあったバンドだから、武道館とか国際フォーラムでやっても満員になるはずなんだけど、あえて町田の小さなハコでやったらしい。アマチュア時代のホームグラウンドで……喉が渇いたな。あ、ごめん、水も出してなかったね」

悟は立ち上がり、ハワイアンウォーターのサーバーに向かった。アンバーカラーのデュラレックス・ピカルディ二個に冷水をたっぷり注いで、ひとつを義人に差しだす。

「あ、いただきます。……最後にザッキーさんに会ったのはいつですか」

悟はピカルディをテーブルに置いて天井を見上げ、両腕を組んだ。

「ヴァイブスの『ファースト・トリップ』ができたとき、CDを持って事務所にお礼を言いに行ったんだ。ぼくを表舞台に引っ張りだしてくれたのはザッキーさんだから。ザッキーさんはニコニコしながら『悟、おめでとう。ヒット間違いないよ。おまえの時代だ』って言ってくれた……うん、あれが最後だった」

「じゃあオレと最後に会ってたころには、ザッキーさんとはもう会わなくなってた」

「ってことになるな」

「オレ、ザッキーさんが審査員だから『スターサーチン』に応募したんですよ。拾ってくれたのは光安さんでしたけど」

「ぼくで悪かったな」

やさぐれを装って悟が言う。

「いやいや、そんな意味じゃないです。誤解しないでください」

義人はまた真剣な表情に戻ると、まばたきもせずに悟を見て言った。

「あそこまでの人が、どうして急に表舞台から姿を消したんですか」

「ぼくは急だったとは思わない。オーディションがはじまる前から、ザッキーさんのモチベーションは下り坂だった」

「マジっすか。オレ、素人《しろうと》だったな。ぜんぜん気づかなかった。さすが、光安さん」

「あのころのザッキーさんとぼくは、心が通じあっていたから」

「ふたりともイケイケだったから？」

「その逆。ぼくたちは、幸せじゃなくて悩みでつながっていた」

瞬間、義人は眉間《みけん》に皺を寄せたが、同調も反論もせずに小さく頷いた。

☆

一九九九年の夏の夜、西麻布のクラブ『イエロー』に、ロンドンのジャズファンク・バンドを観に行った悟は、翌朝早い便で札幌に出張するという連れのギタリストと別れて、そのちょっと前から足を運ぶようになったバーにひとりで入った。

外苑西通りに面したビルの最上階に位置するその店は、極度に控えめな間接照明がいくつか配されただけの「暗がり」だった。じっくり耳を澄まさないと聴き落としてしまうような小さな音量で流れるミニマル・ミュージックは、新しい曲がいつ始まっていつ終わるのかもわからない。無音よりも静寂を感じさせるこの空間に身を置くだけで、ついさっきまでイエローで重低音の快感に酔いしれていたことが嘘のような気がしてくるのだった。

止まり木で居合わせたのが島崎直士だった。取り巻きも伴わずにひとりで静かにシングルモルトを飲《や》っていた。店に入って二十分ほどは、唯一の先客が彼だと気づかなかったほどだ。

島崎直士に対して、悟は近寄りがたいイメージを抱いていた。同じ音楽プロデューサーとはいえ、活動するステージが違いすぎて同業者という意識はなかった。

事情は島崎も同じ、いやそれ以上だった。光安悟の名前さえ知らなかったのだから。その数年前から悟は「気鋭のR&Bプロデューサー」としてメディア露出も増え始めていたが、島崎はまったくと言っていいほどR&Bへの興味や知識を持ち合わせていなかった。

　ロックの巨大なマーケットにくらべれば、新興ジャンルのR&Bはまだヒヨコのようなものだ。とはいえ「ロックは終わってる」と言いきる感度の高い若者たちの受け皿になっており、音楽業界の誰もが気にしているはずだという自信のようなものが悟にはあった。だからこそ、悟をまったく知らないという島崎の率直な告白にはむしろ好感を抱いたし、心を許す最初の理由ともなった。

　バーのマスターが自然な形でふたりを紹介したのも幸いして、初対面から話は弾《はず》んだ。悟からはあえて音楽の話題にはふれることはせず、数日前に試写会で観た話題の映画『マトリックス』の率直な感想や、シングルモルトへの偏愛を語ることで、多忙を極める島崎が息抜きに過ごす時間への配慮を示したつもりだ。

　それが伝わったのか、語り始めて五分も経たぬうちに島崎は「これちょっと飲んだらええ」と悟にグラスを差しだすほどだった。

「あ、ぼくの好きな味だこれ。正露丸《せいろがん》みたいな味わいがクセになりそう」

「光安さん、おもろいこと言うな」

「ぼくみたいなガキに『さん』付けはやめてください」

「じゃあ下の名前で。ええっと……」

「悟。さとる、です」

「そう、そやった。ごめんなあ。悟がどうやって今の仕事を始めたのか教えてくれる?」

　島崎の屈託《くったく》のない話しぶりからは、狙いや衒《てら》いが匂ってこない。ただ目の前に知らないものがあるから正体を知りたい、そんな純粋な好奇心だけを感じた。

「いいですけど、ぼくの身の上話なんてつまんないですよ」

「いや、興味あるわあ。オレが音楽業界入った時には、R&Bプロデューサーなんていいてへんかったもん。そっち系が好きでも、ディスコのDJとかソウルバーのマスターとかくらいしか仕事なかったんちゃう？　もしかして、悟もデビューしたことあるん？」

マスターがこちらに視線を送ってきた。

島崎直士は信頼に足る人物、そう語っているようだ。

悟はひとつ深呼吸して、島崎の目を見つめて言った。

「ぼくにはプロのミュージシャンとしてのキャリアはありません。高二くらいから、就職が決まった近所の大学生から譲ってもらったベースに、毎日毎日ちょこちょこ触れてましたけど、所詮趣味以上のものにはならないだろうという見極めは、最初からあったかもしれません。だって、好きで聴いてきたシックの『グッド・タイムス』とか、マイケル・ジャクソンの『ビリー・ジーン』とかと、自分が弾くベースじゃ、鳴る音がまったく違うんですよね。グルーブってヤツが。大学を中退して、一九八八年から一年間ニューヨークに留学して、そのとき音楽ライターの仕事をやるようになって。R&Bが世界的に一大潮流になっていく時代でしたから、ライブやクラブに行ったり、極端にいえばアメリカのラジオ聴くだけでも取材として成立する感じで。だからネタには事欠きませんでした」


ふたりとも大げさを嫌い、意味のない表面的変化を軽蔑《けいべつ》し、職人の静かな情熱を尊ぶ性質《たち》であることがたがいの距離を近づけた。

決定的に接近度を高めたのは、ふたりとも都内の同じ公立大学を中退していたことだ。同じ場所から同じ理由で遠ざかったふたりだった。兄貴分として島崎を慕う気持ちは先方に誤解なく伝わっているようだし、悟にも島崎が自分に目をかけてくれている実感があった。

そんな島崎直士からの強い推薦で、悟は『スターサーチン』のサポート審査員の肩書きを与えられた。多忙につき毎回のスタジオ収録参加が困難な島崎は、自分の気まぐれな不在を埋める若い世代の同業者をさがしていたと悟に説明した。番組のディレクター緑川健一《みどりかわけんいち》もまた、サポート審査員を本気でさがしていたらしく、話はトントン拍子で進んだ。


番組スタートの一週間前に白金《しろかね》の鉄板焼き店を貸し切って開かれたキックオフ・ミーティングは、「島崎直士を囲む会」の色合いが強いものだった。

会を共同主催した帝都テレビと大手広告代理店の意向を汲《く》みとってか、島崎はいつになく座長然として明るい振る舞いをみせた。悟の知る酒量の上限をはるかに超えている。

大丈夫だろうか――。

島崎が席を立ったのを認めた悟は、トイレから出てきたところにさりげなく声をかけた。

「大盛況ですね。ザッキーさん、ちょっとお疲れのように見えますけど、大丈夫ですか」

「あかん、悟にはバレてるわ」

苦笑いを浮かべて島崎が答えた。

「悟を誘ったオレがこないなこと言うんはどうか思うけど、正直、乗れへんわ」

「今夜の会ですか。それとも、オーディションに、ですか」

「どっちもや。男の子のプロデュースには興味ないし。あ、言ってもうた」

島崎はふたりだけで飲むときの人なつこい表情になった。この表情を信じて、悟も本来自分の柄ではない『スターサーチン』出演を引き受けたのだ。

「他言しませんから大丈夫です。なんとなく気づいてましたよ」

「なあ悟、なんでオレが今まで女しかプロデュースしてけえへんかったか、教えたろか。簡単や。恋愛対象になり得へん相手に、いい曲作ろうちゅう気にはなれへんねん」

「それ、こないだも聞きましたよ。違うでしょ、ほんとの理由は」

島崎はうつむいた。

「ザッキーさんにとっての男性ボーカルはXYZの黒須さんだけなんですよね」

「……」

「だからずっと男性シンガーの仕事は避けてきたんでしょう？　女性の仕事しかやらないのは女好きだからっていろんなところで言われたり書かれたりしてますけど、ほんとはその逆で、女の子のボーカルにあんまり興味ないいんじゃないですか」

「XYZって名前の意味、知ってるか」

島崎の潤んだ両目の底が光ったように見えた。

「知ってますよ、もちろん。Xはクロスと読むから黒須さん、Yは社長の吉野さん、で、島崎さんがザッキーってことでZ。ですよね？」

「ご名答。安直やろ。若いってアホやなあ」

「再結成すればいいじゃないですか。もう世間も許してくれますよ」

「許す？」

語尾に、わずかに棘があった。

「あ、ごめんなさい。そういうつもりではなくて」

「もう昔には戻られへんのや。XYZが分解してからは全部おまけ。余生やな」

「ザッキーさん、ちょっと飲みすぎですよ」

「アルファベットでXYZの後はない。黒須のいてへんXYZは、XYZとちゃうねん」

そこまで言った島崎は、気を失って膝から崩れた。

☆

一年近くにおよんだオーディションの優勝者発表回は生放送だった。その前夜、悟のもとに番組ディレクターの緑川健一から電話がかかってきた。

「光安さん、いつもお世話になっております」

「こちらこそ。オーディションが終わるとさびしくなりますね」

「いや、視聴者から寄せられる声を先取りして言いますけど、明日でボーイシンガー・オーディション企画を終わりにするつもりはありません。現状、数字もとれてますし、これに代わるほどの新企画も出てきてませんし。まだしばらく引っ張りたいんです」

「なるほど……」

悟は余計な言葉をはさむことなく、緑川の出方を窺《うかが》った。

「光安さんにはもうひと頑張り、いや、もうひと活躍お願いしたくて」

「ひと活躍？」

「明日優勝者を発表することはもちろんご存じですよね」

「優勝するのが誰か、いま教えてくれるんですか？」

相手にそうとわかるようにおどけた調子で悟は言った。優勝者なんて今はまだ知りたくない。いったん知ってしまうと、その感じが番組の中で挙動に出てしまうはずだ。自分はそこまでテレビに出ることに慣れていない。

「誤解しないでください。光安さん、ウチの番組にヤラセがないことはご存じでしょう？　優勝者はあくまで明日の視聴者投票で決めます。これはそういう電話じゃありません」

「そうか、そうですよね。失礼しました。では何のご用件で」

「いいですか。テレビのオーディションの本質は、落とすことです。視聴者の一定数は必ず落選者のほうに強く感情移入するものです。明日も優勝者より落っこちた三人のファイナリストを長く映すつもりですよ」

「……」

緑川の狙いの輪郭《りんかく》がぼんやり見えてきた。でも悟が今それを口に出すのは危険だろう。

「もちろん優勝者のデビュー曲はザッキーさんが提供して、プロデュースされます」

「もうおわかりですよね。残る三人のプロデュースを光安さんにお願いしたいのです」

「三人をグループにするんですか」

「あ、光安さんもそうしたいんですね」

思いがけぬ切り返しに、悟は大声を上げた。

「いや待ってください！　そういう言質《げんち》の取り方は困ります」

「光安さん、結構やる気あるんじゃないですか」

緑川の語尾に笑いがにじむ。

「よろしくお願いしますよ」

「このことをザッキーさんはご存じですか」

「いいえ。でも問題ないはずです。彼、このオーディションをもう投げ出してますから。光安さんもそう思いませんか。光安さんは、お立場的にそうとは言えませんかね」

「正直いちばん気になるところです」

悟の本音だった。

「じゃあいっそのこと、こうしませんか。番組内でザッキーさんが敗者三人の面倒を光安さんに託すという流れにするんです。彼としても面目が保てるでしょうし。あの人と吉野社長がいちばん気にするのはそういう部分なので」

緑川の含みのある話し方が悟は苦手だ。複数のトピックを取り混ぜて話されると、メインのことだけに相槌を打ったつもりでも、すべてを是認したような形になってしまう。面倒でも異議を唱える必要がある。

「そう……そうかもしれません」

悟が発した言葉は本人も予想だにしなかったものだった。

「では決まりだ。台本をこれから手直しして、明日はそういう流れを作っておきます」

電話を切ったあとも、緑川の声は薄い皮膜《ひまく》となって耳にこびり付いた。

優勝者の樫井《かしい》雅也《まさや》はスター然とした容姿を備えていた。コーカソイドばりのエキゾチックな目元は、眉の下の皮膚がちょうどいい塩梅《あんばい》で上瞼《うわまぶた》に被《かぶ》さり、画面を通すとセクシーな愁《うれ》いを帯びて見えた。一八〇センチを超える長身で、バスケットボール選手としてインターハイに出場した運動神経のよさは、ちょっとした身のこなしにこそ表れた。

樫井のデビュー曲「ブロークン・ウィングス」は、島崎直士の十八番とされるマイナーコード進行のダンスナンバーで、実際のところ島崎の作る楽曲としては平均以上のクオリティだと悟は思っている。だが発売初週のチャートが十八位、二週目が七十六位と不発に終わった。それ以上に深刻な問題は、楽曲がまるで樫井の持ち味に合っていないことだった。島崎直士は、樫井の資質を理解していなかったと言わざるを得ない。

このオーディションに審査員として一年近く真剣に向きあってきた悟は、樫井のけっして広くはない声域と、メロディの音程《ピッチ》が上がるときに安定性を失ってしまうボーカルの弱点をよく知っている。番組内で悟がそう指摘したときは、島崎も大きく頷いていたではないか。

「ブロークン・ウィングス」がシンガー樫井雅也にふさわしい曲かといえば大いに疑問が残る。島崎が樫井の資質を見誤って、あるいは目をつぶって、的外れな曲をあてがう愚挙《ぐきょ》に出たとしか考えられない。外野にはあれだけ強気のXYZの吉野拓が、盟友の島崎には何も口出しできなくなっているのか。それとも吉野の勘も鈍ってきたのか。

過去十年近く常勝集団として音楽業界に君臨してきた「ザッキー軍団」も、疲弊《ひへい》しているのかもしれない。後ろを振り向いたとき、そこに光り輝く過去があれば思わず頼りたくもなるだろう。だが過去にすがり続けると現在は奪われる。もちろん未来もだ。

これが老いというものか。

悟の心を襲ったのは、嫌悪感ではない。恐怖感だ。島崎直士は自分よりちょうど十歳上。この国の四十二歳なんて、社会人としてはまだ十分に現役と呼べる年齢ではないか。

樫井雅也が「ブロークン・ウィングス」でほろ苦いデビューを果たした翌月に、敗者三人によるボーカルトリオ、ヴァイブ・トリックスもデビューすることが、『スターサーチン』で島崎直士から発表された。プロデュースを務めるのは自分ではなく光安悟であることも、島崎から告げられたが、そのとき大きな反応を示したスタジオ観覧者はけっして多くはなかった。

ヴァイブ・トリックスのデビュー曲「シェア・マイ・ライフ」は初週二十五位ながら、じわじわとチャートを上り、なんと発売七週目で首位を獲得した。その後も勢いは収まらず、発売十六週目にはついにミリオンセラーを達成、その年最大のヒットとなった。

第四章

二〇一一年三月九日　水曜　東京・駒場

――いいじゃないか。控えめに言ったとしても、悪くない。

NGになった五曲にも自信はあった。櫛田義人のミツスタ来訪は、このシンガーのために至上の楽曲を作りたいという強い衝動を悟に与えた。やはり、実際に本人に会うことで得られる情報ほど実践的なものはない。もう六年も会っていなかったふたりにとって、この過程は必要不可欠だった。

長時間にわたって歌い手とふたりきりで同じ空間にいれば、その声は耳を通って体じゅうに沁みこんでいく。体感は短くても数日間、長ければ数年もの間、消えることはない。義人がスタジオから出て行っても、声は悟の体に残るのだ。あとは必要に応じて脳内再生しながら、義人の声がいちばん魅力的に響くメロディを作ればよい。仕立て職人がまず顧客のトルソーを作ってから、それにフィットする服を仕立てていくのに似ている。

これは作曲のみならず、作詞にも有効な方法である。もちろん、歌い手の声を自分の体に沁みこませるだけでいい歌詞が書けるわけではない。だが、詞に使う単語や表現を精査するときには、強力なツールとなる。作詞で常に大切なのは「この声ならこんな言いまわしを使うはずがない」という厳しい判断基準なのだ。

プロを名乗るソングライターともなると、耳当たりがよい程度のメロディや言葉ならいくらでもアイディアが浮かぶものである。それだけの選択肢をいつでも用意できることを、プロフエッショナルと定義することも可能だろう。

例えば、ある歌い手に「家庭が似合うか」を判断するのは至難を極める。だが「不倫は似合わない」と断じるのは容易《たやす》い。その手がかりとなるのが声だ。声質はもちろんだが、加えて声の格、つまり人でいうところの人格を知るには、会うのがこの上ない近道ということになる。面識のない歌い手に作品提供することほど難しい作業はない。

実際、ある程度のステイタスを確立してからは、指名での書き下ろししかやっていない。歌い手との会食や懇談の時間の確保も条件として先方に提示する。そんな流儀を、権藤は時を経ても忘れずに尊重してくれた。悟はそのことがうれしかった。

根気づよく丁寧な工程をたどった末に生みだされたこの六曲目は、特別だ。番組プロデューサーの多田羅はいったいこの曲のどこが気に入らずにNGを出し続けるのだろう。


UBCドラマ制作部部長代理、異例の昇進を遂げている三十六歳の若きヒットメーカー多田羅俊介とは、まだ面識がない。

これまで、番組プロデューサーと顔合わせしないまま主題歌を制作するのは、あながち悪いことでもないと悟は考えてきた。

どんな相手であれ、一度実際に会ってしまうと、自分でも意識しないところで不必要な気遣いや忖度《そんたく》が生まれてしまうものだ。妙に親しくなってしまうと、会わないことで守られてきた緊張感は雲散《うんさん》し、馴れあいが生まれることさえあるだろう。そんな事態を回避したいのなら、番組プロデューサーへの人物的興味よりも、ドラマ自体への感動や共鳴を下敷きにして曲を作るほうが、よい結果につながるはずだ。

ドラマが描く景色や世界観に共感しかねる場合は、反感を燃料にして創作の炎を燃やせばいいのだ。反感というレベルを超えて抵抗感や嫌悪感と称されるほどの感情であれば、炎はさらに高く上るだろう。だが、それらはすべて適切なディレクションが事前に届けられていることが前提となる。顔は見ずとも、ビジョンの共有は必要不可欠だ。

今回の主題歌制作の最大の問題点は、澤口を通じて伝えられる多田羅のディレクションが、怒《ど》気《き》や蔑視《べっし》だけはきっちり伝わってくるのに、音楽的には抽象的なイメージ論に終始していることだ。「多田羅Pイメージ」としてU音の澤口から伝え聞いた参考楽曲は、八〇年代と九〇年代に大ヒットした歌謡曲とJポップのオンパレード。どれもがドラマ主題歌であることに苦笑せずにはいられない。洋楽どっぷりの思春期を過ごした悟が素通りしてきた曲ばかりと言ってもいい。前作『飛翔倶楽部』の主題歌としてヒットしたガールズロックバンド、ラブジョーンズの「レディ・トゥ・フライ」もこんなプロセスで生まれたのだろうか。

もちろん、洋楽好きが陥りがちな邦楽《ほうがく》蔑視はこの仕事の大きな障害である。悟は参考楽曲を音楽プロデューサーの職業的な耳で気が遠くなるほど聴き込み、楽曲分析《アナリーゼ》に努めた。

明確なビジョンなき主題歌作りは、目隠しされたままダーツを投げるようなものだ。曖昧な方角に曖昧な大きさのボードがあると仮定して行う、勘まかせのゲーム。そんなものは仕事《プロフェッショナル》とは呼べない。呼びたくない。そこに身を置きたくない。

第一回主題歌プレゼンテーションの後、デモ二曲の提出形式に難癖をつけただけの回答をよこす多田羅に業《ごう》を煮やした悟は、ポリシーに反してまでも、権藤を通じて本人との対面をリクエストした。こんな横柄の極みのような男に実際に会っても、自分の中に気遣いや忖度が生まれることはまずないはずだ。ずっと信じてきた「会わないことで守られる緊張感」なんて、おめでた過ぎる発想だったと。

だがU音の澤口は、権藤に対して「いくら光安さんが会いたいからって、多田羅Pは多忙でそれどころじゃないんです」の一点張りだった。加えて「光安さんが多田羅Pに直接電話するようなことは考えてないでしょうね」と釘を刺したという。権藤は当初この話をやわらかく翻訳して悟に報告していたので、実際の多田羅が傲慢さ丸出しであることを知ったのは、先月五曲目にNGを出されてからなのだが。

そんなひどい実態を知る前の悟は、せめてキーワードとなり得る多田羅の言葉が欲しいと権藤にくり返し頼み続けていた。しかし、澤口からは「前作に引き続き『飛翔倶楽部』の世界観でお願いします」という木で鼻を括ったような返事が届くだけだった。

十二月頭に提出した三曲目以降にも、多田羅はNGを連発した。悟からの執拗《しつよう》なリクエストへの形式的な回答として、短めの感想がいつも添えられてはいたが、建設的なワードはなく、著しく具体性を欠いた言葉が並ぶばかり。そのたびに懲《こ》りずに多田羅との対面を請うのだが、澤口はさまざまな理由をつけては先延ばしを重ねた。

楽曲づくりのモチベーションは、義人の大復活劇《ビッグ・カムバック》を成功に導くという覚悟だ。意地と言ってもいい。どう自分に言い訳しようが、この六年間、ヴァイブ・トリックスという子どもを置き去りにしたという罪悪感から逃れることができなかったのだ。義人との再会は、臭いものを閉じ込めてきた心の蓋をこじ開けた。

多田羅の身勝手な言い分が綴られた澤口のメールを何度か読み返して、悟は途方に暮れた。人気テレビドラマの主題歌作りに携わっている自分なんて、ひょっとして幻ではないのか。本来自分がいるべき場所がここだなんて、はたして言いきれるだろうか。

音楽制作を始めた当初の悟は、海外経験も豊富なジャーナリストという出自《しゅつじ》もあって「R&

Bと J ポップのかけ橋」とよく評されたものだ。「ほとんど洋楽ですね」と言われて悦に入るときもあった。だがプロデュース業に本腰を入れてオリジナル楽曲のレパートリーが増えてくると、「アメリカそっくり」ほどカッコ悪いものはないと思い始めた。

ほんとうの本物が「本物そっくり」なんて言われるはずはない。

お箸《はし》の国のR&Bを本気で作りたければ、基本設計から見直す必要がある。

日本語特有の音韻の美しさを、R&Bのフォーマットに落とし込むこと。それは洋食のレシピづくりに似ている。明太子をパスタと組み合わせ、箸で食べられるところまで仕上げる。このプロセスに意義を見出した悟は、何かに取り憑かれたかのように「音の洋食づくり」に没頭し、この十年を過ごした。何度かのスランプを経験しながらも、相応の手応えを感じて自分なりに満足のいく結果も残したつもりだ。

もちろん、裏方である自分の来し方行く末に興味を抱く人なんて、そうはいない。そんなことは悟もはなから承知している。だが、多田羅にこれほど音楽制作に対してリスペクトを欠いた対応をされてしまうと、自分がJポップの世界で悪戦苦闘しながら少しずつ歩を進めてきたことが全否定されたような、じつに情けない気分になってしまう。立ち止まるべきどこかを過ぎ、遠すぎる場所まで来てしまったのではないかという猜疑心《さいぎしん》は、いったん芽生えてしまうと容易く一掃できるものではない。

作り上げたデモはすべて、「多田羅Pイメージ」を表現することを目的としたものだ。もし表現できていないとしたら、澤口が多田羅の抱くイメージを正確に理解していないか、権藤にうまく伝達できていないからではないか。そんな疑いさえ抱くほど、悟はデモの仕上がりに満悦していた。

ダイナミックなバラードである。音楽的なバランスを失わないギリギリのところまで「多田羅Pイメージ」を色濃く反映したうえで、櫛田義人の最大の武器である声域の広さを生かし、サビには高低差のあるメロディを組みこんだ。義人だけではなく、誰が歌っても喉が喜ぶ音運びになっているはずだ。

劇伴《げきばん》といわれるドラマBGMの世界では、主題歌のフレーズを織り込みながら別のメロディにつなげていく「テーマくずし」の手法がよく用いられるが、この六曲目はあらかじめそういう使われ方への対応を強く想定した構成でもある。サビだけでなく、どこをどう切りとってもそれと判別できるような、汎用《はんよう》性の高いメロディを配した。

逆境にあっても夢を抱き続けることの大切さを訴えた歌詞についても、悟は強い自信がある。その種の曲がJポップのシーンにあふれ返っていることは重々承知しているが、テーマと文体、叙情性、ストーリー性のいずれをとっても、前作の主題歌であるラブジョーンズの「レディ・トゥ・フライ」に劣らないはずだ。義人の持ち味のひとつである滑舌のよさが際立つように、譜割《ふわ》りにも十分な工夫を施した。だから、「コトバも立っていないからぜんぜん入ってこない」という多田羅のクレームは納得がいかない。

今回の続編ドラマ『カムバック　飛翔倶楽部ゼロ』は、主人公の企《くわだ》てた自殺が未遂に終わり、そこから再起して高度成長期の荒波を乗り切っていくという、前作より創作性の高いストーリーだ。「弱者だけど、敗者じゃない」という番組のコピーが象徴するように、喪失感を抱えた者たちが人生に必要なものを取りもどしてゆく筋立てだと悟は聞いている。

澤口から渡された前半三話分の脚本を読んだかぎりでは、「弱者だけど、敗者じゃない」には何ら虚偽も誇張もないように思える。「回復」を主題としたこの種のドラマは番組プロデューサーの多田羅が得意とするジャンルである。きっとまた後半から終盤回に向かって「取りもどす！」「ひとりじゃない！」といったお得意の台詞が頻繁に登場するのだろう。

NGを連発されながらも画期的なアイディアにたどり着けないまま、二〇一〇年は終わった。年が明け、「Comeback」のデモ制作も五曲目に入った一月中旬あたりともなると、櫛田義人のスタッフの間にはただならぬ緊張が走り始めた。

悟が提出するデモに失格の烙印《らくいん》を押し続ける多田羅は、音楽としての良し悪しではなく、別の違った理由で却下を重ねているのではないか。そのころには多田羅の茶坊主としての役割が固定化していた澤口に、権藤がさすがに理由を問いただした。だが澤口は明言を避け、「多田羅さんの感性の問題」という曖昧な表現をくり返した。

「光安さんのボキャブラリーセンスが多田羅Pと体質的にあわないのかも」という権藤の意見に理を認めた悟は、五曲目の作詞を全面的に義人に任せることにした。軽妙な言葉選びは自分にはないタッチで、悟も大いに気に入った。その詞に引きだされるようにして、前四曲とは趣《おもむき》の異なるメロディを作ることができたという自負もある。だが多田羅からの回答は以下の通りだった。

歌詞が軽すぎてドラマの真意が希釈される。メロディはもはや迷走気味。手直しを加えてどうなるというレベルでさえない。

新しい試みの意図を理解したうえで、試みも作品そのものも完膚《かんぷ》なきまでに否定している。悟は多田羅がますますわからなくなった。

問題は自分にとって燃料のはずの怒りの感覚が麻痺《まひ》し始めたことだ。それどころか、マゾヒスティックな甘い快感に指先が届いてきたかもしれない。シンプルな生活がしたいはずなのに、自ら進んで事態を複雑化しているような気もしてきた。

六曲目の提出日は、三月の第一月曜である七日に指定された。

義人には曲作りに関わる余裕がない。毎年、バレンタインデーから誕生日の三月三日あたりまではファンクラブイベントで忙しいのだ。ヴァイブ・トリックス時代からずっと献身的にサポートしてくれるコアなファンとの貴重な接点となる定例イベントだし、事務所のシュガー＆スパイスにとっては年間収入の柱となる大切な商機でもある。

腹を決めた悟は、詞も曲もすべてひとりで手がけることにした。

完成した六曲目の歌詞は、多田羅ワールドに寄り添いながらも、ドラマから切り離しても成立する、つまりバラードとしての普遍的な魅力も十分に含んだものだ。陳腐に没さぬだけの技量《スキル》と情熱《パッション》を言葉に込めたという自負が、悟にはあった。

音楽プロデューサーのプライドにかけて誓ってもいい。この曲がドラマを牽引して、ＵＢＣは視聴率王者の栄光を確固たるものにし、それを歌う櫛田義人は大復活を遂げるのだ。

ソロ活動に専念してからの義人は、ファーストアルバムこそミリオンセラーを記録したとはいえ、そのあとは作品を出すごとにずっと右肩下がりのセールスが続いている。シングルはいつも発売初週は辛《かろ》うじてトップテン入りを果たすものの、実態はヴァイブス時代からのコアなファンの忠誠心あふれる消費活動に過ぎない。その数は現在では一万人に満たないだろう。発売翌週にはチャートの右半分、つまり五十位圏外に転落することも最近ではめずらしくない。そもそもコアなファンでなければ、義人が現在もコンスタントに作品発表を重ねていることを知らないはずだ。

今回の主題歌がヒットすれば、それは自動的に櫛田義人のカムバックを意味する。

楽曲に対してわずかに不安を残す要素といえば、澤口の言葉を借りるなら「ドラマのトーンとのバランス」である。

ストーリーの趣旨が理解できないという意味ではない。短いながらも第一話の粗《あら》編集を悟は何度も観ているので、映像の色合いも知っている。

それでも、ドラマのトーンはやはり放送されてみなければわからないのだ。「うた」は商品になってこそ、テレビやラジオで流れてこそ真価がわかるというのと同じである。

娯楽《エンターテインメント》の受けとめられ方は世情次第だ。世情から逃れられないといってもいい。山下達郎《やましたたつろう》がこんなことを言っていた。彼がプライドを失うことなく作ってきた商業音楽《ポップミュージック》は、平和で安定した世の中でこそきちんと発表もできるし、聴いてももらえるのだと。

『カムバック　飛翔倶楽部ゼロ』が放送されるとき、日本はどうなっているのか。世界は、どうなっているのか。

だからこそ、澤口が「ドラマのトーンとのバランス」という表現を使うのは道理に合わないと悟は思う。胎児《たいじ》の似顔絵を描けと言うようなものではないか。まだ顔がわからない。いや、健やかに生まれてきてくれるかどうかもわからない。

澤口は、エンターテインメントを裏打ちするロジックの理解と、そのための繊細さを持ち合わせていない哀れな男だ。が、自分を不快にさせることが延々と続くならば、同情ばかりもしていられない。この男を介さずに多田羅と対峙する瞬間がきっと必要だ。

多田羅俊介と対面する時がついにやってきた。

左腕のカラトラバを見る。ちょうど十三時半になろうとするところだった。今すぐここを出れば、道がよほど混んでいないかぎり、緊急ミーティングが始まる十四時前には紀尾井町のUBC本社に着いているはずだ。

悟はアーロンチェアからゆっくりと立ち上がった。

第五章

二〇一一年三月九日　水曜　東京・紀尾井町

ジャガー420Gの走りは上々だった。青山通りも比較的空いていたので、予定より早い十三時五十三分にUBCの地下駐車場に駐めることができた。

エレベーターで一階のロビーまで上がり、受付で一日入館証の発行を待つ。背面の超大型ディスプレイには、ちょうど始まったばかりの午後のワイドショー『ホンネDEワイド』が映し出されている。

ドラマの放映直前には、番宣で主演の中里猛がこの番組にゲスト出演するはずだし、その五、六週間後に主題歌がリリースされるころには、きっと櫛田義人も出演して司会の本根《ほんね》悠介《ゆうすけ》の脂《あぶら》っこいトークに付きあうことになるだろう。

受付のコンピュータに不具合があったようで、一日入館証の発行に予想外の時間がかかってしまった。カラトラバの針は二時を過ぎている。あわてて飛び乗ったエレベーターの中で、悟はU音の澤口からのショートメールに気づいた。


まもなく十四時ですが、間に合いそうですか？　みんな待ってますよ！

この緊急ミーティングへの参加について、あらかじめ「十四時には少し遅れる」とことわりを入れているとはいえ、自分ひとりだけ遅れてしまうのはやはり気分のいいものではない。澤口のやること為すこと、いちいち悟の曖昧な不安を太字でなぞってゆく。早足で二十階の会議室にたどり着いたのは十四時を三分ほど過ぎたころだった。

おそるおそる扉を開くと、楕円《だえん》を描くように配置された長テーブルをはさみ、両側から自分に向かっていっせいに視線が飛んできた。

真っ先に目にとまったのは、向かって右側の壁に設置されたホワイトボードの前に陣取る澤口。その座る位置と、いつにもまして落ち着かない表情から、この男がプレゼンテーションのアイドリング状態であることはひと目でわかる。

悟は多田羅俊介の顔をネットでしか見たことがない。ウィキペディアには大学時代は砲丸投《ほうがん》げの国体選手だったとあるが、四人の中にそれらしき大男はいない。まだ来ていないのだろうか。この緊急ミーティングは多田羅の都合にあわせて決めた日時と場所のはずだが。悟は早足で乱れた呼吸を整えながらも、胸にもやもやとしたものを感じた。

悟が抱いた疑問を見透かすかのように、澤口が「これで、あとは多田羅Pだけですね。もう少し遅れて来られるようです」と作り笑いで言い、続けて「光安さんとドラマのスタッフは今日が初対面ですよね。じゃあスタッフのみなさんに自己紹介してもらいましょう。あ、光安さんは有名人だからその必要はないですよ」と悟を持ち上げた。

またか。澤口の見え透いた世辞に抱く不快感を、悟は沈黙で表した。けっして多くはないこの人数の中で聞こえないふりをするのもかなり無理があるよな、と胸の中で苦笑しながら。

ほかに知っている顔といえば、まず権藤。悟にだけわかるように軽く会釈してみせた。取りつく島もなさそうな仏頂面は、二十代のころから知っている悟の目にはいささか芝居がかって見える。さらに彼の女性アシスタント、そして櫛田義人の所属事務所シュガー&スパイス、通称シュガスパの社長の下川がいた。

テーブルの左側にも四人いる。全員が同じ黒いスタッフジャンパーを着ているから、UBCのドラマ班であることはまず間違いない。左胸の部分に黄色い草書で入っている縦書きの二文字が、番組名から引用した「飛翔」だと気づいたのは数秒経ってからだった。

いちばん手前の空いている席が多田羅のものだろう。その隣の四十代らしき男性が、おそらくディレクター。初対面なのにそう思えないのは、出で立ちと醸《かも》しだす雰囲気があまりに類型的なドラマディレクター風だからである。小太り。セントジェームスのニットキャップ。トム・フォードの眼鏡。あごひげ。腕時計はウブロ。いったい自分はどれだけのテレビ業界人とこんなしょっぱい空気を共有してきただろう。これまで仕事で出会ったディレクター全員が、ただひとつの同じキャラクターを演じているような気がする。

一方、残る三人は見るからに薄給風情で、肩書きにアシスタントという冠がつくはずだ。三人ともまだ二十代かもしれない。紅一点の女性のまだらに色褪《いろあ》せしたロングヘアは久しくカラーリングを怠《おこた》っているからだろうし、潤《うるお》いに欠けた浅黒い肌はタフな労働環境を物語っている。これもまた自分にとっては既視感の強い光景なのだが。


「いやー、もう編集終わんない終わんない」

荒々しい音をたてて扉が開き、スポーツ刈りの大男が入ってきた。名乗りもせず、ひとり遅れたことを詫《わ》びもせず、でも全員に聞かれることを意識してことさらに多忙を強調しながら、悟の向かいの席に座った。

多田羅俊介に違いない。

フェイスブックのプロフィールに、地元丸亀《まるがめ》の初恋相手と遠距離恋愛を実らせて現在は小学生の女児がふたり、とあったのを思いだす。地味な面立ちはネットの写真どおりで、それよりハンサムでも不細工でもないが、意外なまでの肌の白さと髭《ひげ》の青々しい剃《そ》りあとが妙に印象的だ。カレッジスタイルのフードパーカは巨体を強調するかのようなオレンジ色。胸の校章風のロゴは大学名ではなく、アメリカの量産カジュアルブランド名である。

彼と面識のある音楽業界人たちからは、「とにかくダサい男ですよ」と多田羅の悪口をさんざん聞いてきた。だからどんな化け物が現れるのかとこわいもの見たさもあったのだが、一見したところ、まあ十人並みじゃないか。学生時代から同じ床屋《とこや》に通い続けているようなスポーツ刈りは、この男のファッションへの無頓着ぶりを端的にあらわすが、そこの感度の高さで売る仕事でもないだろうし。

悟は多田羅の陰口を叩いた知り合いの顔をひとまとめに思いだした。連中は「ダサい」と断罪する根拠をこれでもかと言いならべることで、多田羅だけではなくテレビ業界全体への鬱憤《うっぷん》を晴らすつもりなのだろう。だが悟には、定規で測ったようにきっかり半歩先のトレンドをふまえたファッションを身に纏《まと》った彼らのほうが、スポーツ刈りの多田羅よりもよほど矮小《わいしょう》に、よほど醜く感じてしまう。

「多田羅さん、たいへんお忙しいところわざわざありがとうございます！」

口火を切ったのはもちろん澤口である。

「で、新しい曲は上がったの」

多田羅はスマホをいじりながら言う。新しい曲？　意外な言葉に顔を向けた悟を牽制《けんせい》するように、澤口が一瞥《いちべつ》しながら答える。

「いや、その前に今日は遅ればせながら多田羅さんに光安悟さんをご紹介したいと思いまして。私のような者が通訳するのではなく、日本を代表するクリエイターのおふたり同士で、直接ご意見を交わしながらアイディアを確認なり固めるなりしていただければと」

ようやく顔を上げた多田羅と目が合った悟は軽く会釈する。だが多田羅はそれには応えず、澤口に視線を向けた。

「固める？　澤口さん、寝ぼけてんじゃないの？　アイディアなんてこっちは百年前から固まってるの。おたくが俺の言ってることずっと読み違えてるんだろうが。こっちが欲しいもんを素直に作りゃいいんだよそっちは。歌なんかなくてもドラマは数字取れるんだ。ドラマに乗っかってヒットさせたいって涎垂《よだれた》らしてんのはそっちだろうが」

悪代官もかくやという罵詈雑言《ばりぞうごん》に悟はあきれたが、その場にいる誰もが言葉を継《つ》ごうとしない。ある程度予想はしていたが、まさか多田羅がこれほどあからさまに威を張るタイプだとは。側近を叱責《しっせき》して圧倒的優位を見せつけ、それより遠い関係性の者を萎縮《いしゅく》させるという、古典的なやり口だ。悟はつとめて自然な笑顔を心がけて立ち上がった。

「誰も紹介してくれないようなので自己紹介させてください。ぼくが……」

「光安悟の顔くらい知ってますって。帝テレさんのオーディション、たまに観てたから」

「おっ、『スターサーチン』ですね。それは恐縮です」

「それに顔なんて知らなくてもわかりますって。だって、ここにいるほかの顔はもう全部見飽きるくらい見てんだから。きっと猛烈にお忙しいんですねえ。会議で毎回お名前が挙がってきた売れっ子の光安さんが、今ごろになってようやく初めてのお出ましですからねえ」

多田羅の挑発的な言いまわしに、悟は不快感に加えて疑問を抱いた。記憶するかぎり、主題歌制作に関してUBCでのミーティングに呼ばれたことは一度もない。権藤や下川が今までその呼びだしを堰《せ》き止めていたのか。いや、その上流にいる澤口か――。

訝《いぶか》しむ悟の視線をさえぎるように、澤口が口早く言葉をはさむ。

「いや、光安さんには今までミーティングにお声がけしてなかったんです。旗振り役が何人も同席することになっちゃうでしょう」

「何人も、ってなんだよ」

多田羅が声を荒らげた瞬間、澤口が口を歪めた。

「あのね、澤口さん。なにか勘違いしてない？『飛翔倶楽部』の旗振りは最初からひとりしかいないんだけど。誰だ？」

「もちろん多田羅さんです」

「なんで？」

「多田羅さんのドラマだからです」

「本気で思ってんの」

「思ってます」

「じゃあなんで『何人も同席する』なんて言ったんですか」

多田羅は不機嫌な表情のまま、敬語の部分だけを大きくゆっくりと話した。この口調になるのはめずらしくもないのだろう。一瞬にして部屋の空気が澱《よど》む。揚げ足をとられるのをおそれてか、澤口も口を開こうとしない。

悟は柔和《にゅうわ》な笑顔を取りもどして多田羅を見つめた。仕事を始めたころ、悟が作り笑いをするたびに年長者たちは「人たらしの笑顔だねえ」と相好《そうごう》を崩《くず》したものだ。黙っているとクールな印象を与えがちな悟だが、笑顔になると極端に目尻が垂れる。その落差が彼らの警戒心をほどくようだ。最近ではそんな顔の造作を与えてくれた両親に対して素直に感謝できるようになった。これは一種の生前贈与だと。

作り笑いをこしらえる必要のある場面も減った四十代の現在、その効果が錆《さ》びていないかどうか、少し心許ない。こういうときは〈俯瞰《ふかん》の悟〉を呼びだすにかぎる。冷めた視点を持つもうひとりの自分に、いろんな指示を出してもらう。

「多田羅俊介さん」

〈俯瞰の悟〉の指示に従い、フルネームで呼びかけた。

「はい？」

狙い通り、虚を衝かれた多田羅は寝起きのような無防備な表情をみせた。今がチャンスと、彼がしかめっ面に戻る前に悟はつとめて柔らかい口調でたたみかける。

「ここまではあえてお目にかかることなく、客観性を保ちながらの曲づくりを心がけてきたのですが、いよいよ詰めの局面に入ったかなと感じてまして。『飛翔倶楽部』のグランドデザインは多田羅さんの頭の中にしかないので、それを正確にヒアリングさせていただこうと、今日はオブザーバーのつもりでミーティングにお邪魔させていただいてます。ご理解ありがとうございます」

「……どういたしまして」

多田羅の口角《こうかく》が緩《ゆる》んで黒目が泳いだのを、悟は見逃さなかった。

「いやあ、メディアを通して多田羅さんのご活躍は拝見していたので、今日はそんなえらい方にお目にかかれて光栄です」

「えらい？」

まずいぞと〈俯瞰の悟〉がつぶやく。悟はせいぜい「ご活躍の」くらいの意味を伝えたかっただけなのだ。低姿勢を装うあまり、勇み足で「えらい」という言葉が出てしまった。いかにも大げさだし、皮肉めいた響きがある。さっき多田羅の表情がいくぶん和《やわ》らいだのを見て慢心《まんしん》が生まれ、世辞が過ぎた。澤口の小狡《こずる》さが伝染したのかもしれない。

　多田羅のようなプライドを重んじる男は、仕事の内容に真っ向から反論されるより、自分自身が揶揄《やゆ》の対象となることに敏感だからタチが悪い。だがここで失言を認めるのはもっと具合が悪いだろう。腹をくくれ。悟は〈俯瞰の悟〉のささやきに従うことにした。

「ええ、多田羅さんのお仕事を見てると、この人はえらいなあと素直に思うんです」

「どういう意味ですか、それ」

　詰問《きつもん》の一歩手前のトーンで多田羅が訊ねる。

「いや、だから言葉通りの意味ですよ。確実に今の日本のエンターテインメントを牽引されているおひとりだなあ、まだお若いのにえらいことだよなあ、と」

「俺のことバカにしています？」

　ここまで決定的な台詞を相手が口にした時は、それを復唱するにかぎる。

「バカにしています？」

「……いや、いま若いって言いましたよね」

「ええ、言いました。多田羅さんがまだ三十六歳だと知って正直驚きましたし、お仕事ぶりを考えると心から尊敬せずにはいられません」

　多田羅が黙りこんだ。会議室にいる誰もが固唾《かたず》を呑んで自分と多田羅のやりとりを見守っているのがわかる。

　数分経っただろうか。いや、まだ十秒も経過していないのかもしれない。

「俺はえらくなんかない」

　吐き捨てるように多田羅がつぶやいた。

「俺はちっともえらくない。少なくともウチの会社はそう見てくれていない。誰もわかっちゃいないんですよ。数字しか見てないんだから」

悟にはずいぶん子どもじみた言い分に感じられる。泣き言の響きさえあった。

この男はただ視聴率が欲しいだけではないのか。ならば何が目的で飽きもせずにベタなドラマづくりに固執するのか——。

ふさわしい言葉をさがしても、頼りの〈俯瞰の悟〉は遠くへ消えてしまったようだ。

「数字をとれるってこと自体がすでに作り手への評価ですよ。UBCのみなさんは同じ局内にいらっしゃるから、外部のぼくほどストレートには表現されないのかもしれませんが、言葉にしなくても多田羅さんの偉大さは誰もが認めているはずです」

さっき言った「えらい」が軽口や揶揄ではないことを強く印象づけるために、「偉大さ」という拡張した表現でなぞってみた。再び多田羅の口角が弛緩《しかん》したように見えたが、すぐにその表情は消えた。悟の目を初めて正面から見据《みす》えて徐《おもむ》ろに口を開く。

「こっちは数千万人の視聴者と日々、いや毎秒勝負してる。十万、百万程度の客相手に一喜一憂《いっきいちゆう》する商売じゃないんです。わかったような口をきくのは控えてもらえませんか」

それまでよりずっと低いトーンで多田羅は言った。音楽業界人への侮蔑《ぶべつ》を含んでいるのは確かだ。おまえら、テレビのメディアパワーに依存した小判鮫だろ、と。

下川がテーブルの下で両手の拳《こぶし》を震わせながら、声も上げずに呪詛《じゅそ》を吐く。唇の動きは「無料《タダ》のくせに」と読みとれた。音楽人がテレビ業界人を指して放つ悪口としては最も古く、かつ今なお最もポピュラーなものだ。

「ご気分を害したなら、ごめんなさい。そうですね、テレビと音楽じゃ数字の意味も違いますよね。失礼しました」

悟はテーブルのむこうの多田羅とドラマ班全員に深々と頭を下げて詫びた。「出費の体感がまるでないテレビ視聴者が何千万人いようが、ゼロに何を掛けてもゼロ。身銭を切って千円のＣＤを買ってくれた音楽ファンひとりの重みや尊さには絶対かなわない」が口ぐせの下川への気遣いを込めたつもりだ。

頭を下げて済むなら、まだましだろう。トラブルの芽を見つけたら直《ただ》ちに自責化することくらい、プロデューサーにとっては呼吸するようなものだ。

多田羅は太い両腕をきつく組んで目を閉じた。ドラマのスタッフたちの所在なげな視線が、ブラウン運動のように会議室の中を泳いでいた。

☆

ミーティングは結局、多田羅俊介の癇癪《かんしゃく》を確認しただけで終わった。

最新デモのどこに不満があるのか具体的に聞きだすために出席したのだが、わかったのは多田羅のいきり立ちやすい性格といびつなプライドだけだった。

彼のチームのスタッフの覇気《はき》のなさも終始気になった。多田羅よりあきらかに年長のディレクターにさえ発言権がないようでもあった。この殺伐《さつばつ》とした雰囲気の中でよくも仕事が続けられるものだと、妙に感心したくらいだ。そんなことは厭《いと》わぬほど視聴率がよい、つまりキャリアアップになるということか。

それにしても、Ｕ音の澤口の杜撰《ずさん》な座長ぶりには閉口する。「何はともあれ今日は多田羅さんと光安さんが初めて顔を合わせたという歴史的な日になりましたね」と歯の浮くような台詞でまとめようとしたものだから、多田羅は不機嫌を丸出しにして「今日はもう解散解散、撤収！」と雄叫《おたけ》びを上げ、ミーティングはお開きとなった。

U音との間に権利関係の確認事項をいくつか抱えた権藤と彼のアシスタントは、澤口とそのまま二十階に残り、悟は下川とふたりでエレベーターに乗った。

ほかに客はいない。扉が閉まった瞬間に下川が長嘆《ちょうたん》する。このタイミングとこの声量は、悟に気を許している証しだ。

「ミッチー、俺の知ってるUBCは昔はこうじゃなかったけどねえ。くっだらねえヤツがでけえ顔するようになったよなあ」

悟のことをミッチーと呼ぶのは昔も今も下川ただひとり。それがけっして不快な印象に結びつかないのは、還暦を過ぎたこの事務所社長の素朴《そぼく》な人柄によるものだ。

「今日の話だけだと、多田羅さんがどんな人かまだよくわかりませんでしたけど」

「ふたりっきりなんだからさ、もう建前で話すのやめてよ。俺は今日で会うの三回目だけど、最低な野郎じゃねえか、あのデブ。ま、俺も他人のこと言えないけどね」

そう言って下川は自分の突き出た腹部をさすった。なにげない仕草にもおかしみが滲《にじ》みだすのは十年前から変わらない。そこにひと刷毛《はけ》のかなしみが加わったような気もするのは、下川だけではなく自分も歳を重ねたからだろうか。

「社長もずいぶん貫禄《かんろく》ついちゃいましたね」

「あひゃひゃ。接待接待でね」

下川がグラスを飲み干す仕草をする。癖のある笑い声は健在だ。

「ミッチー先生と会わなくなってもう七年か？　八年か？　その間に五キロばかし太ってね。義人のあとが続かないもんだから、ウチみたいな弱小事務所はたいへんよ」

「たいへんなのは音楽業界全体ですよ。シュガスパがほんとに弱小なら、もうとっくにつぶれてるはずです。いや、先につぶれるのはテレビ局のほうかもしれない」

「出たね毒舌《どくぜつ》。黒ミッチー健在ですねえ」

「勘弁《かんべん》してくださいよ。ぼくこそ零細《れいさい》出入業者なんですから」

「何言ってんだよ。ミッチーみたいなモノを作る立場のクリエイターは、いつの時代でも需要があるんだから。いらねえのは無能なマネージャーだよ」

「今日はあくまで自虐《じぎゃく》で攻めますね、社長。でも実際どうなんです？　今回みたいな大きなタイアップとるためには、かなり動かれたんでしょう？」

「いやあ、あくまで業界の常識の範囲内でしか動いてないからウチは……」

お茶を濁《にご》すような、若干《じゃっかん》の含みがあった。下川は一見素朴な男だが、そのじつ狡猾《こうかつ》なところもあることを悟は知っている。もうひと突きくらいは踏み込んでもよさそうだ。

「え、でも今回もノーチェさん案件なんですよね」

「いや、ノーチェとは別口で降りてきたタイアップなんだよ。でも……あひゃひゃ、もう着いちゃった。ミッチー、この件はまたあらためて。近いうち飲もうよ。俺から連絡する」

下川が早口で言うと同時に、エレベーターは一階で止まった。扉が完全に開くのを待ちきれずに出て行った下川は、振り向くことなく右手を高く上げてバイバイと振った。昭和の銀幕スターを思わせる気障《きざ》なポーズも、この男がやると滑稽《こっけい》に見えてしまうのだから、得しているのか損しているのか。悟はかすかに笑った。


『飛翔倶楽部』に主演する中里猛の所属事務所ノーチェは、七〇年代に一世を風靡した美少女歌手・如月《きさらぎ》かおりのカリスママネージャー村山百太郎《むらやまひゃくたろう》が、かつて「御苑王国《ぎょえん》」と称された芸能プロダクションの老舗《しにせ》・御苑プロから独立して興した会社である。オンボロ車のハンドルを自ら握って全国行脚し、如月かおりと日本ミュージックアワードのグランプリにたどり着くまでの道のりは、ジャパニーズドリームそのものだ。それから三十年あまり、現在の政治力は古巣の御苑プロを凌駕《りょうが》するといわれる。

ノーチェで男性アイドルを手がけて成功させたマネージャーの下川隆三が円満独立して設立した音楽事務所が、シュガー＆スパイスだ。ヴァイブ・トリックスや櫛田義人のヒット曲の背後には、必ずノーチェの存在がある。それを知らぬ音楽業界人はまずいない。

例えば新しいドラマが始まる場合、主題歌や挿入歌を歌うのは、主演俳優の事務所（仮にAとする）に所属する歌手やグループであることがほとんどである。一九九〇年代以降の民放ドラマ、公共放送、映画にしてもさほど事情は変わらない。

ではテレビドラマの主題歌を歌う資格があるのは、主演俳優と同じA所属の歌手だけなのか。答えは否《いな》だ。ドラマのイメージに合致する歌手が自社内にはいないとAが判断した場合、あるいはごく稀《まれ》に、気概《きがい》あるドラマプロデューサーがA所属ではない特定の歌手やグループを強く希望する場合、新曲に発生する出版権の一部をAが確保することを条件として、社外の歌手に主題歌担当のチャンスがめぐってくることがある。

とはいえそんな場合においてもなお、Aと近い関係にある歌手が優遇されることは間違いない。「ノーチェ系」と称されるシュガー＆スパイスの看板シンガー、櫛田義人がドラマや映画の主題歌を歌うとき、それは例外なくノーチェ系の俳優の主演作品である。

逆に、ノーチェ系のライバル「キャメロン系」や男性タレントの総本山「パワーハウス」の俳優が主演するドラマの主題歌を義人が歌ったことはなかったし、この先もまずないだろう。それどころか、義理堅い下川はノーチェ総帥の村山百太郎の古巣である御苑プロの俳優のドラマに絡《から》む動きもしたことがない。

芸能界でノーチェの政治力が増大するにつれ、シュガー&スパイスへのおこぼれ《トリクルダウン》は自然と増えていった。十年前まで悟は下川とふたりだけで飲むことがよくあったが、この話題になると下川は「でもウチはノーチェに貢がされてるようなもんだし、ノーチェも局の連中に相当吸いとられてるからねえ。あー、しがらみのないヒットが欲しいよ」と言って悟を煙《けむ》に巻《ま》くのが常だった。

☆

地下駐車場まで下りて420Gの運転席に座った悟は、左腕のカラトラバを見た。UBCに来て一時間も経っていない。十四時以降のスケジュールをまるまる空けておいたのに。

カーステレオの電源ボタンを押そうとした悟は、先月聴いたラッパー宇多丸《うたまる》のラジオ番組『ウィークエンド・シャッフル』を思いだして手を止めた。番組名物の映画紹介コーナーでは、公開されたばかりの園子《そのし》温《おん》の新作『冷たい熱帯魚』が取り上げられていた。劇中で怪演をみせたでんでんを、宇多丸はトレードマークのハイトーンボイスでしきりに讃《たた》えた。

主演はでんでん以外考えられない。主演はでんでん以外考えられない。

賛辞を何度も反芻《はんすう》しながら、悟は自分の今の仕事を考えていた。

『カムバック　飛翔倶楽部ゼロ』主題歌のプロデュース依頼をもし断っていたとしたら、いったい誰が櫛田義人の曲を作ることになったのだろうか。

いや、もしかすると、権藤はまず誰かにプロデュースを依頼して、それが断られたから自分にメールを送ってきたのではないか。

疑いをかき消すように、420Gのエンジンを吹かした。最初こそ不穏な響きがあったが、すぐにいつもの音に戻った。この滑《なめ》らかな音が途切れないうちに、とにかく駐車場を出なければ。自分にしかできないことを考えるのは、それからでいい。

第六章

二〇一一年三月九日　水曜　東京・表参道

UBCの駐車場から出るには出たが、ミーティングで現状の主題歌デモのどこが問題なのか判明しなかった以上、そのままミツスタに戻る気にはならない。自宅に帰るとしても、どんな顔で紗和に向きあえばよいのかわからない。悟はもう十年近く会員になっている表参道のスポーツクラブに行くことにした。

六本木通りから青山通りに出るために骨董《こっとう》通りを抜けるルートを使ったら、六つある信号のすべてに赤で引っかかってしまった。UBCに向かったときとは大違いだ。週末でも五十日《ごとおび》でもない水曜日なのに、どうしてこんなに道が混みだしたのだろう。発車するたびに排気音に不協和な響きがまじるのが聞こえたが、スポーツクラブに着くころには420Gはようやくいつもの滑らかな音に収まっていた。

もともと線の細かった悟が、今では頑丈《がんじょう》なイメージで認知されているのは、留学先のニューヨークでルームメイトの黒人学生フレディーに教えてもらった予備役将校訓練課程《ROTC》仕込みの筋力トレーニングのおかげだ。一時はこのスポーツクラブに週三回のペースで足を運び、ストイックにウェイトトレーニングに打ち込んだものだ。

だが一昨年にぎっくり腰を発症してからは、もっぱらストレッチと水泳である。細くたって構わない、やわらかさが欲しい。少年時代には努力せずとも身に付いていた、あのやわらかさこそが強さではないか。からだも、こころも。いまではそう思っている。

☆

紗和に半ば強引に連れられて初めて堂丸《どうまる》クリニックを訪れたのも、一昨年の暮れのことだ。紗和が三十五歳になるちょうど二週間前だった。

そのふた月ほど前、ふたりはパソコンの画面を見つめながら、今年の紗和の誕生日はどこの店に行こうかと話しあっていた。結婚以来、ふたりで外食する機会はめっきり減ったが、それぞれの誕生日は人気のレストランで夕食をともにするのが恒例《こうれい》だからである。例外はロサンゼルスでのレコーディングと重なった結婚四年目の悟の誕生日だけだ。

グルメサイトで十軒目を見終えるころ、紗和が泣いているのに気づいた。突然というよりも、少しずつ溜まり続けた水が甕《かめ》からあふれ出てくるような、終わりの見えない泣き方である。嗚《お》咽《えつ》から号泣《ごうきゅう》へと変わるのに大して時間はかからなかった。

ときに息を詰まらせながら、それでも懸命に何かを語ろうとする紗和の言葉を聞きとるのは困難を要したが、やさしく何度も質問を重ねてようやくわかったのは、今年はレストランなんて行きたくないということだった。

「わかった、無理に行かなくていいんだよ」

悟が理解を示すと、紗和は乱れた呼吸を必死で整えながらきれぎれに言った。

「今年は、レストランじゃなくて、一緒に、病院に、行ってほしい」

不妊治療の権威として知られる堂丸伸介《しんすけ》医師が、同じ産婦人科医の息子と開業するそのクリニックは、千駄ヶ谷《せんだや》の住宅地の中にひっそりとたたずむ三階建てのビルにあった。

ネットには患者の声として、クリニックは一方通行が入り組んだ迷路のような区域に位置し、付近には駐車場も皆無《かいむ》なので、初診時は公共交通機関の利用を強くお勧めする、とあった。悟と紗和は午前中に新宿に出て伊勢丹で買い物とランチを済ませ、数年ぶりに乗った総武《そうぶ》線を千駄ヶ谷駅で降りた。

東京体育館側の改札口を出てから、どれだけ道に迷ったことか。まだ根深い先入観や偏見が残る不妊治療を専門とする産婦人科の開業にあたって、あえてそんな立地を選んだとしか思えない。悟は紗和の手を強く握りしめ、曇りガラスの自動扉をくぐった。

受付にはマタニティ・コンシェルジュと名乗る女性がいた。紗和が名前を告げる。

「三時にご予約の光安さまですね。ご主人さまも、ありがとうございます」

そう言って女性は紗和だけに体温計を手渡した。黒いドレープが切り替え仕様になったワンピースがさまになる。右腰のあたりにつけた名刺型の名札には「高桑碧《たかくわみどり》」とある。

服に負けないだけの豊かな質感のある彼女の肢体《したい》に、悟はしばし目を奪われた。背の中ほどから腰にかけてのゆるやかな曲線は紗和にはないものだ。体形が異なるのですぐには気がつかなかったが、ワンピースはダイアン・フォン・ファステンバーグのラップドレスのようだ。色違いでいくつか持っている紗和は、当然気づいているだろう。

医療機関という場ではやや過多とも思える色香を発するファッションから、悟はこの高桑という女性の確固とした主張を感じとった。ここは単なる医療機関を超えた特別な場所であり、自分の業務もまた特別な位置づけにあるという静かな主張ではないか。

見たところ紗和と同じくらいの年齢だろうか。いや、中音部から低音にかけて豊かなアルトの声質は四十代のものかもしれない。

「恐れ入りますが、本日はたいへん混みあっておりますので、一時間ほどあちらでお待ちいただくことになるかと思います。ご了承ください」

そう言ってしなやかに左手をロビーに向けた。薬指のリングがにぶい光を放っていた。

☆

このごろ代謝《たいしゃ》の落ちてきた悟でもやや汗ばむ温度に空調設定されたロビーには、五人ほどの女性患者がいた。そのうちの三人には夫が付き添っているが、どの夫婦も口を開かずにそれぞれが雑誌を読んだり携帯電話をいじったりしている。どこからか携帯が鳴る音が聞こえたかと思うと、ひとりの夫があわてて外に飛びだしていった。

ダークな色合いの木製マガジンラックから「ＶＥＲＹ」を一冊抜きとった紗和は、ソファに腰を下ろすとリラックスしてページをめくった。悟はその様子をドリンクサーバーで紙コップに冷たい烏龍茶を注ぎながら見た。もうすぐ三十五歳になることを気にしている紗和だが、ここではいちばん若い患者のようだ。そして、いちばん美しい。それは夫の贔屓目《ひいきめ》ではない。

仙台の民放局ＳＵＣのアナウンサーだった紗和は、写真週刊誌の「全国美女アナ図鑑」で大きく取り上げられたことがある。「バレエ少女のようにスレンダーな体形」と評された細身を維持するために、紗和は今でも毎週のヨガクラス通いを欠かすことがない。

十年前、悟はヴァイブ・トリックスのデビューキャンペーンに同行して、SUCを訪ねた。フリーランスのプロデューサーが特定の新人の地方キャンペーンに同行するのはめずらしい。ラッキーミュージックのA&R権藤とやたら波長が合った悟は「仙台出張でうまい牛タンを食べませんか?」という誘いに乗ったのだった。

二つのテレビ番組と三つのラジオ番組に悟も出演してほしいと聞かされたのは、仙台に着いてからだ。困惑した悟はそんな話は聞いてないと反論したが、権藤はニヤニヤしながら「何しろあの子たち、まだおしゃべり《ベシャリ》のほうは素人なもんですから。ここは大プロデューサーの光安さんのお力をお借りしたく!」と軽薄な調子でかわすのだった。

懇親会で二軒目のカラオケから合流したのが庄司《しょうじ》紗和である。番組で共演したわけではないが、酒に酔ったSUCの編成部長が無理やり呼びだしたのだ。悟の隣に陣取っていた部長は、紗和が部屋に入ってくるやいなや「全国美女アナ図鑑に載ったウチのエースが登場です!」と絶叫して嘔吐《おうと》するありさまだった。

紗和の第一声が「ウチの部長がすみません!」というのは、以後悟がくり返し語ることになる馴れ初めの落ち《パンチライン》だ。プレスのきいた白いハンカチを躊躇なく取りだした彼女は、悟のジル・サンダーのレザージャケットについた吐瀉物を手際よく拭きとった。

その自然な所作に好感を抱いた悟は、単なる欲望の対象ではなく配偶者の候補として紗和を入念に観察した。すべてが好ましく見えた。東京に戻ってすぐにお礼としてエルメスのハンカチを贈ったことがきっかけで、遠距離の交際が始まった。

初めてのデートは紗和の東京出張にあわせたものだった。

悟が指定した麻布十番《あざぶじゅうばん》の割烹《かっぽう》『よしなが』に、約束より五分ほど遅れて来た紗和は、「お待たせしてごめんなさい、地下鉄出てから迷っちゃって」と頭を下げた。

「わかりにくいよね、この辺。庄司さんはずっと仙台なんだっけ。ご両親の束縛《そくばく》から自由になりたいと思ったことないの？」

悟の誘導めいた問いかけを、紗和は不思議そうに訊きかえしてきた。

「束縛、ですか」

不意を突かれた悟は一瞬口ごもったが、涼しい表情を精いっぱい保って言葉を続けた。

「うん、だって東京に行きたかったでしょ。そういう仕事してるんだったら」

「地方局のアナウンサーがみんな東京を目指しているわけじゃないですよ、両親もわたしを束縛なんかしませんし」

紗和はむきになって正すわけでもなく、穏やかな笑みを浮かべて答えた。

「そっか。ご実家はもともと仙台なの」

「はい、祖父の代から地元で病院をやっています」

「じゃあずっとご両親と暮らすの？　ひとりっ子？」

――立ち入りすぎたか。いや、いずれ付きあいが深まれば直面する問題なのだ。いい歳をした大人の自分には、この種の話を後回しにする時間はない。だから、言い控えるどころか、今の段階で理解してほしいくらいである。悟は開き直った。

「いいえ、去年結婚したばかりの兄がいます。二つ年上で勤務医やってるんですが、じつはいま虎ノ門の病院で修業中なんです。今夜も兄の家に泊まります」

「なら安心だね。お兄さんたちの家には何時に行くって決めてるの？」

悟は平然とした表情でよこしまな考えを収めながら訊ねた。

「あ、それはご心配なく。一応わたしも社会人なので」

わりつく。
——モンシロチョウだ、と思った。つかもうとすればするりと逃げ、立ち去ろうとすれば纏

著名な投資ファンド創設者がオーナーの『よしなが』は、あえて個室は設《もう》けず、けっして多くはない客席のどこかには必ず、顔を知られた芸能人や文化人がいる。メニューはアラカルトなしでコースのみ。気取りに満ちていて、もちろん値の張る店でもあった。

自分の好みの真ん中に位置するわけではなかったが、困難を極める予約を常連の知人に頼んでなんとか確保したのは、その種の空間でのふるまいを見て、紗和の人となりを知りたいという好奇心が悟にあったからだ。

先付《さきづけ》の蒸《む》しあわびと筍《たけのこ》の桜なますから始めて、椀物《わんもの》のサバ船場《せんば》汁《じる》、向付《むこうづけ》のサヨリ短冊《たんざく》造りと進むうちに、紗和は『よしなが』の雰囲気をさほど好んでいないのでは、と悟は思い始めた。出汁《だし》の味わいを褒《ほ》めたり、食器のセンスを絶賛したりしても、口ぶりにはどこか職業的な響きがあった。本当に彼女が店の雰囲気になじめなかったことを実際の会話で確認したのは、ふたりが恋人同士になってからだが。

いまでも鮮明に憶えているのは、紗和がクロエのショルダーバッグにしのばせた懐紙《かいし》を取りだし、食べ残した落雁《らくがん》を慣れた手つきで包んで持ち帰ったことだ。

「きっと母が喜びます」

控えめな物言いからは、人生でいつも手もとに置いておきたい、幸せのにおいがした。

義兄の帰郷を待つことなく、翌年の紗和の誕生日にふたりは入籍した。

形式上は東京光安製作所の社員に収まりながらも、紗和が悟の仕事に関わることはなかった。

仙台の義母も病院の帳簿《ちょうぼ》のひとつさえ見ないと言っていたから、紗和にとっては自然な選択だ

ったのかもしれない。ただ些細な買い物ひとつでも領収書の取りこぼしがないのは、付《つ》け焼刃《やきば》ではない、幼時からの生活習慣を思わせた。

　SUC時代によく面倒を見てくれた先輩の顔を立てるために、さほど気乗りせぬまま女性フリーアナウンサー専門のエージェントと一年契約を結んだ紗和だが、グランドハイアット東京とホテル西洋銀座で結婚式の司会を二回ずつ、東京アメリカンクラブでワインパーティーのMCを一回やっただけで、二年目は契約を更新せずに専業主婦になった。更新しなかったことを事後報告で知った悟は、その理由を問う言葉は一切口にせず、「今までお疲れさま」とやさしく声をかけるにとどめた。

　きっと紗和は、局アナという看板を下ろしてもなお続けたいほどには、アナウンスの仕事を自己実現の手段とは考えていなかったのだろう。半年ほど前から通いだした料理教室で何かが満たされたのかもしれない。わずか五回に終わった「仕事」の場がいずれも富裕層の集いだったのが、彼女の仕事観を象徴していると、そのとき悟は思った。

　エージェントとの契約を終了するころには都内での車の運転にも慣れていた紗和は、自ら社用車のプリウスのハンドルを握って方々へ行くようになった。視覚障害者向けに小説の朗読《ろうどく》を無償《むしょう》で録音するボランティアをしている、と教えられて驚いたこともある。だが悟から何かを訊ねることはないまま、結婚して八年が過ぎた。

☆

　ゆっくりと三十分ほど泳いだら、過熱気味だった頭も少しはクールダウンしたようだ。心地よい疲労を覚えた悟は、湿式サウナでしばらく体を休ませることにした。

スチームマシンは、規則的なリズムでうすい音を並べては、濃霧《のうむ》を吐きだしている。まるで巨大な赤ちゃんの寝息のようだ――。

ぼんやりと考えた悟は、新生児のイメージが自然に降りてきていることに気がついた。

そうだ、父親になるのだった。

もちろん実感はない。まだないと言うべきか。そのことで頭がいっぱいのはずの紗和に対して、どこか後ろめたい気持ちがある。

ただ、特段何の疑問を抱くこともなく十年も利用してきた湿式サウナで、こうして赤ちゃんのイメージが降りてくるというのは、心のどこかで「その日」の到来を待っているのかもしれない。期待しているとまでは言えないのは、抱える不安の大きさに気づかぬふりができないからだ。

母親と父親の違いなんだから気にすることはないと、世の常識を背負って慰《なぐさ》めるように自分の心に言い聞かせてみる。

はたして、そうだろうか。

疑念は払拭できない。これが女と男の違いではなく、紗和と悟の違いだったら。人間としての格の違いだったら。親になる者が備えていてしかるべき何かを、自分が持っていないだけではないのか。

今朝紗和から妊娠を告げられたときのことを思いだしてみる。まず反射的に感じたのはよろこびだったか、安堵だったか。

よろこびだった。そう思いたい。だが――。

悟は必死に冷静さを取りもどそうとする。やっと不妊治療が終わるという安堵がもたらす解放感がまずあって、それが自分を高揚させた後に父親になるよろこびへとつながったのではないか。そのつながりは地続きのように境目が曖昧だとしても。

でも、どんなに境目が曖昧であれ、「安堵」から「よろこび」への順序は動かしがたいものだったと悟は知っている。そのことへの罪悪感は紗和への後ろめたさと同義だ。


夫婦に子どもがいないのは、人気歌手が暮れの『NHK紅白歌合戦』に出ないことに似ている。子どもがほしくて結婚した夫婦ばかりではないように、プロとしてデビューした歌手なら誰でも紅白歌合戦に出たいというわけではない。

ヴァイブスがそうだった。デビューの年から三年連続でNHKから紅白への出場を打診されたヴァイブスは、メンバーとラッキーミュージックとシュガー&スパイスの総意を反映して出場辞退をつらぬいた。

ソロ活動を始めた年、櫛田義人は「ソロでしかできないこと」をとことん模索した結果、ヴァイブスが辞退し続けた紅白への出場を希望した。「ばあちゃんを喜ばせたいんで」という言葉はたんなる照れ隠しではなくて本音だったはずだ。

だが希望は叶えられなかった。ソロデビュー曲「アナザー・ライフ」はその年を代表するヒットとなり、紅白出場希望を公言したうえに時代劇出演まで果たしてNHKに並々ならぬ貢献《こうけん》をしたのにも拘《かかわ》らず、である。

「こんなのありえないっすよ。三年間あんなに出てくれって頭下げておきながら、いざオレがソロで出たいって言ったら門前払いですか。ありえないっす。チョンマゲのヅラまでかぶって運動したんですよ。オレどんだけカッコ悪いっつーんですか」

シュガスパの下川社長が催した残念会で荒れに荒れた義人は、そんな愚痴をくり返しては人目もはばからずに泣いたと聞く。

ところがそれは杞憂だった。出場歌手のリストに義人の名前がないことを、メディアは八割がた「落選」ではなく「辞退」と報じたのである。それがいかに誇り高き英雄的行為であるか論じた週刊誌もあったほどだ。ノーチェや、ましてやシュガスパに忖度してそう書いたわけではなく、記者たちの目には本当にそう映ったようだ。

ショウビジネスとはいかに映《ショウ》すかのビジネスだ。真相は落選であっても、世間の目に辞退と映ったのならそれこそが真実なのだ。そして真実は「世の常識」となっていく。

あれからすでに六年が経った。いま櫛田義人の活動が精彩《せいさい》を欠いているのは否めない。だがそれでも音楽業界で十年も生きのびて、『飛翔倶楽部』のような人気ドラマの主題歌というチャンスが巡ってくるのは、あのとき紅白歌合戦に出ていたずらにキャリアのピークを作らなかったからだ。それは義人本人が最も強く痛感していることだろう。

悟はわが身を考える。

いま自分は危険なピークを迎えようとしているのかもしれない。

夫として、また生まれ来る子の父親として。

では、音楽プロデューサーとしてはどうなのだろう――。

特撮映画の音響効果を思わせるノイズを上げ、スチームマシンが停止する。

サウナルームに訪れる凪《なぎ》のようなこの瞬間が悟は好きだ。濃霧の中を彷徨《さまよ》っていた悟の意識も、再び体に戻ってきた気がする。

不妊治療の主役は女性。これも「世の常識」かもしれない。声高《こわだか》に異を唱えるつもりはないが、治療に臨むようになってから、悟は常識そのものに違和感を抱き始めた。

たしかに出産の主役は女性だ。どう転んでも男性にできることではない。その事実を悟は何よりも尊重している。だから一昨年の秋、紗和が夫婦で堂丸クリニックを訪ねたいと言いだしたときは、子どもがいない現実に対して高い問題意識をもち、母親という役割に挑もうとする妻の勇気に感服したし、そんな彼女をいとしくも誇らしくも感じた。

結婚して七年経っても子どもがいないことについて、悟はさほど気にしてはいなかった。自分の周囲ではそんな境遇の夫婦がめずらしくなかったからだ。

悟の仕事には、毎日顔を合わせる口うるさい上司はいない。もちろん親しいミュージシャンやアレンジャーといった仕事仲間はいるが、日常生活に干渉されることはない。気がつけば紗和とふたりだけの暮らしが七年も経っていた。夫婦それぞれのきょうだいが子宝に恵まれたせいか、たがいの実家から孫の顔を見たいとせがまれることもない。

子どもが「いない」は、「つくらない」と「できない」の総和である。このふたつは根本的に異なるものだ。いずれも人生の出来事ではあるだろう。だが「できない」がライフだとすれば、「つくらない」はライフスタイル。それだけの差があるのではないか。

今ではそう感じている悟も、不妊治療を始めるまでは、自分たち夫婦がスタイルを備えた人生を過ごしているのかどうかを深く考えたことがなかった。

自分には確たる人生設計がないのかも。悟はそう思うことがある。好きな音楽を仕事にし、好きな紗和と配偶者の関係になっただけで十分な幸せを感じてきたのだ。

是が非でもと子どもを欲していたわけでもない。避妊するときもあればしないこともあった。悟の気まぐれに紗和は文句も言わずつきあってきた。だがそのころ、避妊を続けてまでもやりたい仕事があったわけでもなかった。避妊しなければすぐに子どもができると考えるほど若くもなかったが。ありのままを受け入れる、なんて格好つけて言う必要もないほど、目の前の「子どもがいない」という状態への問題意識が希薄だった。

だからこそ、不妊の原因が紗和ではなく、自分の無精子症《むせいししょう》にあると判明したときの衝撃《しょうげき》といったらなかった。

【心療内科にて】

二〇一一年三月十日　木曜　東京・東池袋

わたしにとっての母ですか？

結婚するまでのわたしにとって、女の人生は二通りしかなかったんです。母みたいな生き方と、それ以外。問題は「それ以外」がどんなものか、具体的にはまったくわかってなかったということですね。母は支配欲が強くて、子どものわたしには圧倒的な存在でした。

母の支配をふり切って自分の意見をつらぬいたのは、結婚が初めてかもしれません。夫と結婚して母を失望させましたけど、わたしの決断は間違っていなかったと思います。

仙台はいい街ですが、庄司病院の娘としてずっと暮らしていくのは息が詰まりそうでした。母が望んだような地元の医者でも弁護士でもなく、東京で音楽の仕事をしている夫と結婚したのは、自分の人生を変えてくれると思ったからです。今のわたしを肯定してくれて、未来を一緒に作ってくれる人だと。

夫に出会って結婚してからも、彼の子どもが欲しいという気持ちと、自分も母親になったら子どもを支配してしまうのではないかという恐怖心の間で、身悶《みもだ》えしながら生きてきました。

初デート？　和食屋さんに行ったんですけどね、味醂《みりん》がききすぎの味つけは舌に合いませんでした。最後の落雁も手が伸びなくて、仕方なく懐紙に包んで持ち帰ったんです。母へのお土産にするって言ったのかな、あのとき。出まかせで。そしたらあの人、すごく感激しちゃったんですよ。それを見てわたしは夫を好きになったのかもしれません。嘘を言った自己嫌悪でその夜は眠れなかったくらいですから。そんなこと、初めてでした。

そうですね。そのときから印象は変わりませんよ。この人はわたしを裏切らない、わたしの人生を正しい方向に導いてくれる。そう信じています。だから結婚相手に選びました。


夫の性格ですか？　自分のことをすごく繊細だと思ってるみたいですけど、わたしから見ると、決断力が欠けてるくせに、妙に粘着質《ねんちゃくしつ》なところがあるって感じです。やたら大胆さとか男らしさを強調しますけど、そのたびに、この人ってほんと普通だなあ、罪のない人だなあって。

自分が興味のないことには一切こだわりがないし、一見クールに見えるけど、実際は不器用だし、感情的だし、損得勘定もヘタ。お仕事だって、あれほどの才能も実績もあるのなら、もうちょっと威厳《いげん》があってもいいと思うんですよ。じゃないと、後輩のみなさんの地位もずっと上がらないんじゃないかなあって。自分がもう年齢的にもキャリア的にも、ヒエラルキーの上のほうにいるって自覚がないんですよね。それって無責任。

夫と知り合ったころ？　あのころは「派手なお仕事かと思っていたけど、なんて謙虚なんだろう」って感動していたんです。世間知らずだったから。でも結婚してこれだけ経つと、「この人、謙遜《けんそん》じゃなくて本気なんだ」ってあきれることばかり。

わかりやすくサイン出しても気づかないし、正直、ちょっとおめでた過ぎる。世の真理を語る前に、まずは人の心理を学んでよね、って。

夫の仕事には色っぽさも必要だと思うので、たまにはキレイな女の人がいるお店に飲みに行ったりすればいいのに、気晴らしもレコード買うか音楽のライブに行くかですからね。まあ趣味が仕事になったような人ですから、それで本人が幸せなら、妻のわたしがどうこう言うことじゃないですけど。

うん。はい。今までなにか決定的にイヤなことがあったわけじゃありません。来年で結婚して十年経ちますが、その間、大きな事件に直面したことは一度もありませんし。

でも、そうですね。先生のおっしゃる通りです。どんなに結婚生活を穏やかに過ごしてきたといっても、心の中では何度も崖から転がり落ちるような感覚を体験してきました。人間続けるのって、意外とコツがいるのかな。

わたしの心の底ではいつでも何かがぐるぐる渦巻《うずま》いているような気がします。自分じゃ見ることができないけど。夫は、わたしが泣き虫ってことさえ知らないんじゃないかしら。

でも、わたしも夫が泣いてるところを見た記憶はほとんどないかもしれません。

無精子症がわかったときの夫……。落ちこんでました。イライラしてわたしに絡んだり、不自然に無口になったり、仕事が忙しいふりして明け方に帰ってきたり。

でも、絶対にそれ以上のことはないので。実直そのものって感じの両親に育てられてますからね。一生ハメを外せない人だと思いますよ。

そうそう。先生、聞いてくださいよ。夫は、わたしが人工中絶とか何か妊娠しづらい理由を隠してるんじゃないかって疑っていたんです。一度だけ、わりとストレートにそう訊かれたことがありました。デリカシーなさすぎ。たまにあるんです、あの人。鈍感《どんかん》なところが。仕事先では繊細だと思われてるはずだし、実際こまかいところに気がつくんですけど。

え、だってわたしももう大人ですし、これだけ夫婦を続けていれば、多少のことではパートナーに失望もしませんよ。それくらい夫も追いつめられてたんでしょうし。彼自身もわたしに訊きながら傷ついてたと思いますし、その罪悪感はいまも絶対もってるはずです。

でも、実際は彼の無精子症が不妊の原因だったわけですから。男性として……オスとして、って言うのかな……もう十分すぎるくらいの精神的な制裁は受けたと思うんです。だから、昔そういうやりとりがあったのは、忘れたことにしています。

悟さんは、ときどき目の前で起こっている事実がよくわかっていないんじゃないかな。けど、はい、そうですね。わたしをいちばん幸せにしてくれるのは、夫です。やっぱり。

彼とわたしの新しい命が誕生することに幸せを感じてます。その日が待ち遠しいです。

第Ⅱ部　生業

第七章

二〇一一年三月九日　水曜　東京・六本木

　420Gは、青山霊園を抜けると乃木坂トンネルの手前で左折して坂を下り、国立新美術館沿いに六本木トンネルを抜け、星条旗《せいじょうき》通りへと向かった。ここを抜けきって、防衛庁本庁舎跡地に四年前にオープンした『東京ミッドタウン』の地下駐車場にもぐり込みさえすれば、あとはエレベーターで上るだけだ。

　ミッドタウン・ガレリア棟の最上階四階で降りて、ライブレストラン『ビルボードライブ・トウキョウ』のレセプションに進むと、顔なじみの店員の岸田《きしだ》健太郎《けんたろう》が「光安さま、いらっしゃいませ」と笑顔を向けてきた。

　本日の演《だ》し物を示すディスプレイモニターを見て、今夜はミネアポリス出身の先鋭的なジャズトリオ、ザ・バッド・プラスの公演があることがわかった。十九時のファーストステージの開演まであと二十分ほどある。デビューして十年、これまでライブこそ観たことがなかったが、バッド・プラスはずっとその動向が気になるバンドだった。世に出た時期も、メンバーの数も、ヴァイブ・トリックスと重なっていたからだ。

　とにかく、今夜は生の音に触れたい。音楽という最大の趣味を生業にしてしまったときから、そこで負った傷や痛みを慰撫《いぶ》してくれるのも音楽しかないということを痛感してきた。音楽であれば。音楽でなければ——。

　だが、紗和と結婚してからは、妻の存在はときに音楽以上であることを知った。あるいは、音楽で埋められない何かを埋めてくれることを。

その日の天気や献立《こんだて》についての何気ない会話。いつのまにか聞き慣れてしまった、癖のあるくしゃみの音。手を回した指先で感じる肩の厚み、やわらかさ、ぬくもり。そんなひとつひとつの集積は、結婚してから得たものだというのに、悟が幼いころから体内と脳内に蓄《たくわ》えてきた音楽の記憶の総量をすでに凌駕したのではないか。

それでも、いや、だからこそ、今日のささくれ立った気分をこのまま自宅に持ち帰るのは、お腹に新しい命を宿している紗和を思えば気がひける。ジムに行ってもそのささくれは少しも潤うことはなかったのだから。

☆

一昨年の暮れ、悟は精液検査を受けた。紗和に請われて、彼女の誕生日ディナーの代わりに訪れた堂丸クリニックでのことである。

不妊治療に対して紗和は極度に緊張していた。悟は神経が過敏になっている妻に付き添うためだけに同行した。だから、受付で「本日はご主人さまも検査をお受けになりますか」と訊かれて、反射的に「はい」と答えたときも、ご大層な覚悟などなかった。そもそもクリニック訪問は妻へのプレゼントなのだ。今日くらいは「物分かりのよい夫」を全うしよう。そんな偽善めいた心持ちが、想定外の精液検査の誘いにイエスと即答させた。

そのとき悟が真っ先に抱いたのは、何かの性病が出たらどうしようという不安だった。あとになって思いだすたび、自分のお気楽さと不謹慎さに悟は嫌悪を覚える。だが実際それが唯一の心配事と言ってよいほど、悟は自身の男性機能を疑ったことはなかった。

検査後に紗和とともに診察室に呼びだされ、院長の堂丸伸介から「残念ながら精子はひとつも見当たりませんでした」と告げられたときも、にわかには自分のことだと気づかず、小さく悲鳴を上げた口を両手で覆《おお》う紗和を見て、ようやく堂丸の言葉の意味が飲み込めたほどだ。

ひとたび事態を理解すると、悟の頭の中は瞬時に四隅《よすみ》まで漂白された。小学生のころ、父親に連れられて観に行った映画『八甲田山』のホワイトアウトのシーンがフラッシュバックする。映画を観てから数ヶ月もの間、夢に出てきては恐怖のあまり悟が夜尿《よばり》をした、あのシーンだ。

堂丸は、それが彼にとって見慣れた光景であることを示す落ち着いた口調で、「その日の健康状態やストレスの多い少ないでも精液は影響を受けます。数日置いてから再検査しますか」と言った。その言葉は、真っ白になった悟の脳裏に活版《かっぱん》印刷のように刻まれた。

☆

「ぼくひとりなんだけど、席はまだある？」

悟の問いかけに、岸田が視線を落として端末を確認しながら答える。

「七時からのファーストステージでしたら多少余裕がございます。バーカウンターの前あたりでもよろしいでしょうか」

「うん、あの辺なら気楽でいいや」

「光安さま、今夜は途中で帰らないでくださいよ」

岸田は揶揄するような眼差しを浮かべながらやんわりと釘をさす。悟は仕事のアイディアが浮かぶと、開演後だろうが、すぐに席を立ってしまう悪い癖があるのだ。

ビルボードライブは酒類も提供するレストラン形態だから、ホールのコンサートとは違って演奏中にトイレに立つ客もさほどめずらしくはない。だがそれも頻繁にくり返す常習犯となると、マナーのよい客とはいえないだろう。悟にもその自覚はある。

「帰りたくならないような演奏ならね」

「相変わらず辛口ですねえ」

「口が悪くてごめんね。でもさ、いい音楽聴いてると、自分が作ってる音楽のこともすぐ思いだしちゃうんだ。こればっかりはもう仕方がない」

「私も個人的にはそんな光安さんのこと、うらやましいと思っていますけどね」

かつて将来を嘱望《しょくぼう》されたギタリストだった岸田は苦笑した。

悟は猛烈に喉の渇きを覚えた。サウナの後の水分補給が十分ではなかったのかもしれない。車で来たのでジンジャーエールでも飲むかとぼんやり考えていたのに、そのあと口をついて出てきた言葉は自分でも想像しなかったものだった。

「ビールお願いしていい？」

「はい、いつものヒューガルデンですね」

岸田は悟の心を見透かしたような表情を浮かべて、バックヤードに入っていった。


初めてビルボードライブに来場した客がきまって感嘆の声を上げる夜景も、悟にはなじみ深いものだ。三層吹き抜けの瀟洒な空間のステージ後方には、高さ十メートル、幅二十メートル近くの巨大な高透過ガラスが外壁がわりにはめ込まれている。そのむこうには闇に沈む檜町公園が、さらにその先には秩序なくそびえる高層ビル群が煌々《こうこう》と輝く。

東京の夜景は残業でできている、と言ったのは飯島愛《いいじまあい》だ。

渋谷のタワーマンションで彼女の遺体が発見されてから、もう三回目の春が近づいている。

だが東京の夜景のまばゆい美しさは何も変わらない。貸しビル業に鞍替《くらが》えしたと揶揄されるＵＢＣご自慢の新社屋も、あのビル群の中にある。多田羅俊介もまた美しい夜景づくりに貢献する残業社員のひとりか。悟は武者震いした。

ビルボードライブでは、かつて一世を風靡した世界的スーパースターから初来日となる新進アーティストにいたるまで、音楽性の高いステージを客席わずか三百ほどの空間で観ることができる。スモール・ラグジュアリーと呼ばれるこの種の音楽興行のスタイルは、世界的に主流のひとつになりつつある。

悟は音楽制作のわずかな空き時間を見つけてはこの店に通いつめてきた。開店してからまだ二年にも満たぬある夜、店のレセプションに向かうと「本日で光安さまはご来場百回目です。当店にとって初めてのことですので御礼をさせてください」と言われた。

あれから二年以上が経ったいま、悟もさすがにオープン当初ほど足を運ぶことはないが、それでも月に三、四回はここに来ているだろうか。頻繁に利用する乃木坂の大型レコーディングスタジオから徒歩圏内というのも、ひときわ使い勝手がいい。

終演後に楽屋を訪ね、ライター時代にニューヨークやロサンゼルスで面識を得たアーティストやマネージャーと再会を果たす夜もある。彼らは、プロデューサーに転身した悟に必ず「おまえはＣＤを何枚売った？」とストレートな質問を投げかけてくる。「家は建てたか。車は何に乗ってる？」きっと彼らにとっては、異国の楽屋で具体的なビジネスの話をすることが健全なマスターベーションなのだ。数字で。それもなるべく金額で。

数字。この厄介なるもの。だが音楽ビジネスもまたビジネスであるなら、数字から逃れることはできない。義人は数字ゆえに苦境に立たされ、多田羅は数字ゆえに発言権を持つ。

問題は、どの数字に意味と価値があるかだ。

何年も前に書いたヒット曲が替え歌として使われた鎮静剤のCMで得た印税が、全力を注いでプロデュースしていた十代少女シンガーのアルバム全曲分より多かったこともある。

当時、悟は彼女のことを天才とまで言いきっていた。若いころであれば、CMで得る印税が多ければ多いほど、天才少女が思うように売れないことを大いに嘆いていたかもしれない。だがすでに三十路も折り返していた悟は、過去のヒットのおかげで現在の不遇もちゃらになると、事態を前向きに受けとめることができた。

そして四十路を歩む現在、自己肯定をくり返すことは仕事を長続きさせる秘訣のひとつだと、信じて疑わない。何かを続けること、それは成功の理由ではなく成功そのものだ。

☆

「こんばんは」

カジュアルエリアのスツールに腰を下ろしてビールを待っていると、背後から女性の声がした。この声色には心当たりがある。深い海に差し込む光のような、やわらかいけれど、ひとすじの強さを備えた色。自分ごのみの濡れたアルトの響きに悟は振り向いた。

「やっぱりこういうところにいらっしゃるんですね、光安さんは」

ゆるやかなパーマがかかったロングヘアの美女が立っている。見覚えはあるのだが、はっきりとは思いだすことができない。いつどこで会ったのだろう。

「あの、失礼ですが……」

「こちらこそ失礼しました、堂丸クリニックの高桑です」

マタニティ・コンシェルジュの高桑碧だった。作り笑いで見つめかえしながら、きっと完成度が低いはずの自分の笑顔を恥ずかしく思った。

シニョンをほどいた彼女を見るのは初めてだ。店内の照明を受けて、長い髪は漆黒にも亜麻《あま》色にも輝いて見える。勤務中より若々しいのは、濃いグレーのVネックセーター、ボーイフレンドデニム、黒いエナメルのピンヒールというシンプルなコーディネイトのせいか。メンズサイズのセーターの袖を無造作に引き上げた姿に、艶《あで》やかさがにじむ。

「ああ、高桑さんでしたか。すぐに気づかなくてごめんなさい。あまりに印象が違って」

「印象、よくないですか」

「いやいや、その逆です」

うまく言わされてしまった。この会話が彼女のペースで進行していることを感じるが、けっして悪い気分ではない。

「高桑さんこそ、ここにはよくいらっしゃるんですか」

「いえ、初めてなんです」

「意外だな。慣れてるように見えますよ。それにしてもバッド・プラスなんてよくご存じですね。ジャズ、お好きなんですか」

言外に〈男性とのデートでしょう?〉という問いかけを込めた。その答えで、彼女がどれほど察しのいい大人の女性であるかどうかもわかるはずだ。

「残念ながら何にも知らずに来ました。ジャズ、まったく詳しくないんです。OLしてたころの同期から『会社の接待枠でペアシート回ってきたから』って誘われたんですけど、ついさっき彼女からどうしても残業抜けだせないって泣きのメールが入って。光安さん、今日おひとりなら、あそこに一緒に座っていただけませんか」

高桑碧はステージに向かって前方の左下に手を向けた。デュオシートと呼ばれる二人掛けの円形ソファが配されたバルコニーエリアだった。あのシートは気合いの入ったカップル専用というイメージが悟にはある。岸田から「今やプロポーズの名所ですよ」と聞いたのはいつだっけ。いま自分があそこに座りでもしたら、いったい誰にどんな噂を立てられるかわかったものではない。不用意に近づくのはかなり危険だ。

でも――。

きっと行ってしまうだろう。今夜の自分にはそんな弱さがあることに悟は気づいていた。

目の前のテーブルに置かれたシャンパンクーラーには、ヒューガルデンをとりやめて奮発したランソン・エクストラ・エイジ・ブリュットのボトルが横たわっている。

細長いグラスで乾杯すると、カチリとにぶい音がした。金色の液体がほどよく満たされているせいで残響はない。この、あとに引かない感じこそ、夜のものだ。

ライブが始まってしばらくの間、悟は隣の高桑碧に何度かさりげなく視線を送った。

――この美しい女は、紗和よりいくつ年上なのだろう。

堂丸クリニックに通ううちに、そんな視線を封じ込める癖がついてしまった。不妊治療機関は不思議な場所だ。自分の男性性への対峙を求められながら、同時に野性に蓋《ふた》をすることを強いられる。そして、夜の世界以外であれほど大人の美女が集う場所を悟はほかに知らない。毛先まで手入れの行きとどいた美しい髪の女たちが、持ち手にシルク素材の小判スカーフを巻いたエルメスのバーキンを通学鞄のように持ってやってくる。

クリニックで受けた説明によれば、妊娠までの治療期間は平均で二年ほど、治療費の平均総額はおよそ百五十万円らしい。悟と紗和の場合はもっと高かった。精子は生成されても精管《せいかん》の詰まりで精液に届かない閉塞性無精子症の疑いがあると診断された悟が、睾丸にメスを入れて精巣の組織から精子を見つけだすという男性不妊手術を受けたからだ。その手術を経て顕微《けんび》授精をしたあと、子どもを授かった。紗和が今朝の笑顔にたどり着くまでには、時間も費用もかかった。もちろん効果が出なければ三年も五年も続ける夫婦もいるし、治療費が五百万円を超える例もめずらしくないという。

医療保険がきかない以上、不妊治療は経済的余裕のある夫婦にしか許されない。定時出勤の仕事をもった女性には、事実上不可能な治療でもあるだろう。いつがゴールか予測できないから、出費もどれほどまでおよぶかわからない。無論千駄ヶ谷という土地柄もあるにせよ、そこに集う女性たちの身なりがおしなべてよいのは理由あってのことかもしれない。

患者でも看護師でもない高桑碧は、クリニック内でひとり異質な存在だ。身ぎれいな女性患者たちに少しも見劣りしない容姿と雰囲気を備えている。カッシーナのソファで採精室に呼ばれるのを待ちながら、生活感に欠ける美女が平然とした表情で特殊な業務を日々こなしているのを見るたびに、このシュールとも呼べる状況が東京の底力だと悟は思う。

巨漢のピアニスト、イーサン・アイヴァーソンが淡々とした口調でマイクに向かう。

「ある重量挙げ選手の話を聞いてくれるかな。名前はジャック。ジャックは一九七二年のミュンヘン・オリンピックで銅メダルを獲得したんだ。でもメダルをもらったらすぐに引退しちゃった。ま、そういうヤツさ。そして南フランスに移住して海沿いの街で暮らし始めたんだ。毎日毎日飽きもせずビーチ通いを続けるジャックは、地元のいたいけな少年少女にとってはヒーローそのもの。ヤツの恰好はいつもおんなじでね。ほとんど裸といってもいい。ちっちゃいビキニと、安物のビーサン、そしていつでも胸には……銅メダル」

音楽的な説明が始まるのかと耳を傾けていた悟は、人を食ったオチに噴きだした。隣の高桑碧も同じタイミングでくすっと笑った気配があった。悪くない気分だ。遠くから聞こえる笑い声には「オマイガッ」がまじっている。外国人客に違いない。

MCらしいMCはそれだけで、バッド・プラスの三人はおそろしく難度の高い演奏を淡々とこなしてステージを降りた。アンコールで彼らが再登場するのに合わせ、演奏中は閉じていたステージ背後の緞帳《どんちょう》がゆっくりと開くと、カラスの羽に豆電球を散らしたような夜景が戻ってきた。

闇の度合いを深めた夜が目の前にある。

演奏に聴き入ってしまったせいで、ステージが終わってみれば、ランソンだけが減っていた。食事は手付かずのままだ。高桑碧もまたそうだった。自分に合わせてくれたのかもしれないと思うと、申し訳ない気持ちが胸の中に芽生えてくる。

「音楽に夢中になりすぎちゃって」

まったく手をつけることのなかった皿に視線を落として、悟は言った。

「お肉のソテーも、もう冷めちゃいましたね。ごめんなさい」

「どうかお気になさらずに。私がお支払いしてるわけじゃないので」

「でも高桑さんにも気を使わせてしまいました」

「いいえ、ちっとも。光安さん、ほんとに楽しそうでしたもの。シャンパンもおいしそうに召し上がってたし」

高桑碧の笑顔には一点の曇りもない。

「なんだか恥ずかしいな。いい演奏が始まると、喉がやたら渇くのにお腹はちっとも減らなくて。音楽マニアの悲しき性《さが》ですね。でも高桑さんは、ほとんど飲んでもいなかったんじゃないですか」

「せっかくご用意してくださったのにすみません。じつは発泡性のものは、ちょっと」

「苦手だったんですか。それは悪かったなあ」

「気にしないでください。お酒じたいは好きなんです。初めのひと口を飲んだときは、今日はシャンパンでもいけそうな気がしたんだけどな。ちぇっ、くやしいな」

少年のような粗野な言い回しも、悟に余計な気を使わせまいという配慮だろうか。

「高桑さん、もしお時間が許すなら、ここから歩いて行けるバーで軽くつまみませんか。ぼくはもうお腹ぺこぺこだ」

「わあ、うれしい。喜んでご一緒させていただきます」

岸田が別のテーブルの接客で手がふさがっていることを確認してから、悟は近くにいた勤務歴が浅そうな若い女性スタッフを呼んで会計を済ませた。

第八章

二〇一一年三月十日　木曜　東京・駒場

ミツスタで目が覚めたときは朝も十時を過ぎていた。後頭部にずしりとした酔いの塊《かたまり》が居着いているのを感じる。後背部から腰にかけてのあちこちも固まっているのは、躰《からだ》を折り曲げるようにしてソファで仮眠をとったからだ。

ソファの前に配されたフィリップ・スタルクのプラスチックテーブルには、「週刊新潮」と「週刊文春」の最新号が無造作に重なっている。玄関前のコンビニでソルマックと一緒に買ったのだろうか。起きたばかりの悟には、そのときの店員の顔さえまだはっきりと思いだせない。

ただ甘く気怠《けだる》い感覚だけが残っている。昨夜はどうしても自宅に向かう気になれず、めずらしくタクシーでここに直行したんだっけ。

ベッドがないのは、寝泊まりすることがないからだ。楽曲の提出締め切り前にここで徹夜作業することはあっても、寝るのは自宅のベッドと決めて守ってきた。深夜だろうと早朝だろうと、紗和の眠るベッドにそっと入る。どんなに静かに自然に入ろうとしても、掛け布団をめくるときに目を覚ますことはあるし、なんとかそっともぐり込めたとしても、不意に寝返りを打った彼女がぶつかってきて、悟のほうが痛い思いをすることもある。

だが紗和が悟の遅い帰りを責めたことは一度もないし、悟も自宅のベッド以外で朝を迎えようと考えたことはない。夫婦である以上、あるいは夫婦関係を続行する意思がある以上は、これは当然守るべきことだと心得ている。

明け方になってようやく帰宅した悟の眠りがまだ浅いとき、紗和がベッドから出ていくことがある。まどろみが深まりゆくのをマットレスのわずかな軋《きし》みで阻《はば》まれながらも、朦朧《もうろう》とした意識の中でリビングルームに向かう妻を見送る。もう日常の一部だ。

今日のように、出張でもないのに自宅に帰らなかったことは以前にもあっただろうか。記憶にないという気づきは罪の意識を伴う。それなのに、いつもと変わらず静かに朝が来ることが不思議である。どこまでいっても夫婦は他人という仮説がまた頭をよぎる。もっとも、こんなに思案させる存在もほかにはいないのだから、特別な他人、だろうか。

スタジオルームの隅に、防音設備を備えた二十畳ほどの広々としたスペースには不釣合いな小さい流し台が設置され、紗和が買ったイケアの水切りが居心地悪そうに置かれている。悟はいつも水切りに置きっ放しのファイヤーキングのマグカップを取りだし、淹れたてのコーヒーをなみなみと注いだ。淡いグリーンが瞬く間に褐色に染まっていく。ひとくち飲んで味に違和感を覚えた悟は、反射的にマグカップから口を遠ざけた。

数年前に胃の調子を崩して以来、スタジオではなるべくコーヒーを飲まず、水を口にするよう心がけている。久しぶりに自分で淹れたコーヒーは、豆の分量を間違ってしまったようだ。ただ苦いだけで、著しく風味に欠ける。昨日の朝に紗和が用意してくれたモカの甘い香りがたまらなく恋しい。

それでも、暖とカフェインを取るために、悟はまずいコーヒーを喉の奥へ無理やり流しこんだ。マグカップの半分ほど飲んだところで、自分の頭の中が徐々に覚醒《かくせい》するのがわかる。悟は昨夜の記憶をゆっくり反芻した。

☆

星条旗通りのバーに先客はいなかった。

高桑碧は肩に羽織ったトレンチコートを脱いで手際よくたたみ、隣の席に置いた。バーバリーの定番モデル・ケンジントンは紗和も愛用する一着だが、着まわしのよさで一番人気を誇る紗和のハニーベージュとは違い、燃え立つようなレッドである。色鮮やかさに目を奪われた悟は、最初それがケンジントンとは気づかなかったほどだ。

ハイペースでカシスオレンジをおかわりするたびに、高桑碧は饒舌《じょうぜつ》になった。頰を上気させ、華やかな笑顔を何度も咲かせては「次は約束して会いません？　電話番号を交換しましょう」と言った。悟もまた久しく記憶にないほど浮いた気分になっている自分を感じた。

彼女の口調がぐっと落ち着きを帯びたのは、話題がこれまでの経歴になってからだ。

悟より二つ若い四十一歳であること。裕福な自治体として知られる愛知県海部郡飛島村《あまとびしま》のスクラップ業者の長女であること。実家とは無縁の人生を歩みたくて都内の私大に進み、外資系金融機関に入社したこと。三十代になって、会社の先輩である六つ年上の誠実な男性と結ばれ、専業主婦になったこと。

子宝に恵まれず、堂丸伸介の不妊治療を受けたこと。五年続けても好ましい結果が出なかったこと。治療をやめてしばらくしてから、堂丸クリニックで働くようになったこと。それが夫婦の不仲の理由となって、今月末に離婚届を提出すること。

沈黙を埋めたくて「本が書けますね」とつぶやいた悟の左手に、高桑碧が右手を重ねてきた。細い指先のフレンチネイルの濡れた光沢が目に沁みる。かなり酔っているようだ。ふたつの肌が同じ温度に近づいていく。誘っているのか。

「私はなんとなく生きてきたんです。それに気づくのが遅すぎて……」

「そんなことないでしょう。逆に、ずっと高い意識を持ち続けてきた人だと感心しながらお話を聞いていました」

「買いかぶりすぎですよ。光安さん、ちょっと酔ってますか。どこかで休みます?」

酔っているのは君のほうだろう、という心の声は呑みこんで、彼女の手に自分の右手をのせてみた。高桑碧のやわらかい指先が、悟の両手のなかで細やかに波打つ。やはり、誘われている。いや、そう仕向けた自覚は悟にもあるから、誘いあっているのか。夜には夜の文脈がある。ありふれた夜のひとつと割り切ってみれば、たまにはこんな時間があってもいいかもしれない。

文脈に乗ってみるか——。

ここで踏みとどまる理由ならいくらでもある。妻が妊娠中の不倫がどこかから漏れて人生を棒に振った同業者なら、たくさん見てきた。それとクスリは違うと思いつつも、黒須秀次の薬物所持による逮捕一発で最前線から強制退場させられたＸＹＺも、連想せずにはいられない。ましてや、妻の悲願である妊娠を今朝知ったばかりの夫がとる行動として、マタニティ・コンシェルジュの女性と関係をもつのは、罪が深すぎる。何より、紗和を裏切れない。

そんなことはわかっている。

だからこそ、一線を飛び越えてみたい。その先にある不確かで壊れそうなものが、あやしく悟を手招きしている。近くて遠い存在の高桑碧が相手なら、紗和が気づくこともないんじゃないか。疑われるようなそぶりさえ自分が見せなければ。

いま必要なのは、紗和に対してではなく、自分への口実だ。

それなら、ある。

不妊治療でつらい思いをしたのは自分のほうだ。あのつらさに耐えたのだ。その褒美として一晩くらい遊んでもいいじゃないか。罰《ばち》も当たらないだろう。

今夜の結論を問う高桑碧を、これ以上待たせるのは限界だ。しかし悟の感情の針はまだ左右に大きく振れ続けていて、どこか一点で止まる気配はない。ええい、ままよ。こうなったら、運を天にまかせて、自分の唇からこぼれ落ちる言葉に身を委ねるしかない。

悟はゆっくりと口を開いた。

「まだ酔ってません。高桑さんも、お連れ合いだった方も、高い意識とパートナーを気遣うやさしさを持っているからこそ、お気楽に生きてく道を選択しなかったんじゃないかな」

驚いた。口をついたのは、良識に満ちた言葉そのものだったからだ。あまりに平然とした口調は、不自然な印象さえ与えたかもしれない。胸の奥深いところで、いまの生活を失いかねない過ちは回避せねばという警戒心がたくましく根を張っているのを、悟は思い知った。

悟の両手からそっと自分の手を抜いた高桑碧は、少し考えるようなそぶりを見せたあと、悟から顔を背けて正面を向いた。

「夫はやさしさを知ってる人でした。そんな男の人と八年一緒に暮らして、そのうち五年は不妊治療で苦しい時間も共有してきた。その経験は人生の財産だと思っています」

声にはいくぶん明るさを取りもどしたトーンがあった。自分からの誘いへの回答がないことにはふれず、悟の「良識」に対してあくまで「良識」で応えるという軌道修正を彼女はしてみせた。さすがは大人だ。だがその表情には険しい色がまじるのを、悟は見逃さなかった。

高桑碧を「夜の文脈」に戻さないためには、ダメを押す必要がある。そこまではわかる。だが、これぞという妙案が浮かばない。悟が苦しまぎれに思いついたのは、他人からはふれられたくないはずの不妊治療の話を無理やり引き延ばすという、粗暴なアイディアだった。

「好きで不妊治療を受ける人はいないはずだけど、それを人生の財産と思えるのはすばらしいことだと思うな。ぼくはそこまで人間ができていないから」

「違うんです。最初、不妊治療に積極的だったのは夫のほうだったんです。でも私がどんどんのめり込んでしまって、体外受精《IVF》、顕微授精《ICSI》と進んで……やだ、こんな話、聞きたくないですよね」

アイディアがヒットした手応えを感じる。この話題を終わりにしてはならない。次は悟が話す番だ。

「ぼくも堂丸に通って、結構なおカネつぎ込んで、人としてかなり不自然なことをやらされて、それでもやっと親になるための一次試験にひっかかった程度。一度パパママ大学に裏口入学しようとしたら最後、もう絶対に引き返せなくなってしまう。一度始めたら、あとはずーっと後ろめたい気分を味わわなきゃいけない。高桑さんもそうでしょ?」

「自分だけは無傷とでも言い張るつもり?」

険しさを越えて怒りを感じさせる口ぶりには、曖昧な答えを許さぬ気配があった。こちらの無様《ぶざま》で拙劣《せつれつ》な手段を見透かしたようにも聞こえる。悟は手の内を悟られまいと、つくり笑いの完成度を高めることに神経を集中させる。

「いや、傷ついてなんかいませんよ。子どもがいてもいなくてもハッピーな人生です」

「光安さん、本当に欲しいものは自分の手でつかみとって。紗和さんだってお医者さまだって、手助けはしてくれても、最後は本人が自分の意思で行動するのを見守るしかないんです」

「……見守るしか、ない？」

あらためて、四十一歳の美しい女の顔を見つめた。

「今日は失礼しますね」

高桑碧は目を伏せ、カウンターに一万円札を置くと、引きとめる間もなく出ていった。

これでいいのだ。きっと、これでよかったのだ。

目の前の者に傷を負わせることで自らを傷から守るという、姑息で独善的な処世術かもしれない。スマートではないし、好ましいはずもない。だがそんなことは重々承知のうえだ。

でも――。

誰にも傷をあたえずにこの夜を止めることは、本当に不可能だったのか。もっと心やさしい方法で事を進めることもできたのではないだろうか。音楽作りにおいては失うことのない根気づよさと丁寧さを、なぜ生身の人間に対して保ち続けることができないのか。

高桑碧と深い関係に陥ることは免れても、名状しがたい後味の悪さだけが残った。

ひとりになってシングルモルトを痛飲してからバーを出た悟は、国立新美術館の正門の前でタクシーをつかまえ、運転手にミツスタの住所を告げた。二時四十五分。紗和は熟睡しているはずだ。

ビルボードライブに入る直前に設定した携帯電話のマナーモードがそのままになっていたことに気づき、解除してから着信履歴を確かめる。「多田羅」「澤口」「権藤」そして「義人」の文字を探したが、彼らからの電話はなかったことを知るとほっとした。

業務メールが数通と紗和からのメールが一通届いていた。まず業務メールにざっと目を通し、急を要する用件はひとつもないことを確認してから、紗和のものを開く。タイムスタンプは二十時すぎだ。高桑碧とバッド・プラスの演奏に聴き入っていたころか。胸元を鉛筆の先で突かれたような細く鋭い痛みを感じる。同時に、「夜の文脈」に身を任せなくてよかったと、深い安堵も覚えた。


プレゼンうまく行った？　悟さんのことだからきっと成功よね（^_-)

昼前に実家の母から電話がありました。仙台で地震があったらしいの。

揺れは大したことないけど、お隣さんの犬が狂ったように鳴いててコワイって。

受話器越しに鳴き声が聞こえたけど、たしかに今まで聞いたことない感じ（◎_◎;)

今ごろ「カムバック」チームと盛りあがってるのかな。

アラフォーさん、飲みすぎには要注意。

P.S.　ベイビーがおなかで動いたよ！　きっと気のせいだけど（^^;

【シネマバーにて】

二〇一一年三月九日　水曜　東京・高円寺

バーボンコークください。

マスター、俺が就活してるとき言ってましたよね。「好きなことを仕事にしたら人生の逃げ道がなくなるぞ。その覚悟はあるのか」って。

テレビの仕事やってて、いっちばん頭にくるのは、座組みに食い込むだけでラクして金儲けしようってヤツらです。自分がとくべつ正義感強いとか思ってないですけど、そういうヤツらだけは絶対に許せないんで。見つけたら徹底的に潰します。また立ち上がろうなんて気力を一ミリも持たせないくらいに潰してやります。

今もまぎれ込んでますよ。主題歌を歌うことになってる、櫛田義人っていう落ち目の歌手なんですけど。そいつの事務所、きったねーワザ使って、主題歌の枠を取ろうとしてきたんです。ほら、ノーチェって大手の芸能プロダクションがあるでしょ。さすがにマスターも知ってるか。あそこの村山会長はちょっとした人物ですもんね。えっ？　マスターと大学で同期だったんですか？　村山会長も学生運動やってたんですか！　マジっすか……。

あ、もう一杯、同じものください。

制作発表記者会見の前の晩、十一月一日の深夜に、ウチの部長から電話で「主題歌は櫛田義人で」って通達があって。これは決定事項だから明日の制作発表で言えって。いま考えてみると、部長は諸々《もろもろ》の外堀を埋めて、このタイミング狙って俺に電話してきたんですよ。絶対そうに決まってる。

というか、記者会見も結構急な話でしたからね。はじめは続編だからやる必要ないって言ってたんです、部長も。それが三日前に「やっぱりやるぞ」って。もう言ってることブレブレっすよ。俺なんか、主要キャスト全員を出席させるために、ほうぼうの事務所に頭下げまくってムッチャ大変でしたもん。いえいえ、タレントに頭下げるのは通常業務なんで。

おまけに、記者会見の十一月二日って、仏滅でしたからね。

いやマスター、ここ笑うところじゃないっす。部長ってゲンを担ぐ人で、すっごく暦を気にするタイプなんですよ。なのにこの日に会見を設定するってのは、よほどの事情なんです。

櫛田義人……あいつ、ツイッターとかやるタイプなのかな。ちょっと見てみましょうかねえ。

櫛田義人　@yoshitovibes・2010／10／27
来週、重大発表あるかも。震えて待て!!

え？　十月二十七日って、俺もまだ櫛田が主題歌って聞かされてないころですよ！　ナメた真似しやがって。なにが「震えて待て」だ。

そのころ俺は、いっそのこと今回は主題歌なしでいくか、場合によっちゃ前の『飛翔倶楽部』の主題歌をそのまんま使うか、くらいにしか考えてなかった時期ですよ。それをなんで櫛田がツイートしてんすか。

マスター、前の主題歌……知らないか。ラブジョーンズっていうガールズロックバンドの「レディ・トゥ・フライ」。結構ヒットしたんですけど。

今回、櫛田義人は超久々の大抜擢ですよ。音楽人生賭けたっておかしくない。基本ウチの会社は体育会系だし、上からのお達しは絶対なんで、最初は俺もおとなしく受け入れたんです。もちろん制作発表でもきちんと紹介したし。でもなんかおかしいんですよ。中里猛のマネージャーに櫛田の話をしてもポカーンって顔してるし。

で、調べてみたら、櫛田の事務所は去年の春にひっそりとノーチェの系列から外れてて。正確にいうと、業務提携を更新しなかったってことです。まあ円満な形だったみたいで、だから逆にウチの局じゃ今でもそのこと知らない連中も多いんですよ。実際俺も知らなかったし。

どうやら下川ってタコ社長が、そのことに一切ふれずにウチの部長を丸めこんだみたいなんです。オンナ抱かせたりカネ包んだりしてんじゃないっすか……櫛田も下川もタコだけど、いちばん情けないのはウチの部長っすよ。小銭で動くオッサン根性が。離婚して養育費でピーピー言ってんですよ、いっつも。

「一切ふれない」ってのはつまり、ノーチェの傘下《さんか》からは外れたんだけど、それを進んではアナウンスしないってことです。むしろノーチェとの長年の関係をちらつかせながら仕事の話を進めてるわけで、タチの悪い話だと思いません？　もちろんノーチェの幹部が知ったら激怒するような営業スタイルだけど、下川はそれも覚悟のうえで、主題歌がヒットすればもうこっちのもんだろ的な。ノーチェにもちゃんとお土産を用意して。

今ノーチェの音楽部門はちょっと不調なんすよ。この三年くらいコンスタントにヒット出してるのは、ラブジョーンズだけ。でもボーカルの二階堂《にかいどう》アリサがいまパニック障害で歌えなくって。もちろん公表してませんけど。「レディ・トゥ・フライ」のヒットが重圧みたいです。本人はあの歌をもう歌いたくないって。エラそうに。失礼な話ですよ、まったく。

アリサの病気は主題歌再使用のデカい壁になってて。歌番組に出て番宣してくれなきゃ、俺だってラブジョーンズなんて使いません。大したバンドじゃないし。

それを知ってる下川が、櫛田義人をゲリラ的にウチの部長に突っ込んできたとしか思えない。で、出版権のうまみは古巣のノーチェに律儀に差しだしてるんですよ。きっと。それも、かなり。まあそんだけ古巣に吸い取られても櫛田のカムバックが大々的に成功すれば、ライブで十分に元は取れるって計算なんでしょうけど。

こんなの、思いつきだけじゃ無理。まずアリサの病気のこと知ってなきゃいけないし、俺たちドラマチームの足元も見てるし、ノーチェの村山会長の顔も立ててるし。

何よりの証拠は、この「損して得とる」ってやり方っすね。こんなの、若い事務所社長だったらまず嫌がる、カビの生えたようなビジネスモデルだもん。

ていうか、ごめんなさい。仕事の愚痴ばっかで。俺の話、わかりにくいですよね。

でも俺は絶対に許せません。許しちゃいけないと思う。クリエイティブをバカにしてる。いちど記者会見で発表しちゃった以上、櫛田を使わないのは会社的にあり得ませんけど、ギリギリまで揺さぶりをかけます。

櫛田の音楽プロデューサーの光安悟ってのが、とにかくハナにつく野郎なんです。売ることしか考えてない最悪なタイプ。そいつが二回目のデモ提出期限を律儀に守ってきたとき、俺、自分の中で決めたんですよ。このまま七曲目までは、ヤツがどんな名曲を出してこようが、ぜったいぜったいオッケー出してやんないって。

だいたいね、地肩《じかた》の強いドラマなら、主題歌なんてなくてもヒットするんです。すべての名作映画に主題歌があるわけじゃない。俺はそれを証明してやりますから。

じゃあなんで主題歌がなくならないか？　放送局や映画会社が系列の音楽出版会社で儲けを出したいからですよ。小銭も集めりゃビジネスになりますから。それでいいもん作らなければ、ただ座組みに乗っかって商売してるだけ。そんなの、俺に言わせりゃプロの音楽家じゃない。プロなら、政治力じゃなくて制作力で勝負しろよ。

第九章

二〇一一年三月十日　木曜　東京・鉢山町

やっと酔いが抜けた、そう思えたときはもう十一時近かった。どんなにぎりぎりであっても自宅には午前中に帰らなければという使命感めいた気持ちで、悟はまずタクシーで駒場のミツスタから六本木のミッドタウンまで向かい、地下駐車場に置いたままの４２０Ｇをピックアップすることにした。一時間のミッションである。

高桑碧とは深入りしなかった。夜と音楽と酒の合成ベクトルに理性は屈しかけたが、一夜明けた今、それでよかったのだと悟は心から納得している。

ミッドタウンに着いて駐車場の事前精算機にカードを入れると、一万二百円と表示された。まいったな……十分百円の料金、その十七時間分ということか。４２０Ｇを昨日の夕方から優に半日以上も置きっぱなしにしていたのだから、この数字に誤りがないことは頭では理解できる。だが昨日の自分の行動を値踏みされているようで、苛立ちが抑えきれない。このまま額面通り支払うことには大きな抵抗があった。

不動産や車を買うときにはやたら思いきりがよい悟だが、一万円前後のカネの出入りとなると急に神経は細かくなり、知覚も過敏になる。金額の多寡《たか》ではなく、もったいないか、そうでないか、この二つでしか判断できなくなってしまう。

胸の奥から「もったいない」という言葉が聞こえてくるとき、その声の主はいつも母親の登《と》美子《みこ》だ。実家にいたころ、月末になるときまって登美子は家計簿に何度も向きあっていたものだ。彼女が弾いていた算盤《そろばん》の音を、悟はいまでもはっきりと思いだすことができる。一本の牛乳パックをめぐって幼い弟や妹とよくケンカをしたことも忘れていない。

今の自分はそこからすっかり遠く離れてしまった。反対に、遠回りの末に結局は近づいているのではと感じる瞬間もある。経済的には人並み以上に恵まれた生活を手に入れて長いが、自分の心はいつまで経っても豊かになってはいない気もする。

悟は時々そうするように、地下一階の二十四時間営業スーパー『プレッセプレミアム』に駆けこんだ。ワインや食材を三万円以上買えば、駐車料金の十二時間分は無料になる。つまり駐車券はおよそ七千円の割引券として通用する。

ワインは作詞や作曲の気分を上げるための特効薬だ。プレッセの品揃えは悪くない。悟ごのみのサン・テミリオン地区のグラン・クリュ・クラッセも、わりあい良心的な価格で並ぶ。シャンパンのコーナーで、赤い十字架をあしらったボトルが目に飛びこんできた。ランソン・エクストラ・エイジ・ブリュット。再び熱い疼《うず》きを感じながら買い物かごに入れる。

ほかに赤ワインを数本加えたところで総計を暗算したら、三万円まであと二千円ほど足りない。あと一本買うか……。いや、待てよ。妊娠した紗和のために、デカフェのコーヒー豆を買うというのはどうだろう。売り場に行ってさがすと、ちょうど二千円台のデカフェの豆パックがあった。悟はこのアイディアに大きな満足を覚えた。

割引適用後の駐車料金三千円を支払い終えると、途端に気分は晴れやかになった。自分の抱える憂鬱なんて、所詮この程度か。お安い男だ、われながら。

エンジンをかけたとき、不調を告げる音がわずかに聞こえたが、どうやら杞憂だったらしい。すべての車窓を全開にして青山通りを走り抜けると、不安も不穏も不埒《ふらち》もすべて帳消しになる気がした。外気温計は摂氏七度を示している。昨日より肌寒くても、抜けのよい晴天は何物にも代えがたい。春はもう近くまで来ている。

バックミラーにはサングラスをかけたキザな中年男が映りこんでいた。

――それが自分だなんて、にわかには信じられない。唯一納得できるところがあるとしたら、一夜の過ちさえ犯せないこの小市民は、安い流行歌を作るのにどうやら向いているということだ。

☆

自宅マンションの駐車場に420Gを入れてウッドパネルの時計を見たら、正午まで残すところ三分ほどあった。目標の時間にはなんとか間に合ったようだ。ささやかな満足感を確かめながらエレベーターを待っていると、顔見知りの初老男性が出てきたので会釈する。男は「ヨッス」と短い声を挨拶がわりに返し、一瞥もせずに出ていった。いつものやりとりだった。

男は、八〇年代にこのマンションができたときからの唯一の住民である。詳しい人となりは知らないが、かつてここに人気モデルと一緒に暮らしていたことだけは確かだ。悟が高校生のころ、ふたりの同棲発覚を報じる写真を「フライデー」で見た。世界で最も有名な清涼飲料水のCMに出演するそのハーフモデルは、悟がマスターベーションにふけるとき頻繁に思い浮かべる美女のひとりだった。

「おかえり」

ジミーチュウのハイカットスニーカーを脱ぐのに手間どっていると、玄関までやって来た紗和が悟にのんびりとした声をかけた。

「あ、ただいま」

「プレゼンはうまくいった？」

「ぜんぜん。なかなかUBCからOKが出ないんだよね」

「じゃあ、もしかしてずっとミツスタで作業してたの？」

「そうだよ。作曲のブラッシュアップで気がついたら朝。ちょっとだけ仮眠とったけど」

嘘に最大のリアリティを与えるために、微量の事実を加えた。妻が百パーセントの真実をすべて知ったところで、誰が幸せになる？　事実を語っても真実は知らせない。それが夫が示すことのできる最大の誠意だと、悟は本気で思う。

「もう三月の上旬も終わっちゃうのにね」

言葉とは裏腹にさほど心配した様子が感じられない理由はあきらかだ。いま紗和の興味はお腹の子にすべて注がれている。

「メール返せなくてごめんね。さっき読ませてもらったよ。で、どう？　ベイビーは。ほんとに動いたの？」

「笑わないって約束してくれる？」

「紗和の話の内容次第」

「えーっ。ま、いいや。あのね、わたし、昨日ちょっと悪阻《つわり》があったので、ずっとお家にいたの。晩ごはんもお家にあるもので済ませればいいやって」

「うん」

「でね、いろんな音楽を聴いてたの」

「もしかして……」

「うん、胎教《たいきょう》」

悟は微苦笑した。妊娠八週で胎教とは、いくらなんでも気が早すぎるだろう。

「ほーら、やっぱり笑ったでしょう」

紗和がいささか芝居がかった表情で口をとがらせる。

「ごめんごめん。で？」

「赤ちゃんの聴覚が育つには五ヶ月くらい必要ってことは、もちろん知ってるわよ。でも聴力を試してるんじゃないの。ちゃんとあなたのＤＮＡがこの子に流れてるのか試したかったの」

「……なんだよ。『ちゃんと』って」

紗和が悟の語気の強さに怯えているのがわかる。悟もまた自分の声の大きさに驚いた。

「そんなつもりで言ったんじゃ……ごめんなさい」

「あやまることないよ。ぼくだってもっと実感ないんだから。でも顕微授精だからって、ぼくの子に変わりないよ。自然妊娠と変わらないだろう」

「うん。うん、そうだよね」

少しではあるが、紗和の硬い表情はやわらいだ。

「それにさ、ＤＮＡって『流れてる』っていうのかな。『受け継がれる』とかじゃない」

「あ、そうか」

「で、音楽を聴いたおなかのベイビーはどんな反応したわけ？」

「それがね、あなたが作った曲を聴かせたときは反応が違う気がするの」

「マジ?」

「うん、ピクッと。ストーリーテラーズの『トゥルー・ロマンス』とか特に」

「カネのニオイを嗅《か》ぎ分ける嗅覚があるのかな」

「やだ、お金の話なんてしてないわよ。それに嗅覚じゃなくて聴覚だし。その聴覚もまだ育ってないし。まだ二ヶ月しか経ってないし」

紗和の弾んだ口調の理由は疑いようもない。念願の妊娠に歓喜している。昨日から今日に代わる間に、紗和は歓喜をあらわすことへの恥じらいを放棄したようだ。

自分との否定しがたい温度差を感じずにはいられない。妊娠とは母親ひとりだけの熱狂なのか。いや、そう割りきっていいはずがない。父親には妻と寄り添って熱を共有することが求められているのだ。きっと。だが少なくとも自分にとってそれは自然に出てくる行動ではない。強く自覚を伴うことで初めて達成する目標である。

昨日の朝、妻の妊娠を知った自分が抱いた不慣れな興奮と、いま目の前で妻があからさまに披瀝《ひれき》する興奮とは、別種ではないか。紗和のものを「興奮」と呼ぶなら、自分のそれは同じ言葉で呼び得るだろうか。たんなる「驚き」ではなかったか。

悟は再び紗和の顔をじっくりと見つめた。

今日のようにノーメイクに近いナチュラルな化粧のほうが、鼻梁《びりょう》の美しいフォルムやアーモンド形の瞳の輝きは際だつ。以前からそう思っているのだが、口にするのはお節介という気がして、これまで一度も妻に向かって告げたことがない。

でも、もう言ってもいいんじゃないだろうか。一昨年の暮れから始めた不妊治療の中で、ふたりは遠慮や忖度からほど遠い「お節介」を数限りなく重ねてきたではないか。

紗和に「たとえば婦人科系の持病とか、じゃなければもっとぼくに言えない原因とかあるんじゃないの？」と訊ねたことがある。言外に〈自分と付きあうまえに無理な中絶の経験があって妊娠しづらくなっているのではないか〉という抑えがたい疑問を込めた。

さすがにこの問いは辛辣すぎるかと懸念した悟は、できるだけ婉曲《えんきょく》に訊いたつもりだ。紗和は悟にかけられた疑いを晴らすように「そういうことは今まで一度もないから」と明言した。質問の真意を理解していたのだろう。彼女が困惑や落胆の様子を微塵《みじん》も見せなかったことは、回答の内容以上に悟に安心を与えた。

「わたし、午後からちょっと外に出るんだけど、悟さんは？　またミツスタ？」

「うん。紗和はどこ行くの？　堂丸クリニック？」

「あのねえ、堂丸クリニックに毎日行くわけじゃないわよ。妊婦はほかにも行かなきゃいけないところ、たくさんあるんです」

いま、紗和が「妊婦」という言葉を我が事として初めて使った瞬間を見た。

結婚して九年、夫婦として体験できる景色はひと通り見てきたとなんとなく思っていたが、昨日今日と次々に新しい場面がやってくる。離婚もしていないのに、紗和と二度目の結婚をしたような気分になっているのが、自分でもおかしい。

「わかったよ。車で送っていこうか」

「ありがとう。でも大丈夫。適度に運動してくださいって先生も言ってたし。お昼、作るね。悟さんはその間にシャワーでも浴びたら」

脱衣室へと向かいながら、悟はルシアン・ペラフィネの黒いダッフルコートのポケットに手を入れた。携帯電話の画面を確かめる。高桑碧からショートメールが届いていた。

断るのはいいけど、私にまで罪悪感をもたせないでよ。なーんて。

真に受けてよいものか迷う。

メール画面に向きあう時間が長すぎたせいで、電源を切るきっかけを失ったまま、前頭部にドライヤーを向け続けた左手がすっかり痺《しび》れている。

――脱衣室のドアが音もなく開いた。

「悟さん！」

「えっ？」

紗和の突然の登場に驚いた悟は、あわててドライヤーの電源を切った。

「携帯ばっかり見てると目が悪くなっちゃうよ。にゅうめんできたから、待ってるね」

気づいていたのか。紗和はそれ以上電話に気をとめることもなく、脱衣室を出ていった。

服を着てから、高桑碧のメールを削除した。数秒の躊躇のあと、電話番号も消去した。

悟は、紗和の待つリビングへゆっくりと大きな歩幅で戻っていった。

第十章

二〇一一年三月十日　木曜　東京・駒場

ミツスタに戻ったとき、カラトラバは十三時を指していた。いつも通り防音扉を開け、いつも通り調光スイッチをオンにし、いつも通りエアコンやコンピュータに電源を入れる。ピカルディに冷水をたっぷり注ぎながら、いま自分は闇の先で光を見つけたような感覚の中にいることを確かめた。今朝起きてまだ三時間しか経っていないのが信じられない。

くぐり抜けたトンネルのむこうには、笑顔の紗和が待っていた。

そう言いきれるほど、ことは単純ではないし、美しいばかりの話でもない。

しかし、記憶を単純化していくことでしか乗りきれない瞬間が、人生には結構な頻度で巡ってくるのではないか。すべてを記憶するには一日は長すぎるけれど、記憶のひとつひとつの意味を解明していくには人生は短すぎる。だから、ままならない。

ジェネレックは緑色の光を放っているが、機材が温まるまではもう数分かかりそうだ。ソファに腰を下ろし、ピカルディに口をつける。冷水が適度な刺激を伴い体じゅうに沁みわたっていく心地よさを味わいながら、いま抱えている仕事の要点を整理しようか。


まずは「Comeback」だ。この曲を作り終えないことには話にならない。

曲づくりは、じつにおそろしい。たとえその作業がドラマプロデューサー多田羅俊介の度重なるダメ出しに応えるためのものだとしても、渋々と始めた工程だとしても、不意に恍惚《こうこつ》感が訪れる瞬間がやってくる。

その恍惚を味わえるのは、クリエイターの特権なのか、パンチドランカーに堕した証拠なのか。悟にはわからない。

自分を気持ちよくさせているものの正体を知る。それは快感との再会の近道だろう。だが、実際に突き止めてしまうことに悟は大きな抵抗を感じる。ひとたびそんなことを覚えてしまえば、クリエイターにとって自殺行為を意味する気がしてならない。

今作ろうとしているデモはもう七曲目である。これまでの六曲の中に、すでに自信作は含まれている。特に六曲目は、作っているときから超のつくお気に入りだ。仮に多田羅がＮＧを出そうが、それはドラマ『カムバック』とは縁が薄いというだけのこと。別のふさわしいステージに上がることが叶えば、必ずそこで輝くという自信が悟にはある。

これまでの六曲のどれひとつにさえ、多田羅は首を縦に振らなかった。彼は音楽に精通しているわけではない。詳しくはないが音楽愛は強い、というタイプでもなさそうだ。それは一度会っただけの悟にもすぐにわかった。

主題歌のデザインは、ドラマ本編の基調を含みながらも、それとは別の固有の文脈も備えるべきだと悟は考えている。良質の主題歌はドラマ本編の衛星としての働きを有し、優れたドラマ広報ツールとしての機能を果たすことができる。ドラマ自体には興味のなかった人たちの関心も集めることによって、新たな視聴者獲得の一助となるだろう。

もしかしたら多田羅もそう思っているのかもしれない。だが自分は音楽に明るくないという「無知の知」を備えているがゆえに、音楽単体のデザインの評価については良し悪しが判断できないという「分」があるようにも感じられる。


水はとうに飲み干した。機材も起動済みだ。が、アイディアはまだまとまりそうにない。

考えをもう少し深めてみることにする。

多田羅の狷介《けんかい》な態度が「無知の知」の産物だとすれば、彼がこれまでプロデュースしてきたドラマの主題歌の歌詞がいつも本編のストーリーの要約もどきであることも、そのサウンドが映像との予定調和に終始していることも、すべて納得できる。要するに、主題歌はあくまで本編と相似形の縮図でしかない。ひとり歩きすることを許さないという多田羅の強固な意志を感じる。

残念なことだ。だがそれで悲嘆に暮れてしまうほど、こちらも初心《うぶ》ではない。高視聴率が約束されたドラマの主題歌という「実」にありつきたいなら、しかるべき犠牲を払わねばならない。それくらい、自分も承知のうえだ。

なぜなら、多田羅ドラマの主題歌は、誂《あつら》えられた座組みだけで手堅くヒットするからだ。権藤から聞いたところによると、ラッキーミュージックの営業チームの試算では、櫛田義人の『カムバック　飛翔倶楽部ゼロ』主題歌は、最低でも五万枚は売れると期待されているらしい。この数字は、前作ドラマ『飛翔倶楽部』の視聴率や主題歌のセールス、そして義人の前作シングル売り上げや固定ファン数といったデータをもとに、ラッキー秘伝の係数を駆使してはじき出したものだという。

悟はこの五万枚という数字を権藤から聞いたとき、間髪を容れず「本音としてはどれくらい売りたいの？」と訊ねた。権藤はそれにどう答えるか躊躇《ためら》っていたようだが、意を決したように「目標は十万枚です」と言った。十万枚か。現状では「初週スター」でしかない櫛田義人にとって、喉から手が出るほど欲しい大きな数字であることはよくわかる。

だが悟は一抹《いちまつ》の淋しさを禁じえない。義人のソロデビュー曲「アナザー・ライフ」のCDシングルが五十万枚を超えるセールスを記録し、それを収録したファーストアルバムがミリオンセラーになってから、まだ十年も経っていない。二〇一一年のいま、当時の数字を持ちだしても詮無いことは、頭でわかっている。だがいったんカラダに染みついた数字の感覚を拭い去るのは、なかなか困難なのである。

より正しい言い方をするなら、数字が下落していくスピードが速すぎて、体感を修正するのが追いつかない。ＣＤが百万、二百万と売れた時代が遠い幻影のように感じられる。

そんな音楽業界にいて、何より難しいのは、初期衝動を保つことだ。

でも最近になって悟は痛感するのだ。初期衝動って何だ？　衝動って誰だ？　自分はそもそも何をやりたくて、何が欲しくてこの道を歩いてきたのか――。

考えがそこまでたどり着いたことを確かめて立ち上がろうとしたら、悟の足元は大きくふらついた。年季の入ったソファは、クッションのスモールフェザーがたっぷり湿気を含んだせいで型崩れが甚《はなは》だしく、座る位置によっては深いくぼみができてしまう。いったん失われた弾力性を取りもどすのは容易なことではない。

ふらついたはずみで手放したピカルディは壁にぶつかり、鈍い音をたてた。悟はあわてて拾って目を近づけた。だが琥珀《こはく》色のグラスをつぶさに調べても、ヒビひとつ見当たらない。いかなる衝撃に対しても割れたり崩れたりしない鉱物の最たるものがダイアモンドであることは、誰でも知っている。だが割りたくないものすべてに高価なダイアモンドを使うことはありえない。その必要がない。ダイアモンドどころか、鉱物でさえなくてもいい。強化ガラス程度の硬度があれば、日常生活においてはほとんどの事態に対応できるはずだ。蒲鉾《かまぼこ》を切るのに手術用ナイフはいらないのと理屈は変わらない。

このことにひらめきを得た悟は、デスクのほうへ足を運ぶのをやめて立ち止まった。

また喉が渇いている。

冷たい水でピカルディを満たし、再びソファに深く座った。

ここで考えるのをやめてはいけない。その先に光がある。

☆

自分の周囲の仕事相手を白と黒で二分できるなら、きっとこんなに悩んだりしない。

非情は多田羅にかぎらない。たとえば権藤。いまでこそ「多田羅俊介パワハラ被害者の会」のような連帯感を共有しているが、悟は権藤から受けた非礼を忘れてはいない。

ヴァイブスのデビューアルバムで、悟が共同プロデューサーとして起用した菱沼拓司《ひしぬまたくじ》というアレンジャーがいる。悟より二歳年長の菱沼は、当時まったくの無名だった。代表曲と呼べるものもなく、音楽制作で得た月収がコンビニ店員としての月給をいちども上回ったことがないと自虐的に語って笑いを取りたがる、気のいい男だった。

きっかけは、音楽作家事務所から売り込まれたアレンジャー数名のデモ集を聴いた悟が、菱沼のデモを気に入ったことだ。一聴して安価な制作機材とわかるサウンドのむこうに、器用以上の何かがあった。そこに悟は着目した。十分な制作環境さえ与えれば、この男のスキルは使いものになる。そう見込んで、菱沼を自分のアシスタントに抜擢した。

長幼《ちょうよう》の序《じょ》を重んじる悟は、年長の菱沼に対して常に敬語を使って接した。それだけではない。プロデューサーとしてのクレジットを自分と並列で記載するよう、権藤に提言した。権藤は菱沼の才能には懐疑的で、「こんなクレジットつけたらこの先かえって菱沼さんのプレッシャーになりませんかね」と理由をつけては菱沼の名前を外したがった。もっとも、権藤の本音は彼に支払うギャランティーを抑えたいだけだろうと、悟は見抜いていたが。

この構図が一変したのは、ソロ活動を経験したヴァイブスの三人と齟齬《そご》が生じた悟が、ラッキーミュージックと一切の関係を絶ってからである。ヴァイブスを全面的に擁護する側に立った権藤が自分を慰留しなかったことに、悟は強い憤りを覚えた。同時に深く傷ついてもいたが、そのことに気づいたのはもっと後になってからである。

だが、権藤から受けたダメージは、それだけにとどまらない。

ヴァイブス活動休止で予想される損失を補塡《ほてん》すべく、権藤は急ごしらえで女性ボーカル二名と男性ダンサー四名からなるＲ＆Ｂグループをデビューさせた。グループ名〈フューチャー・ジョイント〉は、ヴァイブスのデビューにあたって悟が企画書に記した「ここではないどこかから、未来へとつながる音楽」というコピーに想を得たに違いない。それに気づいた悟は自宅の浴室の壁を殴り、右手薬指の中節骨を折った。ヒビが入る程度の軽傷ではなく、粉砕《ふんさい》骨折という激しいものだった。夫の呻《うめ》き声に気づいた紗和が体を張って止めてくれなければ、きっとほかの指も砕けていただろう。

　あまつさえ、権藤はそのプロデューサーに菱沼を指名した。始動にあたって、菱沼には悟が所有しているものと同じ音楽機材一式が用意された。社員Ａ＆Ｒの権藤は、自分こそがアーティストのみならず外部のクリエイターをもプロデュースする立場にあることを誇示《こじ》したのだ。

　フューチャー・ジョイントは、ヴァイブ・トリックスの急な代役として起用されたドラマ主題歌が三十万枚のヒットを記録したものの、その曲を収めたアルバムが不発に終わるとすぐに解散した。一発屋としての役割は見事に全うしたともいえる。

　ポスト光安悟として売り出された菱沼拓司は、解散翌年にグループのボーカルのひとりと結婚し、半年後には双子の父親となって芸能ニュースに取り上げられた。今では音楽よりも夫婦でセット売りされるテレビタレントとしての活動が有名かもしれない。

　菱沼から悟に届いた結婚パーティーの招待状には「自分の今があるのは、すべて光安さんのおかげです！　奥様と是非お越しください」と直筆の書き込みがあった。菱沼に対して恨みの感情はなかったが、会場にいるであろう権藤と顔を合わせたくなかった悟は「欠席」に印をつけて返信し、パーティーには花を贈るにとどめた。

　権藤雅樹だけが株を上げ続けた。ヴァイブ・トリックスに代わる持ち駒をすばやく用意した男として。一定以上のクオリティの楽曲制作能力を備えたミュージックマンとして。つまり権藤雅樹は一発屋にはならずにすんだ。櫛田義人のソロデビュー以降の低空飛行でさえ、少なくとも不時着はしていないという事実が名声の向上に寄与したほどだ。ラッキーミュージックの役員に昇進を果たし、本人の頭文字を冠したレーベル「Gストリート」が設立されたことが何よりの証しと言えるだろう。

社員クリエイターの人生は『笑点』の大喜利のようなものだ。ヒットは座布団で、その数を積み重ねれば地位は文字通り高まっていく。目立った失敗がなければ、上昇はせずとも低下もしない。U音の澤口だって事情は同じだろう。

それにくらべて自分は、肩がちぎれるほど遠くまで座布団を投げた体感は得られる。フリーランスならではの特権だ。でも投げ散らかした座布団をあとで回収するのも自分自身である。拾い集めるだけの体力がなければ、ほうぼうに散在してしまった座布団は見捨てるしかない。

悟の七転八倒を知る権藤は、ある時期、最良の伴走者だった。悟にとってヴァイブスのデビューアルバムは、洋楽のニュー・スタンダードを日本の音楽市場に突きつけるという我流の社会実験の場でもあった。そのビジョンに賭けてくれた権藤を成功体験の共有者と呼ぶことに、否定する理由はひとかけらもない。

だが、ヴァイブスと訣別してからは権藤とも袂を分かったつもりだった。それは先方にしても同じだろう。昨秋までの六年間、連絡がなかったのはその証拠だし、ヴァイブスと訣別したあとも、悟はヒットを放ち続けた。十二曲のナンバーワン・ヒット、四十七曲のトップテン・ヒット。その中にはパワーハウスの看板グループ、ストーリーテラーズの「トゥルー・ロマンス」も含まれる。この日本ミュージックアワードのグランプリ曲が自分の代表作の筆頭に位置づけられていることは、悟自身も認めている。

「トゥルー・ロマンス」は、悟にとって初めてのパワーハウスとの共同作業《コラボ》だった。デビュー五年目のストーリーテラーズは、三年連続で日本ミュージックアワードのグランプリにノミネートされていた。ドーム公演こそ未経験ながら、二万二千人収容のさいたまスーパーアリーナ、一万六千人収容の大阪城ホールで、それぞれ二日間公演を売り切るだけの集客力もすでにあった。楽曲ディレクターを兼務するパワーハウスのマネージャーは「今年はこの曲でグランプリ獲りたいと本気で思っています」と言い添えて楽曲提供とプロデュースを依頼してきたので、もしかしたらという希望的観測が悟にはあった。

音楽で賞を獲りたいという欲を抱いたことは一度もなかったが、獲ることで初めて見える景色があるのなら見てみたい、そんな好奇心が日に日に強くなっていくのが自分でもわかった。普段は自制心で飼いならしている俗物根性がどれくらいのサイズなのか、自分の目で見届けてみたいという露悪趣味もあった。

そして実際にグランプリを制してからの反響の大きさは、予想を超えていた。

その権藤が、恩讐《おんしゅう》を超えてまで櫛田義人のプロデュースを悟に依頼してきたのだ。経緯のほどは知らないし無理に知りたいとも思わないが、相当の覚悟を要したはずだ。

久しぶりの同窓会を楽しんでいると世間に思われるのがいちばん嫌だ。権藤や義人と今また新曲を作るのであれば、ヒットさせないことには格好がつかない。名曲の評価なんて主観的で曖昧なものであることは、無名のR&Bナンバーをあまた愛聴してきた悟は身をもって理解している。だからこそ、ヒットがすべて、ヒットこそが答えなのである。

未来のヒットを見つけだすのは、良き結婚相手を見つけるようなものだ。知り合いの中に未来の伴侶がいるのかもしれないが、まだ出会っていない可能性もある。「Comeback」にかかりきりのこの数ヶ月で、悟はすでに未来の大ヒットを作り終えているのかもしれない。だが多田羅が認めないうちは、曲に出口はないのだ。少なくとも「Comeback」というタイトルを付して世に出ることはない。

この現実は、もちろん不愉快に相違ない。だが、どんなに音楽制作の場で憤りを覚えようとも、音楽そのものに罪はない。その尊さから目を背ければすべてが終わる。尊さを信じることなく、効用だけ得られるはずはない。

☆

ようやくデスクに向かったのは十四時近かった。昨日の今ごろはUBCにいたんだっけ。音源制作ソフトＰｒｏ　Ｔｏｏｌｓを開いて、これまでボツにされた六通りの「Comeback」を聴く準備を整えてから、カラトラバを外してデスクの左端に置いた。

これは儀式だ。音楽は時間に価値を与える娯楽だからこそ、制作者はまず時間を脇に置く必要がある。ドラマであれ映画であれCMであれ、タイアップの仕事は時間の制約がきつい。だからこそ時間に縛られずに、曲の良し悪しを吟味する慎重さが求められる。

六通りの音源ファイルのタイトルは一見どれも同じである。違いは「Comeback_」の末尾に添えられた1から6までの数字だけだ。曲順によって生じる印象のバイアスを極力排除して聴きくらべるために、悟はひと手間かけることにした。料理でいうところの「きちんとお出汁からとります」を厭わずにやるのだ。

まず、プロ・ツールスに収められた多チャンネル音源《マルチトラック》を、左右二チャンネル《ツーミックス》の状態にまで落とし込む《ミックスダウン》。さらにそれらを２５６ｋｂｐｓのＭＰ３に圧縮し、まとめてｉＴｕｎｅｓに放りこんでプレイリストを作成する。これはさしずめ「いったん冷蔵庫に入れて表面が固くなるのを待ちます」の工程だ。そこまでやってから、ｉＴｕｎｅｓに備わっている機能をつかって無作為の曲順《シャッフル》で聴きくらべる。どれも曲の後奏《アウトロ》が完全に減衰する最後の一秒まで聴きとどけるのだ。お汁《つゆ》の最後の一滴まできちんと飲み干すように。


二巡目のシャッフルが終わったとき、時間はちょうど十七時半だった。

もっとも愛着を抱いているのは「１」である。もっとも自分の色が出ているのは「５」かもと思った。もっとも嫌いな人が少なそうなのは「４」という気もする。

だが、もっとも自信があるものとなると「６」だ。これをおいてほかにはない。２ストライク３ボール、迷った末のフルスイングの手応えがある。

率直に言って、ドラマ『カムバック　飛翔倶楽部ゼロ』の主題歌として、これ以上のものを作れる自信はない。新たに七曲目を作る必要はあるのだろうか？　無理して作ったとして、ドラマ制作上の待ったなしだとか、あるいは論功行賞《ろんこうこうしょう》の意味合いでその七曲目が選ばれたとしたら、悟にはかえって悔いが残るのではないか。今日の試聴は、それほどまでの執着心が六曲目に対して生まれていることを、自分でも強く感じる機会となった。

曲づくりは苗作りに似ている。だが悟や権藤が植えつけようとしている六曲目の種は、多田羅の中にまだ全然根を張っていない。多田羅の心はからっからだ。そこに種をつけて芽吹かせ、根を張らせるには十分な水分が必要である。どんな水を、どこから用意して、どう差しだせばよいのか。それが問題だ。

自分が深いため息をついたことに気づいた悟は、今度は大きく息を吸った。バジルの香ばしさが鼻腔をとらえ、続いて柑橘の顆粒が目に沁みるような快感がある。昨年のクリスマスに紗和が「ミツスタでどうぞ」とプレゼントしてくれたジョー・マローンのディフューザーから放たれるライム・バジル＆マンダリンの香りだ。

優れた音楽は部屋の雰囲気を一変させる芳香剤のようなものと気づいたのは、悟がまだ実家にいた十七歳のときだ。自分ごのみの音が流れている間、四畳半の和室はニューヨークにもデトロイトにもロサンゼルスにもなった。楽園だった。

それから四半世紀もすぎて、自分の音はまだ香りに負けている。そんな敗北感があった。

☆

携帯電話が鳴り、画面に着信表示とともに「紗和実家」の文字が浮かび上がった。悟は居住まいを正して電話をとった。

「悟さん、庄司です。いまお仕事中ですか」

紗和の母親の紗紀江《さきえ》だ。紗和が話しているときに電話を代わってもらうことは月に何度かあるが、悟の携帯電話に直接かかってくるとはめずらしい。

「大丈夫ですよ。お義母さん、どうかされましたか」

「いや、悟さんにちょっと話したいことがいくつかあって」

「あ、ちょっと待ってくださいね。今スタジオなので」

悟はつとめて冷静に答えてから、三巡目に入った「Comeback」のデモを止めた。

「お待たせしました。大丈夫です」

「忙しいときにごめんなさいね。あの、聞きました紗和から。妊娠したって話」

「ありがとうございます。というか、すみません。ぼくのほうからもご報告しなきゃいけなかったんですが」

「いえいえ、ずーっと忙しいってことは紗和からよく聞いてますので。テレビドラマの主題歌を作っていらっしゃるのよね。たいへんよねえ」

ずーっと、という響きには澱みがあった。

「いや、言い訳にもなりません」

「別に悟さんを責めようなんて電話じゃないのよ。ただ、おめでとうって言いたくて」

「お義母さんにそう言っていただけるとうれしいです」

「これぱかりは授かりものだから。でもね、あなたたちにプレッシャーかけたくないから内緒にしていたんだけど、三年前に西方寺《さいほうじ》で子授《こさずけ》祈禱を受けてきたの。ほら、息子のところだって、祈禱を受けたらすぐに授かったじゃない……悟さんもこの話は紗和から聞いてるわよね」

「ええ」

嘘だった。聞いた記憶はない。反論する理由が見当たらないので調子を合わせたまでだ。

結婚して初めてのお盆に、悟夫婦は二泊三日の旅程で紗和の仙台の実家に里帰りした。同じ時期に帰省していた紗和の兄夫婦が、結婚三年で初めての子ども、それも双子を授かったことを両親に告げた。身ごもったと聞いても義姉のお腹はまだ目立つ膨らみもなく、悟はなかなか実感が湧かなかった。だが叔母になる紗和の喜びようは大きく、最初は涙を浮かべたりしていた義兄夫婦や義父母も、しまいには困惑して無口になるほどだった。家父長制の色が濃く残る庄司家に内孫が生まれるというのは、どの立場にとっても特別な出来事なのだろうと悟は思った。

「祈禱はお義父さんもご一緒されたんですか」

「そんなの、あたりまえでしょう。お父さんのほかに誰と行くのよ」

なぜそんなわかりきったことを聞くのか、不思議で仕方がないとでもいった口調である。

まただよ。紗紀江とはいつまで経っても話が嚙み合わない。

「もちろん和尚さんに、悟さんと紗和の名前をお伝えしてね」

悟は、還暦を越えた義父母が子授かりの祈禱を受ける姿を想像した。若い夫婦たちにまじって同じ振る舞いをするふたりの姿を想像すると、胸が詰まりそうだ。

「なんと言ったら……」

「あー、わたしっておしゃべりね。無事に生まれたら言おうと思ってたのに。子授け人形っていうのがあって、まあ可愛らしいこけしみたいなものだけど、お寺から借りてるのよ」

「三年前からですか」

「そうよ。ずっと。悟さんと紗和が帰ってくるたびに隠してたけど」

「それは……ありがとうございます」

「あとね、昨日のお昼前にこっちじゃ結構大きな地震があったのよ。三陸《さんりく》のほうで津波もあってね。ウチの隣の犬が狂ったように吠えて、わたしもう、こわくてこわくて」

「それは紗和からちらっと聞きました。でもお義母さん、大丈夫ですよ」

「大丈夫って。どうせ東京ではそんなに話題になってないんでしょう？　昨日の地震のこと」

「まあ、ええ。ごめんなさい」

「そんなに謝ることもないわ。わたしはただ、悟さん知ってるかなーと思って」

「すみません。正直、あんまり気にしていませんでした」

「だからもう謝らないで。気安く謝りすぎよ」

こういう話の進め方は紗和にはないものだ。それどころか、悟がこれまでの人生で向きあったことのないタイプの女性と言ってもいい。

「ええ。はい」

「でね、今日もちょっと変なのよ。わたし耳鳴りがするもの。さっき気仙沼の知り合いから電話があったんだけど、今朝七時半ごろにゴゴゴーッって大きな海鳴りが聞こえて、そのあとキジが鳴いたっていうのよ」

「キジ？　鳥の雉《きじ》ですか？」

「そうよ。悟さん、キジの鳴き声知ってる？」

「いや、あんまり……」

「キェーキェーッって鳴くの。でね、海鳴りのあとにキジが鳴くのは大地震の前兆だってその方はおっしゃるの。明治の三陸地震でも、昭和の三陸地震でもそうだったって。その方のおじいさまが漁師だったから、いろんな言い伝えをご存じで」

「あのー、三陸地震って明治だけじゃなかったんですか」

「悟さん、ほんと、なーんにも知らないのね」

「……ごめんなさい。不勉強でお恥ずかしいです」

「仕方ないわね。九州育ちだものねえ」

悟は気づいてしまった。大地震の到来を警戒する義母に対して、自分がいま強く感じているのは、同情ではない。苛立ちだ。

この苛立ちは初めてではない。これまでも紗紀江と話すときに何度か感じたことがある。自分が見捨てられた、あるいは見切りをつけられたという屈辱感。紗紀江の口調はあくまで上品なのだが、それゆえなのか、高みから突き落とされる感覚を抱いてしまうことがある。再び這《は》い上がって戻るのを諦めてしまうほどの。

いつもというわけではない。たんに自分の気のせいかもしれない。だから今までずっと放っておいたのだが、その芽は確実に育っていたのではないか。

「悟さん。悟さん！」

「あ、はい、悟です」

「急に黙りこむからどうしたのかと思ったわよ」

「失礼しました。ちょっとボーッとしてました」

言い訳にもならない出まかせでごまかした。

「やっぱりお仕事しすぎなのよ。だから子づくりにも時間がかかっちゃったのよ。それに、父親になるなら、悟さんは今の生活を変えるべきよ」

予想以上のストレートな物言いに虚を衝かれた。悟の喉元に不快感がこみ上げる。

「あの、ぼくの今の生活のどの部分でしょうか」

「父親として子どもに向きあう時間や気持ちの余裕を作ってください」

「仕事の許すかぎりはそうするつもりですけど」

「あきれた。その言い草。悟さん、仕事優先が当然と思ってるのね」

「いや、ご存じのように自営業なので、仕事が途切れない範囲内で、という意味です」

「普通の人がやるお仕事じゃないですからね。まあお仕事はいいんです。もう今さら結婚したことを蒸しかえすつもりはないんだから」

「蒸しかえす？」

自分の知らないことが、紗紀江と紗和の間にある。そう直感した。

「そうよ。わたしだってそこまでしつこくないわよ……え、知らなかったの？」

「なんの話ですか」

「ほんと、なーんにも知らないのねえ」

紗紀江は、数十秒前にも口にした言葉を、今度はしみじみとくり返した。そして、娘が悟と結婚したいと打ち明けたときに、目の前が真っ暗になったと淡々と告げた。仙台市内の医者か弁護士と結婚させたかったから、と悪びれることもなく語った彼女は、夫は悟さんでも別に反対しませんでしたけどね、とそっけなく言い添えた。

すぐには返す言葉が見つからない。そりゃあ自分と紗和の結婚に興味のない人間なんて、ごまんといるだろう。だが、祝福しかねる者がいるという覚悟は悟にはなかった。ましてやそれが義母の紗紀江だとは。

来年には十年を迎える自分たちの結婚生活に、実体がないとは思わない。紗紀江もそのことを知っているはずだ。だからこそ今になって過去を告白したと考えることもできる。でも、義母の不満をぼんやりとしか知らずにいた自分は、なんておめでたいのだろう。言いようのない気恥ずかしさがこみ上げてくる。

今は、隙あらば心に沁みこんでくる気恥ずかしさから逃げないことだ。放置した羞恥心は罪悪感へと形を変える。いくら鈍感な自分でも、そのことにはもう気づいている。

「最後にもうひとつ、いいかしら？」

「ええ。なんでもおっしゃってください」

今度は本心からそう言った。

「悟さん、娘はいま不安定です。紗和から目を離さないでください」

「もちろんです。お義母さんは、ぼくが紗和から目を離してるように見えますか」

いけない。苛立ちを抑えようとするほど、ぞんざいで好戦的な口調になってしまう。

「そうは思っていませんよ。でもほら、なんというか。じゃあね。さよなら」

紗紀江は一方的に電話を切った。

待ち望んでいたはずの紗和の妊娠というタイミングで、彼女はどうしてこうもヒステリックなのか。キジが鳴いたから地震が起こる？　オカルトまがいの言説まで持ちだすなんて。不安定なのは娘の紗和ではなく紗紀江のほうだろう。

悟は握りしめた携帯電話が異様に熱いことに初めて気がついた。

【The Diary of YOSHITO】

二〇一一年二月十二日　土曜　グアム・タモン

ヘンな時間に目が覚めてしまった。いま朝の五時。ここグアムは日本より一時間早いから、東京はまだ四時か。いつもなら寝る時間だな。今日は久しぶりに日記を書くことにする。

昨日の午後二時すぎにグアムに着いた。バレンタインデーのイベントをグアムでやるようになってから、今年で三回目だ。ってことは、Y's Family が発足して五年目。ヴァイブスの活動休止からだと、もう七年もたったってことか。

ヴァイブス時代はファンクラブのことなんて真剣に考えてなかった。Trickers の会員さんは、ソロになっても全員ついて来てくれるもんだと思ってた。現実はそんなに甘くなかった。

人生の場面は数字で語ることができる。誰かにそう聞いたことがある。

三百万。俺の人生の場面は、まずこの大きな数字から語りたい。ヴァイブスの『ファースト・トリップ』のセールス枚数だ。実際にはこれ以上売れたらしい。こうして書きながらも、ちょっと他人事みたいに感じてる自分がいる。デカすぎて。昔すぎて。

三十五万。ヴァイブスのファンクラブTrickersの会員が最も多かったときの数。ファンクラブに入会してもドーム公演のチケットが取れないって大批判を浴びたこともあったっけ。

十一万。Y's Familyが発足したときの会員登録数。ソロになったらTrickersの少なくとも半分は移行してくれると思ってたから、この数字には正直驚いた。こわかった。でもいま思えばまだ本当のこわさに気づいてなかったんだけど。

三万。その翌年の会員数。八万人が消えた。更新せずに自動退会したのが八万人。ちょっとした地方都市が消滅したようなもんだ。まあ理由はわかる。この年は新譜も出さず、ライブもやらなかったから。メンタルがやられて、それどころじゃなかった。整体にハマってそこの先生の影響で肉を食べなくなったり、インドを旅したりしてたもんな。

八千。さらにその翌年の会員数だ。さすがに背筋が凍った。この調子じゃY's Familyは解散して、俺もラッキーミュージックをお払い箱になるのかと思うと、生きた心地がしなかった。下川社長と毎晩のように話しあって始めたのが、この「ワイズ・ファニー・バレンタイン@グアム」ってファンクラブツアーだ。落ち目のアイドルみたいで嫌だったけど、なりふり構っちゃいられなかった。社長がダサいネーミングの企画を連発するのにはマイッタけど。「サンセット・ランデブー」は夕暮れの船上ライブ。「ワイズ・ファンダンゴ」はバーベキュー・パーティー。でもいざやってみると、涙を流して喜んでくれるファンがたくさんいて、握手してる俺のほうが泣きそうだった。この人たちは文字通り俺のファミリー。守っていかなきゃいけないと思った。

八千。現在の会員数。うれしいことに、この数字が三年間続いている。増えてもいないが、減ってもいない。おかげでラッキーとの契約もずっと続いてる。ありがたい。三百万という数字が人生を大きく変えてくれたのはマチガイナイ。だけど俺にとって本当に大切なのは、八千という数字だ。どんなときでも櫛田義人の歌を必要としてくれるファミリーが八千人ってことなんだから。シンガーとしてこれに勝る幸せはあるだろうか。

グアムに来る直前に、権藤さんから「Comeback」の五曲目のデモにNGが出たことを聞いた。光安さんのトラックもメロディもマチガイナイから、NGの理由は俺が書いた歌詞か俺のボーカルか、その両方なんだと思う。歌詞は光安さんもほめてくれてたし、けっこう自信あったんだけどなあ。もしかして、何を歌ってもボーカルが櫛田義人だから気に食わない、っていうんだったらどうしよう。ドラマのプロデューサー、かなりの独裁者だって社長が言ってたしな……。

六曲目のデモ制作にもがっつり関わりたいのは山々だけど、この時期に重なってしまったから仕方がない。一年間マジメに仕事してコツコツ貯めたおカネでグアムに来てくれるファミリーがいるんだから。どっちを取るかと聞かれたら、答えは決まってる。グアムから戻ったら、来月頭は俺のバースデー・ライブだし。ファミリーにはこのひと月で一気に散財させてしまうけど、俺もそれだけのお返しはするつもり。

たしかに俺は「Comeback」に大復活を賭けている。でも、もしうまく行ってまたドームのステージに立てるような日が来ても、今の八千人のファミリーがひとりでもチケット取れなくなるような目には遭わせたくない。そんな未来のために歌ってるんじゃないから。

ただ光安さんには申し訳ない気持ちでいっぱいだ。六年ぶりに仕事するっていうのに、こんなに振り回してしまってる。たった一曲のためにこれだけの時間を使わせてしまうなんて。ぶっちゃけ光安さんくらいのお金持ちじゃなきゃ、生活が成り立たないだろう。時給にしたらコンビニのバイトより安いはず。そのためにも、ヒットさせて印税が生まれるようにしないと！

光安さん、最後にミツスタで会ったとき、かなりグロッキーだったなあ。今ごろどんな気持ちで六曲目のデモに取りかかってるんだろうか。このことでイライラして紗和さんと気まずくなってなきゃいいけど。紗和さんって仙台の人なんだよな。オフクロと同じ街の出身ってだけで信頼できる気がする。俺のカラダの半分は仙台ってことだし。

十七。俺を産んだときのオフクロの年齢。仙台から同い年の高校生と駆け落ち状態で上京して、半年後に赤羽の産院で出産したらしい。オヤジが飛んでしまっても、しばらくは北千住あたりのアパートで暮らしてたようだ。俺をひとりで育てるつもりだったんだろうか。どう考えても無茶なハナシ。そんなこと、できっこない。大した仕事もできるはずないし、母子で餓死しかねなかった。俺を施設に託すという判断は、逃げじゃなくて息子への愛だったと思いたい。

四。深沢の家に引きとられた時の俺の年齢。そこでできた家族の数でもある。ばあちゃんと両親と姉ちゃんには何の不満もない。血のつながりのない俺にもフェアに接してくれたし、本気で笑ったり、本気で怒ったりしてくれた。今でも感謝してる。あんなに恵まれた環境だったのに、俺がなじめなかったのはなぜだろう。あのころの思い出といえば、オフクロの記憶がフラッシュバックしては小さな胸を痛めていたことばかりだ。幼い俺は、いったい何に対してやましい思いを抱いていたのだろう。目の前に新しい家族がいるのに、オフクロを思い浮かべてしまうから？　どこか知らない場所で新しい生活を営んでるはずのオフクロより、自分のほうがきっといい暮らしをしてるから？　引きとられるのがせめてあと一年早ければ、オフクロの記憶なんてなかったかもしれないのに。オフクロと過ごした時間なんて、記憶ほど美しくもなかったはずなのに。

ただいま六時四十五分。この部屋の窓から日の出が見える。今日も一日がはじまる。

最近痛いほど感じる。人の「一生」は「一日」を何回も生きることじゃないかって。つまり
人生を「一生」って呼ぶのは間違いで、人生は「多生」じゃないかって。

歌をうたうまでの俺は、人間の数に入れられてなかったと思うことがある。何を話しても、
何を叫んでも、その声は誰にも届かない気がしていた。

歌にめぐりあって、歌をうたうことで、俺は初めて自分の声を獲得した。

人は何度も何度でも新しく生まれ変わることができる。

よし、サンセット・ランデブーのMCでは、この話をしよう。

第Ⅲ部　貴賤

第十一章

二〇一一年三月十日　木曜　東京・駒場

紗紀江から一方的に電話を切られ、もやもやとした気分を持てあましていると、再び携帯電話が鳴った。

また紗紀江だろう。着信表示も確かめずに悟は電話に出た。

「澤口です。ＵＢＣ音楽出版の澤口です」

思いがけない声の主に意表を突かれた。卑小《ひしょう》なくせに人騒がせな男だ。

「光安です。どうしました？　なにかお急ぎの件でしょうか」

「いやいや、はい」

「どっちですか」

煮え切らない答えに、半ばあきれて訊ねる。

「じつは緊急の用事がございまして。今はご自分のスタジオにいらっしゃいますか？」

「ええ。ちょうど『Comeback』のデモを検証してるところです」

「それはよかった。じゃあ」

性急な印象だけを残して澤口は電話を切った。もやもやは混迷の度合いを増していくが、それに引っ張られては今日が台無しになる。

電話が切れて五秒も経たぬうちにインターホンが鳴った。来客だろうか。モニターを見ると、頼りなさげな表情の澤口がいた。さっきの電話はお伺いだったというわけか。悟はうんざりしながら通話のボタンを押す。

「作業中にお邪魔します。近くまで来ていたもので」

見えすいた嘘には無関心を装うことで対処するにかぎる。

「はい。今開けます。突き当たりのエレベーターで三階までいらしてください」

マイクに向かって快活に答え、解錠ボタンを押す。ほどなくして、来客がミツスタの扉の前まで来て呼び鈴を押したことを示す電子音が鳴った。それだけでは急いた気持ちが収まらないのか、扉を直接トントンとノックし始めた。

「おはようございます、おはようございまーす」

もう十八時近い。日も暮れたというのに、澤口は音楽業界の古い慣習にしたがった挨拶をする。悟自身はまず「おはよう」を口にすることがないが、それでも大手レコード会社のハウススタジオや外貸しの大型スタジオの中でなら、まだ自然に聞くことはできる。しかし、私的空間のミツスタで耳にするのはどうにも抵抗感を覚えるのだ。

澤口自身は、自分の挨拶が悟のもやもやを肥大させていることに気づいていない。もちろん悟にしても、勝手を知らぬ場所ではこれと似たような愚を犯しているかもしれない。だが自分にはその意識がある。だから澤口とは違う。そう強く確認しながら扉を開けた。

「作業中にすみません」

「それはいいんですけど、どうしてここに?」

目を泳がせる澤口をはね退けて、オレンジ色の巨大な人影が現れた。

「光安さん、お疲れさまです」

多田羅俊介だった。

「いやー、もう編集終わんない終わんない」

予想だにしなかった来訪に面喰らう悟への挨拶のつもりか、昨日と寸分違わぬ台詞を吐きながら多田羅がミツスタに入ってきた。

悟は微苦笑せずにはいられない。含羞《がんしゅう》を感じさせるこうした物言いは、多田羅が本来は内向的な性格を抱えているせいではないか。あるいは本人も無自覚なまま悟に媚《こ》びているのか。こういうときは、ただ会話を埋めるためだけの言葉を返すのが悟のルールだ。

「大丈夫ですか。ちゃんと寝てます？」

「いやあ、細切れにしか眠るヒマなくて。タクシーに乗った途端にグースカ寝ちゃうのに、家のベッドだと考えごとばかりで。職業病ですね、これは」

悟と多田羅のやりとりを不安そうに見守っていた澤口が言葉をはさむ。

「多田羅さんはね、今もう『カムバック』の次、七月クールの『怒りのAサイン』のロケが始まってるんです。沖縄で。先週も行かれてましたよね」

「二往復な。明日も朝イチの便で行かなきゃいけない」

「そんなハードスケジュールの合間を縫って、ここに来てくださったんですよ」

澤口は、多田羅と悟に明白な序列をつけようと躍起だ。悟とは無関係のドラマの準備で忙しい多田羅の状況を「ハードスケジュール」と言いきることに躊躇がない。

もちろん、年長の澤口に対して著しく敬意を欠いた言動をみせ、悟の目の前で声高に自社の別番組の愚痴を連発する多田羅の態度は、まったく感心できるものではない。だが悟をより不快にさせるのは澤口のほうだ。その立ち振る舞いは「隷属《れいぞく》」という言葉を思いださせる。職業に貴賤《きせん》をつけてはならないが、職業態度にははっきりとした貴賤があると悟は思う。

『怒りのAサイン』なら知っている。一九七〇年に起こった沖縄の人びとによる在沖アメリカ軍の車両焼き討ち事件、いわゆるコザ暴動をめぐる人間模様を描いた同名のベストセラー小説を原作としたドラマだ。主人公を演じるのは、ストーリーテラーズの中心メンバーで、ここ数年は俳優としても人気の高いＭＡＲＩＯこと上原真里生《うえはらまりお》。沖縄出身でアメリカ系クォーターの彼にとって、この新作ドラマは代表作のひとつになることだろう。

日本ミュージックアワードのグランプリを受賞したストーリーテラーズの「トゥルー・ロマンス」を悟がプロデュースしたのは五年前だ。あのころ、真里生はドラマに進出したばかりで、まだ主役級の扱いではなかったし、本人も俳優業にさほど乗り気ではなかった。

櫛田義人に憧れて歌手を目指したと公言する真里生は、悟にも大きな敬意をもって接してきた。「トゥルー・ロマンス」のレコーディングに先がけてパワーハウス本社で悟と初顔合わせをしたときも、自分がどれほど光安悟の仕事に惹かれてきたか熱弁をふるった。

「真里生は元気にしてますか？」

悟はミツスタに初めて来訪したふたりを、ソファまで誘導しながら訊ねた。

「元気、元気。ロケに祖母《オバー》や母親《アンマー》が毎日大量の差し入れを持ってきます。本人はダイエットとかでまったく手をつけないから、スタッフが食ってどんどん太っていく」

自分の言葉に触発されて何かを思いだしたのか、多田羅がふふふと笑う。

「ここ、座っていいんですよね」

悟の答えを待たずにソファに腰を下ろした。無礼で傲慢なこの男には、がしかし、妙に人好きのするところがある。悟は警戒心が氷解していくのを感じた。

澤口が、さっきから手にしていた紙袋を恭しく悟に差しだしながら言う。

「これどうぞ。バウムクーヘンがお好きだって、どこかで読んだので」

白地にネイビーで少女のイラストがあしらわれた紙袋には見覚えがある。

「ありがとうございます。これって伊勢丹に入ってる、たしかドイツの……」

「ホレンディッシェ・カカオシュトゥーベです。さすが光安さん。ここの食べたら、ほかのバウムクーヘンは食べられなくなりますよね。ウチのカミさんも……」

多田羅が苛立ちをむきだしにして話に割り込んでくる。

「そんな蘊蓄《うんちく》より、早く渡したらどうなの。光安さんもお忙しいんだしさ」

「せっかくだから、おふたりとも召しあがっていきませんか。コーヒー淹れますよ」

悟はつとめて穏やかに言ったが、多田羅の表情の険しさはいっこうに収まらない。両目の間には、生まれたときからそこに刻まれていたように深い皺が寄っている。

「いいっすよ、お気持ちだけで。俺、甘いものはまったく食べないし、コーヒー待つ時間も惜しいし。早く本題に入らせてください」

「わかりました」

これ以上コーヒーを勧めるつもりもないが、せめて水くらいは出そう。自分も飲みたいし。悟は床に置いたホレンディッシェ・カカオシュトゥーベの紙袋の持ち手をつかんだ。わずかに湿気《しけ》った感触がある。澤口の手汗かと思うと、たまらなく気持ちが悪い。

ソファに深く座った多田羅俊介は、ひと口で水を飲み干した。空になったピカルディを意外なほど丁寧な所作でテーブルに置くと、悟を見上げた。

「今日は本音で話しましょう。光安さん、俺のオーダーに真剣に応えてないでしょう?」

「そんな失礼なこと、するわけないじゃないですか」

「いや、向きあっていない」

「何を根拠にそんなことが言えるのですか」

「テレビ屋をナメてもらっちゃ困ります。学校の数学が苦手でも、金勘定は得意なヤツがいるもんです。俺も音楽の専門的なことはわからないけど、テレビドラマっていう枠組みに入ってるものは、音楽だろうが美術だろうが何だって良し悪しがわかりますよ。何だってね。主題歌だってそのひとつですから」

「ぼくはテレビドラマをナメたことは一度だってありません。主題歌を作る仕事も『そのひとつ』って気持ちなんかじゃない。『ただひとつ』を作る覚悟で向きあっています」

「言葉尻を捕らえて言いがかりをつけるような話し方はやめてくれませんかね」

「多田羅さんこそ、精神論じゃなくて、もっと具体的なディレクションを出してもらえませんか。それができないなら、ぼくの作る曲をもっともっと信じていただきたい」

「信じられない理由を作ってるのは光安さんじゃないか」

「ぼくのこと嫌いなんでしょう？　気が合いますね。嫌いは好きより伝わりやすい。嫌いの両思いですよ。でも今はおたがい、感情じゃなくて内容で曲に向きあいませんか。今ここで一緒に聴きましょう。ここならベストの音響で聴いてもらえますし」

「いや、お断りします。今日は話をしに来たんだから」

　多田羅の反論を最後に沈黙が生まれた。ソファの端に座り、悟と多田羅の間でテニスの主審のように目を左右させていた澤口が、控えめに言葉をはさんでくる。

「おふたりともクリエイティブを極めていらっしゃるので、なかなか譲れないところもあると思いますが、まずスケジュールあってのことですし、そろそろ着地点を……」

「うるさい。おまえが仕切るな！　着地点は俺が決める！」

　激昂を目の当たりにした悟は、澤口の存在を煩わしく感じている一点において多田羅に強く共感した。それで万事うまく収まるわけでもないことも、また確かだが。

多田羅は再び悟のほうを向いた。

「光安さん、シングルストーリーって言葉、知ってますか？」

「ひとつの、ものがたり？」

「直訳すればね。でもこれは新しい言葉なんです。憶えておくといいですよ。一昨年ナイジェリアの女性作家がスピーチで使ってから知られるようになったんだけど」

このプロデューサーは何を話そうとしているのか。戸惑いを覚えながらも耳を傾ける。

「たとえば、中国人は手先が器用だとか、イタリア人は女に手が早いとか、そんな固定観念ってあるでしょう。偏見と言ってもいい」

「国内でもありますよね。大阪人は口が達者、とか、京都人は上品、とか」

「意外と面白いこと言うんだな、光安さんって」

まるで衒いを感じさせない口調で多田羅がつぶやいた。

「はあ。じゃあ今までどう思われてきたんだろう？」

ため息まじりに嘆いてみせた悟が視線を送った先は澤口である。おふざけの意図をわかりやすく示したつもりだったが、澤口は何をおそれてか目を背けた。

悟と澤口のやりとりに気づいていないのか、あるいは興味がないのか、多田羅は悟をしっかり見据えて言った。

「偏見って何もないところから湧いてくるもんじゃなくて、やっぱりその理由となる情報があって生まれるものだと思います。シングルストーリーは、あるひとつの話がくり返し語られて固定観念が作られ、あげくに唯一絶対の真実みたいに認識されることです」

「初めて知りました」

「そういう思いこみって、とっても危険だと思いませんか」

「たしかにそうですが」

口にした言葉に偽りはない。だが、なぜ今こんな話を持ちだしてきたのか。悟はまだその意図をつかめずにいる。警戒心を保ちながら多田羅の次の言葉を待った。

「今、光安さんはそんな危険なエリアにいるってことです」

「え?」

自分の話だったとは。悟は間の抜けた大声を上げた。

「テレビドラマのプロデューサーには音楽なんてわからないって思いこんでるでしょう。それこそシングルストーリーです。まさに」

反論の言葉をさがすのに手間どる悟には構わず、多田羅は饒舌の度合いを増していく。

「新しいドラマには新しい主題歌が必要っていうのも、根拠のない思いこみにすぎませんよ。主題歌がなければドラマが回らないなんて、思い上がりもいいところだ。劇伴のスコアは今回もかなりいいのが仕上がってきてるから、それでドラマは成立するし。逆に、あの感動的なスコアを超える主題歌って、そうとう難しいだろうなぁ。天才光安さんがいつまでも本気出してくださらないから、主題歌のハードルがどんどん上がっていきますね」

挑発に乗ったら終わりだ。悟は口を開くことを慎重に控えた。沈黙に耐えかねた澤口が、ほとんど泣くような声で介入する。

「それ本気ですか?」

「もちろん。ドラマにとって主題歌は必要不可欠じゃない。いい曲じゃなければむしろ邪魔。昨日は『カムバック』の番宣ポスターのデザイン締め切り日だったけど、主題歌の表記だけ全部外して入稿させといたから。なくてもいいようにな」

耳を疑った。この男、本気か。クリエイティブの本質を語るようなふりして、これは主題歌に関わるすべての者への露骨なハラスメントではないか。

　澤口がもう涙声を隠すことなく言う。

「そんなの、ウチの社長の池田《いけだ》が知ったら……」

「U音の事情なんて知らねえよ。おたくの社長なんて住民票はU音でも本籍はUBCだろ。池田さんは俺もよーく知ってるよ。入社試験の二次で面接官だったし。そのころ威張り散らしてたからね、あの人。社食で会ってもやたら恩着せがましいこと言ってきたもんだよ。自分が俺をUBCに入れてやったみたいな顔して」

　多田羅は急に話を止め、さっき飲み干したことを忘れたのか、ピカルディに手を伸ばして「ちぇっ」と言った。悟がまだ口をつけていない自分のを「どうぞ」と勧めると、ちょっとだけ舌を濡らし、何かを思いだすように深く目をつむった。そして、ゆっくりとまぶたを開いてから、今度は澤口のほうを向いて言った。

「でも俺もこの業界の景色を見慣れてきたら、よーくわかったよ。池田さんなんて、まあテレビマンの仕事に向いてねえ向いてねえ。そんなタフじゃないもん。十年くらい前にU音に出向が決まったときは不満いっぱいに見えたけど、いま思えばあれはポーズだったんだな。頭はいい人だから、自分の高い売り方をよくよく考えて片道切符で行ったんだろうよ。まあよかったんじゃねーの、一応社長なんて呼ばれてさ。たとえ子会社でも」

　ひと言も発しなくなった澤口は、顔を上げて天井の一点に目を向けている。涙がこぼれないように我慢しているのか、それとも反論をあきらめたら涙も乾いたのか。傍若無人の暴言に耐えてまで、澤口が守りたいものは何だろう。音楽の仕事か。報酬か。家族か。

「澤口さん、ちゃんと聞いてる？　あんたが大好きな池田社長のこと、俺が馬鹿丁寧に話してんのにさー、そんなに黙ってちゃ、俺はどうしたらいいわけ？」

「……すみません」

「だいたいさあ、なんで俺が光安さんから直接『もっと具体的に話してくれ』なんてクレーム入れられなきゃいけないわけ？　俺のビジョンを通訳して光安大センセイに伝えるのは澤口さんの仕事だろうよ。違う？」

「……おっしゃるとおりです」

「だろ？　俺、頭ん中はもう明日からの沖縄ロケのことでいっぱいなんだよ」

悟はすっくと立ち上がった。胸を張って多田羅と向きあう。

「それは言っちゃいけない。言っちゃいけないでしょう、それは。だって、ぼくは関係ないんだもの、『怒りのAサイン』に」

「こっちはそういう事情があるんだと言って、どこが悪いんですか」

「そりゃあ、おんなじ仕事を何年もやっていれば、誰だっていろんな事情を抱えてますよ。そんなの当然です。でも『カムバック』に集うときは『カムバック』のことだけを考えて、ありったけのアイディアとエネルギーを捧げる。そこに尊さがあるんじゃないですか。多田羅さん、あなただってわかってるはず。だからほかの仕事を言い訳にしちゃいけない！」

最後は絶叫に近い大声だった。冷静なイメージが定着している光安悟の湯気が出るほどの激昂に、多田羅も澤口も押し黙っている。

「ちょっと興奮しすぎました。すみません」

昂《たかぶ》る気持ちをなんとか抑えねばと強く自分に念じながら、悟はアーロンチェアに座り直そうとした。ところが座部の位置を確認しないまま腰を下ろしたせいで、バランスを崩して派手にフローリングに転倒した。臀部《でんぶ》がシートの先に中途半端に引っかかり、五本脚のキャスターは窓際へ向かって勢いよく滑っていく。

瞬間、多田羅がソファを立ち上がり、機敏な動きでチェアに追いつき、背もたれをつかんだ。防音扉は開いたままで大きな掃《は》き出し窓一枚になっていたから、もし多田羅が間に合わなければ、アーロンチェアはガラスを直撃していたはずだ。

「多田羅さん、ありがとうございます。おかげで大惨事を免れました」

悟は心から感謝の意を述べた。多田羅はチェアを元の場所に戻しながら一瞥もせずに「どうも」とそっけなく答えた。大量の皮下脂肪で覆われた巨体の中に、元トップアスリートの筋肉が隠れている。この男はただ大きい図体をもてあましているのではない。

ソファの前にそそり立った多田羅は言った。

「澤口さん。俺さ、フリーのクリエイターをいじめるような趣味はないから、光安さんの味方するわ。池田社長に言っとくよ。ドラマと主題歌をつなぐ役割の責任者である澤口さんの職務怠慢のせいで、今回は涙をのんで主題歌抜きですって。そこでカネ入ってこないとU音さんも今期の売り上げ立たずにたいへんでしょうけど、そのぶん番組のDVDボックスをバカ売れさせて、劇伴スコアの二次使用料稼ぎますからご安心くださいって。制作発表記者会見もやっちゃいましたけど、なんとかしてくださいねって」

最後は吐き捨てるように言った。通告というべきか。澤口の顔から血の気が引いていくのがわかる。だがこの通告は、多田羅の言う通りスコアによる印税収入がまだ見込めるU音よりも、櫛田義人のチームを地の底に突き落とすメッセージを意味する。

「多田羅さん、ひとつお訊ねしたいことがあります」

悟はそれまで隠してきた凶暴さを一気に放出するように、多田羅と対峙した。

「ぼくが作ったデモ、もしかして一度も聴いてないいんじゃないですか」

多田羅が嚙みつくように悟を見返す。

「光安さん、いつも紳士っぽく見せてるけど、とんでもなく失礼な人だな。それともこっちが本性なんですか。自分のスタジオだからって」

「論点をそらさないでください。聴いたんですか。聴いてないんですか」

「ふざけんな！　誰に向かって言ってるのか、わかってますか。今になってそんなこと俺に訊くなんて、プライドはあるんですか。あんた、安いよ。十万、百万ぽっちの客相手に受けることしか考えずに仕事してるから、そんなこと口にできるんだ」

「安くて何が悪い。ぼくらが作っているのは大衆歌謡だ。流行歌だ。お高くとまってられますか。でも、安くても本物です。安いから本物なんです。身構えさせちゃ負けっていう世界で真剣勝負してるんだから。すーっと入りこんで、いつのまにか手放せなくなるようなものを、狙いを定めて作ってるんです」

「口の減らない人だな」

そうつぶやいた多田羅は、胸の前で太い両腕を組んでからゆっくりと目を閉じ、鼻から大きく息を吐いた。その一部始終を見届けた悟は言葉を続ける。

「ぼくと櫛田義人は、もうこれ以上ないっていうくらい真剣にデモを作ってきたんです。多田羅さんも真剣に聴いてくれたのなら、もっと具体的な感想があってもいいんじゃないかと思います。たとえそれが全否定であっても、多田羅さんの熱が感じられるものであれば、ぼくたちには受けとめる覚悟がある」

旱天《かんてん》に喘《あえ》ぐ淡水魚のように乱暴なまばたきをくり返した多田羅は、これまでにない透明さを感じさせる声で「わかったよ、光安さん」と言った。

「あなたが真剣で、俺がそうじゃないとか、誰も正解にたどり着けないような精神論はもうしたくないんです。とにかく、今まで聴かせてもらった六曲のデモに、ドラマのプロデューサーはピンとこなかった。シンプルにいえばそういうこと。原因が曲のせいか、櫛田義人さんのせいかはわからない。でも責任は澤口にある。こんな結論でどうでしょう」

ローテーブルをはさんで向きあう多田羅俊介が、屹立《きつりつ》する巨像に思える。言葉通り結論なのか。あるいは激励なのか。これほど致命的な情報を、外部プロデューサーの悟がチーム櫛田義人の誰とも共有せずひとりで聞くという状況は、危険極まりない。

ひと言も発さない悟に業を煮やしたのか、多田羅の吐く息にチッという音がまじる。

「さすがに雇われプロデューサーさんに決められることじゃないか」

挑発であることはわかる。だが悟には怒りが沸いてこない。心が麻痺したのか。なおも言葉を見つけられずにいると、再び多田羅の舌打ちが聞こえた。

「こうしましょう。明日……区切りがいいところで、夜七時に結論をください。そのころ俺は沖縄ですけど、携帯つながるところにいますから。もちろん澤口にご連絡いただいても結構です。チームのみなさんでよーく考えて。もちろん、俺がうなるような名曲が新たにできたらメールで送ってください。そんな奇跡起きるといいなー」

どうやら顔面の神経が本当に麻痺したようだ。言葉を返すことも、笑顔を作ることも、怒りの表情を浮かべることも、できない。

「じゃ、これで失礼します」

悟はスタジオルームを出て玄関に向かう多田羅の大きな背中を見とどけた。それを走って追いかけていく澤口が、玄関前であわてて振り向いて悟に一礼した。

ようやく顔面にいつもの感覚が戻ったのを確かめることができたのは、それから五分も経ってからだった。顔じゅうがじっとり濡れていた。

第十二章

二〇一一年三月十日　木曜　東京・駒場

「ミッチー先生、さっき権藤から聞いたよ！　ここに多田羅が来たんだって？」

シュガー＆スパイスの下川隆三がミツスタにやってきたのは、二十時を過ぎたころだった。二十一時過ぎにミツスタ入りすることになっている義人よりも、社長の自分が悟に先に会っておきたかったようだ。

多田羅と澤口が出て行ったあと猛烈に空腹を覚えた悟は、賞味期限をとうに過ぎた安物のカマンベールチーズを冷蔵庫から取り出すや、ナイフも使わず手づかみで齧りつき、冷静さを少し取りもどしたことを確認して権藤に電話した。「急襲」という言葉を使って多田羅の突然のミツスタ来訪を報告する悟をさえぎるように、権藤は「光安さん、とにかく義人をそちらに向かわせますね。今ちょうど取材でうちに来てるんですけど、二十一時過ぎには行けると思います」と早口でたたみかけた。それ以上のことは自分に聞かせてくれるな、義人とふたりで納得のいく話をしてくれという強固な意思を感じさせる口ぶりだった。

「さすが下川社長、情報早いですねえ」

「あひゃひゃ。そうでもないけどね。揃いのジャンパー着た、例の取り巻き連中もぞろぞろやって来てたいへんだったんじゃないの？」

「多田羅さんと澤口さんのふたりだけで来ましたよ」

「あの弱虫の澤口にしちゃあよくやってるじゃん。自分のドラマの打ち合わせをＵＢＣでしかやんないって有名なんだよ、多田羅って。相手が北野武《きたのたけし》だろうが、レディー・ガガだろうが、絶対にUBCの会議室に呼びつけるんだとさ。まあ噂だよ、噂。たまには褒めてあげないとな。まあ自分のスタジオに突然やって来られてミッチーも大迷惑だったろうけど。とりあえずお疲れさまでした。はいコレ。紗和さんにどうぞ」

下川は慣れた手つきで紙袋を差しだした。紙袋の中身をいったん自分の目の高さまで引き上げてから、すぐに下ろしてさっと手渡す。これが下川の流儀である。

「ありがとうございます。ユーハイムが妻の好物だって、よく憶えてましたねえ」

「美人さんの情報だけはなぜか忘れないのよ。ま、それくらいしか能がないもんですからね、零細事務所のタコ社長なんてね」

人と人のつながりは面白いものだ。紙袋をちらりと覗きながら悟はつくづく思った。一時は毎日のように顔を突き合わせていた下川と会わなくなって、六年が経つ。それが昨日久しぶりに再会したかと思ったら、翌日もこうして会っている。

「そのバウムクーヘン、期間限定なんだってよ。ミッチー先生ご夫妻はグルメでいらっしゃるから、こっちも何を手土産にするかビクビクしながら選んでますって」

「きつい冗談は勘弁してくださいよ」

「いやいやホントだって。でもさあ、俺みたいな還暦すぎのジジイが、ユーハイムで可愛らしい制服着たおネエちゃんにあれこれ質問してるの、笑えるでしょ」

「彼女たちのほうこそ喜んでるでしょう」

「あひゃひゃ。ミッチーは相変わらず人たらしだねえ。いや、ジジごろしか」

「ぼくだってもうジジイに片足突っ込んでますよ」

「いや若いさ。まだ四十代でしょう？　ウチの夫婦はさあ、ガキがいないじゃん。だから気だけは若いのよ。ま、ふたりともカラダはもうジジイとババアなんだけどね」

「奈保子《なおこ》さんがババアだなんて」

「おっ。ウチのカミさんの名前、忘れてなかったんだ」

「もちろん。結婚式を挙げなかったぼくらのために、おふたりで心のこもったバーベキュー・パーティーを催してくださったじゃないですか。義人たちも呼んで。うれしかったなあ。あのとき言われたんです。『夫の仕事は妻の安眠を守ること。それ以外はおまけみたいなもんよ』って。ぼくだって美しい女性のことはよく憶えていますよ」

「言ってくれるねえ……それ聞いたらあいつもきっと元気になるよ」

「奈保子さん、今お元気じゃないんですか」

「ミッチー、聞いてないのか。クモ膜《まくか》下出血で死にかけたんだよ」

「えっ……存じませんでした。ごめんなさい」

「先生が謝るこたぁねーよ。カミさん、一命はとりとめたんだけどさ、下半身不随と軽い発声障害、あと排泄《はいせつ》障害が残っちゃって、俺が介護するようになって三年、いや、もう四年目になるか。ヘルパーさんと二人三脚でなんとかやってるよ。けど、家《うち》からまったく出なくなっちゃった。もう外に出たくないって。俺なんかより飲み歩いてたような女がだよ」


悟が慎重に豆の量を計って淹れたコーヒーに相好を崩しながら、下川が訊ねる。

「で、紗和さんは元気なの？」

ファイヤーキングのマグを持つ下川の右手には、アスファルトにこびり付いたガムのようなシミが目立ち、血管のくっきり浮き出たさまは寄る年波を感じさせる。

「はい。まだ誰にも言ってないんですが、じつは妊娠したことがわかったばかりで」

「えっ、ほんと？　やった！　バンザーイ！」

　予想だにしないストレートな祝福に悟は戸惑った。

「あ、ありがとうございます。恐縮です」

「バンザーイ！　バンザーイ！」

「いやいや……うれしいな。万歳してもらえるなんて、大人になって初めてかも」

「子どもにまさる宝はないよ。ミッチー、よかったね！　おめでとう。俺はね、子どもが欲しくないのかと思ってたよ、光安家は。カミさんはずっと違うって言ってたけど」

「まあぼくに関して言うと、それほど欲しかったわけでもないのはたしかですね」

「ミッチー先生の言い回しは相変わらず政治家みたいで、俺みたいなボンクラにはよくわかんねえよ。で、どうなの。うれしいの？　うれしくないの？」

「めちゃくちゃうれしいです」

「今、何ヶ月？」

「まだまだ。週明けに九週目に入ります」

「そうか。そうかあ。カミさんにも言っとくよ。きっと喜ぶ。ずっと気に病んでたもん。ヴァイブスの三人が増長して失礼なこと言った日に、ミッチーは仕事を降りたんだ。連中の非礼は俺たち夫婦のせいだ」

「そんなこと思ってませんよ、ぼくは」

　本当だった。下川の老獪さに翻弄《ほんろう》されることはあっても、責める感情を抱いたことはない。

「いや、ほんと悪かったね、あのときは。俺たちみたいな弱小事務所にとっちゃさ、社長夫婦なんてのはタレントの親代わりなわけだよ。だけどウチらにはその器量もなけりゃ、子育ての経験もないじゃん。だからあいつらの気持ちをわかってあげらんなくて、皺寄せがミッチーに行っちゃったんだってカミさんは言ってる。俺も反省してるよ」

「ぼくこそ怒りすぎました。怒りの制御《アンガーマネジメント》ができなければプロデューサー失格です」

「いやあ、誰でも限度ってものがあるから。むしろあそこまでよく我慢してくれたよ、ミッチー は……よし、こんな昔話はもうおしまい！」

「何せ初めてのことで、当分バタバタするでしょうが、ご迷惑かけないようにします」

「そう肩肘張りなさんな。今度はもっと周囲を頼りにしてよ、甘えていいんだよミッチー。でさ、多田羅は何の話をしにきたわけ？」

コーヒーの残りを一気に飲み干した下川は「まずっ」と顔をしかめ、すぐに「あ、ごめんミッチー、さっき淹れたて飲んだときはうまかったんだけど」と言い訳した。

多田羅の通告をいま伝えるのはやめよう。そして、六曲目を再提出するのだ。

悟は覚悟を決めた。

第十三章

二〇一一年三月十日　木曜　東京・駒場

「光安さん、このところすげー勢いで仕事してません？」

「それほどでもないよ」

「最近、光安印の楽曲がやたら出てる気がするんですけど」

「そうかな。何が出てたっけ？」

「なんか若い女の子たちのグループやってませんでしたっけ？」

「ああ、スターガールズのこと？」

「たぶん、それです。ストーリーテラーズの女性版っていわれてますよね」

「うん。でもデビューが遅れに遅れちゃったから……売りどきを逃しちゃったよなあ。かわいそうに。暮れと先月とシングルを二枚出したけど、どっちも去年の夏にはミックスまで終わってたヤツだからね。本人たちとはもう半年も会ってないもん」

「へえー」

　そう答えると、櫛田義人は何度も小刻みに頷いた。自分が振った話題なのに、さほど興味もなさそうだ。そのつかみどころのなさに、悟はなつかしい感触を覚えた。

　下川は二十時五十分きっかりにミツスタを出ていった。義人がやって来たのは、二十一時を十五分ほど過ぎたころである。義人と悟がふたりきりになれる場を提供したいと、社長の下川が気を配ったのは明らかだった。


　明日には多田羅に六曲目のデモを再提出する予定だと義人に告げたら「なら、もう一度歌ってもいいっすか。今日はもっとうまく歌える気がするんで」とその場で提案された。首を横に振る理由はない。どこかで期待もしていた。急遽再レコーディングが始まった。

　レコーディングでは国内外の多岐にわたるスタジオを使ってきたが、楽曲の根幹となるコンセプトは必ずここで入念に作り込んできた。ミツスタこそがホームグラウンドにして静かなる戦場なのだ。

　音楽制作で「本番」といえばレコーディングスタジオでの作業を意味するが、その工程の前にすでに勝負は決まっている。ポップミュージックのプロデュースにおいては、スタジオで起こり得るマジックに多くを期待すべきではない。「起こり得る」は、「起こるとはかぎらない」

と同義なのだから。いくつかの神がかった成功体験を経て、悟はレコーディングスタジオでのマジックを寸分も期待しなくなった。マジックと呼び得るほどのものが目の前に現れても、それを起こしたのは自分ではないと強く自戒してきた。

どんなに気合いを入れても、いつも自分の思いどおりにレコーディングが進むわけではない。すべてを支配しようという意思こそは、プロデューサーが振り払うべき思い上がりの最たるものだ。名匠アリフ・マーディンはアレサ・フランクリンのアドリブの余地を譜面《ふめん》に残しておいただろうし、帝王クインシー・ジョーンズはマイケル・ジャクソンのひらめきをキャッチして逃がさないだけのスペースを、スタジオの中に確保していたはずなのだ。

だからこそプリプロには悔いを残したくない。そんな気持ちがミツスタの私的空間としての度合いを高めてきた。ここに本格的な防音設備を施したのは、いくら大きな音を出してもマンション住民から苦情が出ないようにするためだったが、いざ使い始めてみると、街中から聞こえてくる生活騒音をシャットアウトする機能が何より重要だった。

マイクに向かうこと一時間ほど、義人も悟も満足のいくものが録れた。ボーカルにはひと筆書きの美しさがあった。この美しさはマジックではなく努力の賜物《たまもの》だ。前回のレコーディング以降も、義人が六曲目をじっくり自分に沁みこませていたことがわかる。悟は満ち足りた気分で機材の電源をひとつずつ落としていった。

電源を落とすことの意味を義人は理解しているはずだが、会話を止める気配はまるで物わかりが悪いふりをして、本音はとことん悟と話がしたいのだろう。

「今日は自分の車で来たんじゃないよね」

「ええ、タクシーで来ました」

「じゃあ軽くどこかに飲みに行こうか」

ふたりで飲みたかったのはむしろ自分かもしれない、と悟は思った。

「あ、うれしいです。でも……ここでいいっす。いや、ここがいいっす」

「そうか。ビールくらいなら冷蔵庫に入ってるよ。あとはウィスキーがいくつか。どちらでもお好きにどうぞ」

「遠慮なくビールいただきます」

フードパーカごしでもわかる美しい背中のラインに悟は感心した。ゼネラル・エレクトリック社のクラシックな二ドア冷蔵庫を開けるだけでも様になる。

ボーイシンガー・オーディションでは、義人はいつも圧倒的美男子の優勝者・樫井雅也の陰にかすんでいた。樫井の華が天性のものだとすれば、十人並みに毛の生えた程度の容姿に生まれた義人のかっこよさは、高い意識のもとに身につけたものである。万人に魅力的と思わせる体形を維持するため、義人は節制とジム通いを長く続けてきたはずだ。

大きなヒット曲に恵まれなかったこの数年間も、復活劇《カムバック》を迎える準備《アイドリング》を続けてきたのは容易に察することができる。その間に義人と交際を報じられた若手女優は、二年前にプロサッカー選手と結婚して、現在は移籍先のクロアチアにいるはずだ。

まだ心の準備もできていなかったデビュー直後に体験したメガヒットの記憶は、今の義人にとってどんな意味を持っているのだろう。栄光か。希望か。それとも苦々しさを伴うものだったか。数多くのスターとこれほど近くで接してきたとはいえ、どこまでいっても裏方の悟には依然として彼らの胸の内がわからない。

キリンラガーの缶を手にした義人が戻ってきた。そのうちの一本を悟に差しだす。

「もちろん光安さんも飲むんですよね？」

「ありがと。義人、スニーカーと靴下脱いで裸足になれば。気持ちいいよ。それどこの？」

「じゃあお言葉に甘えます。セルジオ・ロッシとプーマのコラボモデルです。まだサンプル残ってると思いますよ。カワちゃんに言って取り置きしてもらいますか？」

「いいよ、ありがとう。そんなつもりで訊いたんじゃない。ぼくが義人とペアで同じ靴履いてたら気持ち悪いだろ」

「へへっ、オレは光栄ですよ」

「そんなことより、今も川本敦史《かわもとあつし》がスタイリングやってるんだね」

悟はかつて自分が紹介したスタイリストの名前を言った。ヴァイブ・トリックスがデビューするときに、できるだけ若い感性を注入したいと考えた悟が、旧知の雑誌編集者に紹介してもらった新人だった。

「はい。今やカワちゃんも大先生ですけどね。自分のブランド作っちゃって。今じゃスタイリング仕事は名前だけ貸して、全部アシスタントたちが回してるらしいんですけど、オレの現場には自分ひとりで来てくれるんです。いいヤツでしょう」

「そんな付きあいをしてきた義人もな」

「いやいやいや。カワちゃんとはたくさんの夜を一緒にくぐり抜けてきたんで。でもあいつ、何年か前にパパになっちゃって、最近じゃつるむこともなくなりましたけど」

義人はビールをソファの横のサイドテーブルに置き、靴下を丁寧に脱いでから細かくたたみ、クロムハーツの黒革トートバッグにしまった。その様子を見守りながら、悟は以前にも義人の几帳面な性格を示す場面に出くわしたことを思いだした。

ふたりはそれぞれ自分でビールを開けて乾杯をした。ソファに深く埋まってひと口飲んだ義人は「うめぇー」と小さくつぶやき、アーロンチェアに座る悟を見上げた。

「光安さんっていつも忙しそうなんだよなあ。とにかく寝ない人って印象」

「おいおい、ぼくは今年四十三だよ。不眠不休はありえないって。でもこの仕事を続けてる以上、熟睡できないのは仕方ないけど」

義人は悟の言葉に満足したような微笑を浮かべた。

「じゃ、永遠の仮眠ですね。ずっと疲れがとれなくないっすか。そんな感じで光安さん、気合いの入った仕事なんてできます？」

永遠の仮眠——。

なるほど、案外、音楽プロデュースという営みの本質を端的に言い表しているかもしれない。悟はまた感心して、まじまじと義人を見つめた。

だが本人はビール缶に口をつけ、底面を天井に向けたかと思うと「早くも一本飲んじゃいました」とにやにや笑うばかりだ。

「まだ冷蔵庫に何本かあっただろ。好きに飲んでよ。チーズとかオリーブとかもあるんじゃないかな。ナッツも冷蔵庫の上にあるし」

「はい、全部チェック済みっす」

うれしそうに答えた義人は、再び冷蔵庫に向かってから、手慣れた動きでビールやつまみを取りだした。座るまで待てないのか、飲みながら戻ってきてソファに腰を下ろした。

「仮眠の日々って、もともとショートスリーパー体質なんですか」

「あんまり自覚はないけど、そうなのかも。できることなら寝たくないと思っているし」

「マジすか。そんなのオレ的にはあり得ませんね。毎日寝足りないのに」

「熟睡できないっていうより、絶対に熟睡はしないって決めてるんだ」

「なんですか?」

「眠りは死のいとこだからね」

「まんまNAS《ナズ》の"N.Y. State of Mind"の歌詞《リリック》じゃないですか」

「正解！　義人、ラップも聴くようになったんだね。感心感心」

「なに言ってんですか。デビュー前にナズの『Illmatic《イルマティック》』くれたの、光安さんじゃないですか。『ぼくと仕事するならこのアルバムくらいしっかり聴いとけ』って」

「そうか……ごめん、忘れてた。そのあと義人とナズの話をしたことあったっけ?」

「いいえ。一回も」

「でもきちんと聴いてくれてたんだ。マメなんだな」

悟が会話で挙げた曲をすべて聴くなんて至難のはずだ。第一、すべての音源を入手できるかどうかも疑わしい。

「オレ、音楽のことよくわかんないまんまデビューしちゃったんで、とにかく光安さんに食らい付いていこうって必死でしたもん」

「RYUとKINYAも聴いてたのかな」

悟がヴァイブスの残るふたりの名前を挙げると、義人の口元は綻《ほころ》んだ。

「RYUだって光安さんリコメンドは全部聴いてたはずです。だってあいつと渋谷のタワレコとかマンハッタンレコードとか何回も行きましたもん。KINYAはそこまでハマってなかったけど、それでもほとんど聴いてたんじゃないかなぁ」

「当時それ言ってくれたら、いくらでもダビングしてあげたのに」

「そんな生意気なこと、光安さんにお願いできるはずないでしょう」

「そういうもん?」

「そういうもんです。距離あったじゃないですか。オーディションの審査員さんがそのままプロデュースやるのって、歌う側からするとかなりキツいんすよ」

義人は悩みがまだ進行形であるかのような険しい表情をみせた。

「なんで。おいしいんじゃないの？　ぼくが言うのも変だけどさ」

「いやあ、正直キツいっす。デビューが決まったって聞かされても、スタジオに光安さんがいると、オーディションがずっと終わってない気がして。毎日毎日レコーディングしても、その日かぎりで落とされるんじゃないかって不安がハンパなかったです」

「そんな圧をかけたつもりはなかったんだけどね」

「もちろん今ならそうだったってわかりますよ。でも……」

「でも？」

「光安さんって、そのころ『おまえらはどうせわかんないだろ』って感じだったから」

「……」

「オレらのことほったらかして、権藤さんとずっと音楽論に入りこんだりしてましたよね」

「感じ悪いな、それ」

「はい。むっちゃ感じ悪かったです！　でもいつかオレもあそこの話に入りたいと思って勉強してきました。だから今日はかなりうれしいんです。へへっ」

いつのまに義人はこんな話の組み立てができる聡明な大人になったのだろうか。ずっと「やんちゃな歌うたい」と思いこんできた悟は、心地よい裏切りを感じた。

悟がようやく二缶目のビールに手を伸ばしたとき、義人はもう三缶目を飲み終えようとするところだった。すこぶる上機嫌だが呂律《ろれつ》はかなり怪しい。

「光安さん」

「どうした」

「光安さん、子どものころ引っ越したことあります？」

「あるよ」

「住んでいた家に知らない誰かが住むようになるって、いやじゃありませんでした？」

「うーん、それはないな……でも、逆ならわかる気がする。ウチの母親が、自分が生まれた家を借家に出したとき、知り合いがそこに住むのを極端にいやがってたから」

「それ、逆じゃないっす。オレだって、知らない誰かが住むのはいや、知り合いの誰かが住むのはもっといやでしたもん」

義人の弁に相槌を打ちながら、悟は自分にはその種の感性が欠落していると痛感した。麻痺しているといったほうが正確かもしれない。

「で、それが何なの？」

「椎名林檎《しいなりんご》が昔、師匠の亀田誠治《かめだせいじ》がプロデュースしてるほかの女性シンガーのポスターを東芝ＥＭＩのオフィスでビリビリに破ったって噂、聞いたことありませんか？」

「都市伝説だろ。仮に本当だとしても、林檎ちゃんも若かったわけだし」

「光安さんはそういう話に対して鈍感っていうか、楽観的すぎます。オレたちも、光安さんがヴァイブス以外のプロデュースやってるの、すっごくイヤでした」

「そう言われても、ぼくは特定の会社やアーティストの専属じゃないからね」

「ほら、いつもそういう正論で返そうとする」

「でもそれぞれの現場では目の前のアーティストのことだけを考えて仕事してるよ」

「なんすかそれ。不倫してるオッサンの言い訳とおんなじですって」

「一緒にするな。プロデュースするアーティストに本妻も愛人もないよ」

「そんなの綺麗ごとです。オレの目を見て言えますか」

悟はまばたきもせずに義人の両目を凝視する。

先に視線を外したのは——義人のほうだった。

「飲みすぎだぞ、義人」

「いいじゃないですか、今日くらい」

「ここはぼくのスタジオだ。それ飲んだら今日はもう帰れ」

「命令ですか。パワハラですよ」

「バカ言うな」

「へへっ、すぐに真に受ける。冗談ですよ、冗談」

「からかってんのか」

「オレは光安さんのその絶対正しい感じがずーっと苦手だったんすよね。でも今日でよくわかりました。光安さんは、心の中に狼を飼っている、正しい変人だって」

「正しい変人？」

「だって、ＵＢＣのあの調子ぶっこいたデブがこんだけネチネチと無理難題を押しつけてきてるんすよ。天下の光安悟に！」

義人はビール缶をサイドテーブルに叩きつけた。残っていた中身が飛びだして、足元のキリムの鮮やかな緋色を焦げ茶に染めた。

「さすがにそりゃ大げさだよ。気持ちはありがたいけど」

「オレも人のこと言えないけど、多田羅なんて、ぽっと出じゃないですか。ＵＢＣの看板なしで勝負しろってんですよ」

「おい、言葉が過ぎるぞ。敵はドラマのプロフェッショナルだ。リスペクトを持て」

「ほーら、光安さんも本音がでた。今『敵』って言いましたよね。人生で一枚の洋楽アルバムも買ったことないだっせぇーヤツに、なんで光安悟が五回も六回も曲の作り直しを命じられなければいけないんですか。それがパワハラっていうんだ！」

戦闘モードに入った義人にこれ以上なにを言っても、しつこく絡まれるだけだろう。もちろん自分も多田羅を庇《かば》うつもりは毛頭ないが。

「やばっ。これ、マーヴィンのサインですか！」

壁のマーヴィン・ゲイのアナログ盤七インチ"Sad Tomorrows"の額装を見つけた義人は、レーベルに記されたサインに気づいて声をうわずらせた。

「がっかりさせちゃうようだけど、マーヴィンのものじゃないんだ。さすがにぼくも生きてるマーヴィンには間に合わなかった」

「じゃあ誰のですか？」

「アレンジャーのポール・ライザー。ほら、マーヴィンの名前の下にクレジットされてるだろう？　もう十年くらい前になるのかな、念願かなって彼と一緒に仕事できたときに、エレクトリック・レディ・スタジオでサインしてもらった」

「へえ。ある意味マーヴィンよりレアっすね。マーヴィンのサインはないんですか」

「ぼくは自分が直接会った人のサインにしか興味がないからね」

「どういう意味ですか」

「サインってのはさあ、ひとかどの人物が、このサインを書いてる時間はあなただけのために使いましたよって証拠なんだよ……たとえそれが数秒間であっても」

「オレ、今まで、会ったこともないファンのために何百、何千のサインを書きましたよ」

「それもまたミュージックビジネスだ。やむを得ないよ」

「そんな慰め聞かされると、オレのほうが感じ悪いみたいじゃないですか」

ふたりは破裂したゴム風船のように大笑いした。

「あー、多田羅、あったまくるわー。マーヴィン・ゲイも知らないっすよ、あいつ」

義人はしきりに髪を掻く。一年を通して機材の保全のために除湿を効かせているミツスタでは、肌同様に頭皮も乾燥する。大概の客は一時間もすると頭が痒くなってしまう。

「でも義人、音楽は知識だけで作るもんじゃないよ」

「またそんな正論ふりかざして。そりゃ知識だけじゃできないけど、知識もないやつに作る資格はもっとないでしょう……トイレ借りますね。ビール飲みすぎたー」


酔いを取りはらうように頭を振りながら戻ってきた義人に、悟は話しかけた。

「義人、この際はっきり言っておくと、ぼくが今欲しいのはヒットだ。音楽は形あるものじゃないからこそ、体を震わせるような体験が欲しい。それを共有したい。独り占めするんじゃなくて、分かちあう仲間がいることが成功なんだと思う」

「そこまで言う必要ないっす。光安さんがどんだけヒットが欲しいって強調しても、狂ってるくらい音楽好きってこと、オレ知ってるし。変わんないし」

「ありがとう」

「ヒック。ウッ」

しゃっくりが始まったようだ。義人は胸をポンポンと叩きながらいかにも不慣れな様子で前屈みになり、ピカルディいっぱいの水を飲もうとする。

「何してんの？」

「こうやって水を上の歯の裏側に当て……当てて、ゆっくり飲めば止まるんです」

「ほんとか？　そんなの聞いたことないよ」

「いいからお話を続けてくださ……ください」

「今作ってる『Comeback』に本当の価値があるとしたら、六曲目にたどり着くまでにかけた時間なんだと思う。ひとつの作業をあきらめずに続けるとき、それを見守ってくれる仲間がいたこと。義人。権藤。もしかしたらU音の澤口も。多田羅も」

「よくそんな星の……星の王子様みたいなこと言え……言えますね」

「ぼくは音楽を作るにあたって回り道なんて一ミリもないって信じてるよ。もちろん時間は大切なものだから、好きこのんで遠回りする必要はないんだけど」

「それも理想論じゃないっすか。ウッ。あ、しゃっくり止まった！」

義人は小さくガッツポーズをとった。

「音楽を作るうえで、成功が何かってのはなかなかわからないものだよね。本人が成功したつもりでも周囲がそう認めてくれないこともあるし、たまにだけど、その逆もある。ずいぶん後になって成功が実証されることもある。しゃっくりみたいに、〈よし、止まった〉って明確な基準があるわけじゃないんだ」

「そりゃそうでしょうけど」

「でも成功と違って、失敗の瞬間ははっきりしてる。あきらめたときだよ。ポジティブな言い方をするなら、あきらめないかぎり、失敗したことにはならない」

「それだと、いくらなんでも時間がかかりすぎませんか」

義人は口をとがらせた。

「音楽は時間のアートだよ。それを惜しんでどうする？　劇的な解決なんてぼくは信じちゃいない。少なくとも自分は天才じゃないから、細かい点検と棚卸しを積み重ねることでしか名曲は生まれないと思ってる」

「あいかわらず理論派だなー。いや、ずっと会ってなかった間に拍車がかかってますよ絶対。マジメな変人ぶりに」

「いい歳してまだ自分のマジメな性格を認めないおまえこそ、とんだ頑固者だよ」

「じゃあ乾杯しちゃいますか」

　義人はいつのまにかウィスキーで満たしたふたつのグラスを持ち上げ、ひとつを悟に渡した。ストックの中で最も高価な〈山崎１９８４〉をちゃっかり選んでいたことに、悟は苦笑した。

「光安さん、乾杯の前にひとつ言っていいですか」

「どうぞお手やわらかに」

「ヴァイブスを活動休止して、期間限定ってことでメンバー三人がソロやったでしょ。一年後に再結集する予定で」

「そうだったね」

　錆びた怒りの粒が胸の内側でふっと浮く。つとめて無表情を装い、悟は相槌を打つ。

「で、メンバーとスタッフ全員で久しぶりに集まったときに、オレたちが失礼な態度をとったせいで、光安さんはチームから出ていっちゃった」

「そんなこともあったかな」

「ほんとに失礼なことをしました。ごめんなさい。あれこそ『失敗』の瞬間でした」

「あの日があって今がある、なんてね。いいよ、正直ほとんど忘れてるもん」

　悟がとぼけてみせても、義人は緊張感に満ちた表情を崩さなかった。

☆

ヴァイブ・トリックスの絶頂期にメンバー全員がソロ作品を出すことを提案したのは悟である。だが、そのことに気づいたファンは皆無だ。理由ははっきりしている。三人のソロ名義での作品に、悟が一切クレジットを出さなかったからだ。

実際はヴァイブス同様、すべて悟の仕切りのもとに進んだプロジェクトだったが、歌詞の断片をいくつか本人たちに出させることで、作詞家としてのクレジットを与えた。

新曲に添えられる「メンバー自ら作詞」の惹句《じゃっく》がどれだけファン心理をくすぐるか、悟と権藤は知りつくしている。光安悟のマスコットと揶揄されてきたヴァイブスの傀儡《かいらい》イメージを払拭すべく、プロデューサーや作曲者の表記にも悟の名前を出さずに北欧風の筆名を使い分ける周到さだった。

悟と権藤の思惑通りこれらは奏功した。熱心なファンほど、ソロ活動は三人の自我やアーティスト性の発露《はつろ》と受けとめたようだ。その調査結果を報告したあと「結局ファンって自分の見たい景色を見てるだけっすから」と事もなげに語る権藤に不愉快を覚えた悟は、正義感を滾《たぎ》らせた。良心ある音楽人の先輩として、この男を箴《いまし》めなければ。

だが適当な言葉をみつける前に、権藤に「そこに乗っかって商売してる俺たちはエラそうなこと言えませんけどね」と釘をさされた悟は、振り上げた拳を下ろすタイミングを逸して怒りを持てあますしかなかった。

グループを休止させてまでも三人にソロ活動を仕向けたのは、ソロならではの苦労と達成感の双方を体験させ、母艦たるヴァイブスの頼もしさを実感させたかったからだ。

現実は逆だった。義人をはじめとするメンバー三人には、ソロ活動を通して体験する「ひとり身ゆえの苦労」よりも「ひとり暮らしの解放感」のほうが断然大きかったようだ。すぐにはグループには戻りたくない、ソロでフルアルバムを作ってライブツアーをやりたいと口を揃えるのに大した時間はかからなかった。

ソロ活動が半年を過ぎたころ、メンバー全員と悟、権藤、下川の六人がラッキーミュージックの会議室に集い、事態の収拾をはかるためのミーティングが催された。

そこで義人が晴れやかな笑顔で言った「今回は作詞をして、ものづくりの達成感がありました」という台詞に悟は反応した。義人のしゃべり方に屈託がないのはいつものことで、そんな明朗さを悟はずっと好ましく感じてきた。ところがその日にかぎって、義人の明るい口調は、負の感情を刺激するひと突きとなった。かっとなった悟は「あんな二言三言出したくらいで本気で作詞したと思ってんの？」と皮肉を返した。仕事の場ではネガティブな言葉を滅多に口にしない悟にしては、たいへんめずらしいことだった。

萎縮した義人がうつむいたのが引き金となり、RYUとKINYAはヴァイブスの運営に対する不満を一気に噴出させた。ふたりは悟の発言を身勝手な呪詛と捉えたのだ。

悟はドンドンと胸が張りつめてくるのを感じた。申し開きができないことを言ってしまった後悔と、それとは真逆の怒りがせめぎ合う。むきだしの感情が溢れそうになるのを必死にこらえ、RYUとKINYAが口にする不満のひとつひとつに丁寧に耳を傾け続ける。権藤と下川がずっと無言を守っているのが、悟の気持ちを濁らせた。

ようやく顔を上げた義人は、両目を真っ赤に腫らしていた。終わる気配の見えないRYUとKINYAのクレームに痺れを切らしたように「おまえたちもおかしいよ」とつぶやいた。それを拾ったKINYAが、すかさず「自分だけいい子ぶるなっつーんだよ」と反撃した。ひょうきんなキャラクターで『スターサーチン』オーディションのころから周囲を笑いにつつみ込むことの多かったKINYAには、およそ不似合いな台詞だ。

三人に「ひとり暮らし」を仕向けたのは早計だった。いちどそう認めたのなら、反省を表明しなければならない。この場を収めるための第一歩は、自分がメンバー三人に詫びて頭を下げることだ。そんなことはわかっている。

だが一方で、なぜ自分が、という気持ちもある。メンバーの言いたい放題を黙認する権藤や下川はどうなのだ。アーティスト・マネージメントの放棄ではないか。さっきから不信感が肥大していくのがわかる。悟は困惑を深めるばかりだった。

こんなとき、プロデューサーはどうあるべきだろう。わからない。最適解はどこにあるのか。自分は本当は音楽家なんかではなく、音楽プロデューサーという役柄を演じようと必死な三文役者ではないか――。気持ちを滅入らせる自問が頭の中で渦巻く。

腕組みして天井を見つめ続けていた義人が、RYUとKINYAを交互に見て言った。

「ふたりもきっとそうだと思うんですけど、オレだってそもそもグループをやりたくてオーディションに応募したわけじゃないいんで」

悟は、ヴァイブスはグループとしてすでに臨界点に達していることを知った。自分たちがヴァイブ・トリックスというひとつの生命体を構成しているという自覚は、三人のメンバーの中にはもうない。たんに三つの個が同じ場所にいるだけだ。

数分にわたる沈黙の後、悟は「勝手にやれば」とだけ言い残して会議室を出た。

以来、ラッキーミュージックのビルには一度も足を踏み入れていない。


その後六年にもわたって、悟はあの日の出来事を折にふれ思いだしてきた。

会議室ではメンバーと下川だけでなく、権藤までもが自分を追いかけなかったこと。追いかけてくるのを心のどこかで願っていたこと。失望を埋めるための荒々しい深酒もまったく効果がなかったこと。あの日の記憶の苦々しさが緩和《かんわ》する兆《きざ》しは、今もってない。

負の感情が湧き上がってしまう瞬間は、誰にだってある。人間なのだから。あの日の自分をそこまで責めるつもりはない。だが、湧き上がった感情をぐっと飲みこんで処理することができなかったのはなぜだろう。大人げない皮肉まで言ってしまうなんて。

多忙による寝不足とか、権藤も下川も自分に加勢する気配がなかったとか、いろんな言い訳を見つけることもできる。だがそれだけでは根拠に欠け、自分でも納得できない。眠れぬ夜や創作に手詰まりを覚える時にかぎって不意に始まるとめどない思案は、いつも「魔が差した」という超自然的な結論に不時着させることでやり過ごしてきた。

ただ、ラッキーミュージックの会議室を出てから今まで自分をずっと縛り続けてきたのは、気まずい別れそのものではないということも、今の悟にはわかる。

島崎直士との出会い。『スターサーチン』。ヴァイブ・トリックスのデビュー。破格の成功。メンバーの三人が、紗和が、権藤が、下川夫妻がいた、あの甘やかな日々たち。

人を縛り続けるのは、つらい記憶ではなく美しい記憶だ。

「でも、ひとつだけ誤解があるんじゃないかと思うんです」

「誤解？」

「はい。オレたちは言葉も配慮も足りなかったかもしれないけど、解散するつもりはなかったんです。あくまで活動休止って考えてたし、実際、ソロアルバムを出してソロツアーを終えたら、すぐに再始動しようって張り切ってました。あのとき、光安さんにそう言いましたよね？」

「言ってたけど……本心はどうだったの？」

「だから、本心ですって。光安さん、思いだしてください。オレらはもともとソロ活動に乗り気じゃなかった。でも光安さんと権藤さんに何度も説得されて、これも必要なことだと自分に暗示をかけて始めたんです。あのころのオレたちに、シンガーソングライターとしてやっていく力なんてなかったことは、光安さんが一番よくわかってたでしょう？　だからクレジット出さずにプロデュースして、オレたちに下駄履かせてくれたんじゃないですか。今ならそのときの光安さんの意図もわかりますよ」

手にしたグラスを見つめながら話を聞いていた悟は、ようやく義人の顔を見上げた。

「大人になったなあ」

「あのころの光安さんの年齢にもうすぐ追いつきます。オレらとアムリタに行った夜のこと、憶えていますよね」

もちろん憶えている。忘れたことはない。思いだすたび、薄墨《うすずみ》のような後悔が心の中に広がり、全身が痺れるような痛みに覆われていく。

☆

悟と権藤、そしてYOSHITO、RYU、KINYAの三人、つまりヴァイブ・トリックスのメンバー全員は麴町《こうじまち》のインド料理店『アムリタ』にいた。

悟が学生のころは二十四時間開いていることで有名だったアムリタは、バブルがはじけてからは終日営業ではなくなった。それでも明け方近くまで旨いカレーが食べられるとあって、レコーディング終わりの深い時間帯の夜食に重宝してきた。斯界《しかい》の権威も認める老舗だが、カジユアルな雰囲気は一見《いちげん》の客にも緊張を強いることがない。若いミュージシャンと腹を割って話をしたいとき、悟はこの店の二階奥の席を利用することがある。

その夜、大判の赤いギンガムチェックのクロスがかけられた六人掛けテーブルで、話の口火をきったのは権藤だった。

「えー、『スターサーチン』から始まったヴァイブスの華麗なるヒストリーも、大成功のうちに第一章が終わろうとしています。第二章に突入する前に、僕らスタッフからひとつ提案があります。それは三人のソロ活動です」

悟は驚いた。権藤からは「たまにはヴァイブスと光安さんと俺の五人だけでメシでも食いませんか」と聞いただけで、ソロ活動なんて露ほども考えていなかったからだ。

だが三秒後には、これは妙案だと直感した。こんなひらめきこそが音楽ビジネスを続ける肝だという思いが、悟にはずっとある。

一度ひらめきを得た悟の行動は早い。メンバー三人の前で権藤の話に調子を合わせ、かねてから自分も三人のソロ活動というアイディアを持っていたと演じきることにした。

いや、それではまだ不十分かもしれない。自分こそが発案者だというふうに振る舞うべきだろう。ヴァイブスは悟を旗頭《はたがしら》にして始動したプロジェクトだし、以来今日にいたるまでずっとそうだったはずだ。だからこそ、ここまでの成功を収めたのではないか——。

若い演者の前で旗を振る役はひとりでいい。権藤も悟の意図を汲みとって、きっと辻褄を合わせてくれるはずだ。そんな確信があった。

権藤の話がいったん落ち着く瞬間を狙って、悟がカットインする。

「ぼくからもうちょっと具体的に説明してみようか」

マイクを奪われた格好の権藤だが、不快な表情を見せるわけでもなく、むしろにこやかに悟に話の主導権を譲った。

「じゃあ続きは光安センセイから」

センセイの響きにわずかな皮肉を感じたが、権藤が話した内容を導線とし、ときに伏線であったとさえ思わせながら、悟は巧みに言葉を紡いでみせた。ヴァイブスがさらに大きく飛躍するためには、グループ活動の一時休止がいかに有効であるか。三人が試験的にソロ活動を展開することが、どれだけアーティスティックな色付けに役立つか。

最初のうちは、メンバーは悟の即興のプレゼンに負けじとそれぞれに反論の言葉をつらねた。だが、悟と権藤という年長者ふたりの根気づよい説得に拮抗《きっこう》するだけの語彙《ごい》が尽きてしまうと、三人の口数は次第に減った。

浮かない表情のまま真っ先に下を向いて顔を上げなくなったのは、グループでも一番おとなしい性格のRYUだ。美少年の誉れ高い彼の沈痛な面持ちに悟は胸を痛めたが、説得の語気を強めることで同情心に蓋をした。

供《きょう》されたメニューの半分も食べていないというのに、全員が食事の手を止めてしまった。食べ残しのカレーやタンドリーチキンやナンが、中途半端な形状のまま熱を失っていく。すっかり氷が溶けたラッシーはうすい乳白色となり、誰も口をつける気配がない。

ひょうきん者のKINYAが、突如として妙案を思いついたという仕草をみせた。

「あの、光安さん。YOSHITOはソロで十分やっていけるだろうし、RYUもいい歌を歌えると思うんですけど、ボクの歌唱力だと正直やばいですよね。で、考えたんですけど、バラエティに出るとかはアリですか？」

言葉を選びながら口を開こうとした悟を、権藤が右手で制して言う。

「レコード会社の社員として言わせてもらうならば、三人ともソロでCDデビューしなきゃ意味がない。それがイヤなら、いっそのこと一年間どっかの奥地でも旅しろよ」

　権藤の毒舌には慣れているはずのメンバーだが、さすがにこの断定的なきつい物言いは応えたらしく、再び長い沈黙に入ってしまった。

　口を開いたのは悟である。

「今、ヴァイブスはうまくいってるよ。ぼくでもちょっとビックリするくらいにね。でもテレビから音楽に入ってきたファンって移り気なものだし、この成功はいつまでも続くとはかぎらない。悲しい前例を見てきたから言ってるんだ。だからこのへんで、あえてピンチに向きあっているという見せ方をすべきなんだ。解散するわけじゃないんだし」

　最初に激しく突っかかったのは義人だった。

「今うまくいってるものを変える必要があるとは思えません」

「うまくいってるからこそ攻めるべきだよ。『ピンチに追いやられたスター』ってのは大衆の好物なんだから。それを演出しよう」

「大衆って……そんな言い方は嫌いです。光安さん、ファンをバカにしてませんか」

「とんでもない。いちばんこわい存在だと思ってる」

「その言い方もイヤです」

　義人の反抗はいっこうに収まらない。権藤がなだめるように言う。

「おい、揚げ足取りはやめろ。光安さんも少しクールダウンしていただけませんかね」

　凪のような時間が流れた。数分か、数十分か。そう感じられただけで、実際には数秒しか経っていなかったのかもしれない。

　ようやく悟が口を開こうとしたのを見計らったかのように、その寸前のタイミングで権藤が思わせぶりに微笑みながらメンバー全員に向かって言った。

「ひとり暮らしをしてこそ、実家のありがたみがわかるよ」

このひと言が決め手となった。三人とも徐々に納得の表情を浮かべた。悟はそのことに一応は安心しながらも、今夜の座長は権藤ではなく自分であることを強調するために、強いインパクトのある言葉を必死にさがした。

「だっておまえたちもグループをやりたくてオーディション受けたわけじゃないだろ」

三人の表情がさっと曇った。さすがに言葉が過ぎたかもしれない。

「こんだけ熱くなる『ザ・光安悟』もめずらしいぞー。おまえら、これがどんだけ幸せなことかわかるか。よーく目に焼きつけておけよ」

おどけた口調で場を取りまとめようとする権藤が、たまらなく憎らしい。

☆

悟は眩暈《めまい》を覚えた。

ヴァイブ・トリックスと袂《たもと》を分かつ決定打となった「グループをやりたくてオーディションに応募したわけじゃない」という義人の弁は、もともと自分が放った台詞だったとは。

悟とヴァイブスの三人は、権藤が主導するゲームで完全に踊らされたのだ。悟にいたっては、ソロ活動の案を言いだしたのは自分であると、自ら記憶を改竄《かいざん》していたふしもある。

論争を焚きつけておいて、盛り上がったところで全員の中間に居すわり、穏やかな口調で当たり障りのない正論をぶつ。その積み重ねで自分のシナリオを実現し、主導権を握ってきたのが権藤なのだ。八年も経って気づく自分の鈍さ、おめでたさ。

アムリタのしょっぱい夜から一年後、メンバー全員が口を揃えてグループ活動に戻りたくないと言いだすとは、当の三人にも悟にも予期できなかったはずだ。これも権藤のシナリオ通りだとすれば、感服はしても今さら怒る気持ちはない。だがヴァイブスの三人にどんな心境の変化があったのかは知っておきたい。

あのころ、ヴァイブ・トリックスが最優先案件《トッププライオリティ》だったことは間違いない。しかし、並行して別アーティストのプロデュースもいくつか手がけていた悟にとって、ヴァイブスのメンバーのスタジオ以外での日常は興味の対象外だった。情はクリエイティビティの妨げになるからと、自分をそう仕向けていたところもある。

悟のいないところで、権藤は三人のメンバーとどんなやりとりを重ねてきたのか。

デスクのカラトラバに目をやる。いつのまにか二十四時を越えている。

「アムリタのとき以外でも、権藤は三人に何か言ってきたの」

「言ってきたどころじゃないですよ。何度も何度もけしかけられましたもん」

「けしかけられた？」

「オレたちがケンカするように。地方でライブをした後の打ち上げとか、多少酒も入って開放的な気分になるじゃないですか。そんなときにきまって『おい、おまえら本音をぶつけ合ってるか。アーティストってのはもっと心を裸にしなきゃ』みたいなことをよく言われました。三人で仲良く話してると『馴れあうな』って注意されたりして」

「初耳だ、そんなの」

「ケンカをけしかけるのはいつも光安さんがいないときでしたから」

「そんな揺さぶりをかけてたのか、権藤は。なんでぼくに言わなかったんだよ」

悟はこの夜初めて苛立ちをむきだしにして訊ねた。

「なんでって……さっき言ったでしょう。権藤さんより距離あったんですよ」

義人は拳で涙を拭う真似をして、へへっと乾いた声で笑った。

「下川社長はなんて言ってたの？　そのころ」

「社長は、ヴァイブスに対しては一貫して距離感を保ち続けてきたんです。自分で発掘したわけじゃないし、中途半端にグループの運営に首つっ込むよりも光安さんに任せとくべきだって。権藤さんに対しても、これはラッキーミュージックに振られた案件だからって、かなり遠慮してました。社長らしいこと言うようになったのは、光安さんがオレたちから離れて、ＲＹＵとＫＩＮＹＡも出ていってから後ですよ。オレが完全にソロアーティストになってからは逆に口うるさいくらいですけど」

「そういうとこ、古風っていうか、律儀だもんな。下川さんは。権藤はどうしてそんなにケンカさせたがったんだろう？」

「そんなの決まってんじゃないすか。オレたち三人がハモって一枚岩になると、権藤さんの言うことなんて聞かなくなってただろうし、場合によってはラッキーミュージックからの移籍とか言いだしかねなかったでしょう？　だからメンバー同士の不信感を煽って、人気のあるうちにヴァイブスを解散させたかったんですよ、権藤さんは」

よどみなく推論を語る義人の口調からは、権藤のゲームの進め方について思案をめぐらせてきた短くはない歳月が感じられる。

「解散させたかった……そうか。そうかもしれない」

「生意気言ってもいいですか？　光安さんが鈍感すぎます。光安さんを追いだしてヴァイブスを解散させてオレのソロに絞れば、経費もかけずに売りやすいと思ったんでしょう。まあ残念ながらオレはその期待に応えるほど売れてないですけど」

義人は捨て鉢に言うと、右の目尻を痙攣させた。悟は継ぐ言葉が見つからない。過激な主張だが、あながち被害妄想に基づくだけの発言ではないように思えた。

権藤のアーティスト操縦術は、ヨーロッパの列強諸国によるアフリカの植民地政策《ディバイド・アンド・ルール》さながらではないか。「操縦」なんて生ぬるい言葉よりも「支配」や「統治」といった表現がふさわしい。

メンバーのRYUとKINYAと同様に、自分もまた権藤の手によってヴァイブ・トリックスのプロジェクトから追放されたことを、悟はあらためて思い知った。仕事が終わったら追い出されるのは余所者の宿命なのだ。

フリーランスのプロデューサーという自分の立場を考えるたびに思いだすのは、幼時の寝際に母親の登美子が読み聞かせたグリム童話の『ハーメルンの笛吹き男』である。異常繁殖した鼠《ねずみ》に町中で頭を抱えていたハーメルンで、笛の巧みな放浪芸人が鼠退治を見事成功させる。だが町民は報酬を支払う約束を反故《ほご》にして芸人を追いだしにかかる——。

まったくひどい、救いのない話だ。幼い悟はこの話を聞くたびに、どんよりとした気分で目を閉じた。登美子はそんな息子を見てスムーズに入眠したと思いこみ、ある時期毎晩のようにこの話をくり返したものだから、悟はストーリーを克明に憶えてしまった。

この童話には続きがある。町民が教会にいるタイミングを狙い、男は笛を吹き鳴らして目抜き通りを歩く。その音色に魅せられた町中の子どもたちは、家から飛びだして男についていく。男と子どもたちは、その後ハーメルンの町に戻ってくることはなかった。大人たちは、自分たちの子どもが笛吹き男にさらわれてしまったことを、町に取り残された二人の子どもから聞いて知る。ひとりは盲目、もうひとりは足が不自由な子ども。

笛吹き男《パイド・パイパー》。それが自分だ。

「義人、日本語の〈歌う〉の語源って知ってるか」

「いや、知りません。考えたこともなかったです」

ウィスキーのおかわりを重ねてすっかり赤ら顔の義人が、あくびまじりに答える。

「折口信夫《おりくちしのぶ》って昔の歌人がいるんだけど、〈訴《うった》ふ〉がルーツだって言ってる。あと〈打つ〉って説もある。心打つ、の〈打つ〉。とにかく、感情表現ありきなんだ」

「感情ですか……」

「事実とか事件とか事象とか〈事《こと》〉を伝えるのは〈歌う〉じゃなくて〈語る〉。本来別物。もちろん、メロディをともなった〈語り〉を〈歌〉と呼んでも罪はないと思うけど」

「それって、今のJポップでいうと、どんな歌のことですか」

「うーん、いちばんわかりやすいのは、日記みたいな歌詞が受けてるってことかな」

「それならわかります」

「プロの作詞家が編み出す巧みなストーリーよりも、拙《つたな》くてもいいから歌い手の日常の羅列を求めているようなところがあるだろう」

「歌い手がその歌詞を書いたって証拠はないですけどね」

「逆にいえば、クレジットさえ歌い手の名前にしておけばいいってことだから、こんなチョロい話はない。本来、歌詞の内容が事実かどうかなんて、音楽の価値とは関係ないはずなんだけどね。いいじゃん、〈うた〉なんだから」

「光安さん、ちょっと、話ブレてません？」

「ていうか、とにかく、〈うた〉の敗北だよ。大衆歌謡ってジャンルは、もう静かに役割を終えようとしているのかもしれない」

「でも、歌うってもっと個人的なことじゃないですか？」

義人の突然の問題提起に、悟は横っ面を引っ叩《ぱた》かれた気分になった。

「どういう意味？」

「スターだって、最初は役割なんて考えたはずないと思うんです。自分の知ってる人たちの反応をさぐりながら歌っていたんじゃないかなあ。それこそ何かを訴えたくて」

「ちっちゃい子どもが親の気を引きたくて懸命に歌うとか、そういう話？」

「そうですそうです。大衆歌謡の役割は終わったのかもしれないけど、そもそも〈うた〉って、消えてゆく星を追いかけながら叫ぶようなもんじゃないですかね。今オレたちミュージシャンが進んでいく先は真っ暗かもしれないけど、ちっともこわくない」

「義人、おまえって……ハート強いなあ」

悟はしみじみと言った。

「強くはないっすよ。でもこうやってプロでやってるってことは、ひとりじゃないから。孤独なひとり歩きじゃない。行進です。未来がどんなに真っ暗だろうと、暗闇上等っすよ。闇に向かって突進してやりましょうよ」

義人からはまばゆい光が放たれているようだ。アーロンチェアに座った悟は、少しだけ高い位置からソファの義人に向きあった。丘の上からご来光を見下ろすように。

「一九九〇年かな、プリンスがアメリカン・ミュージック・アワードで言ってたんだ。『新しい曲を作るってことは、新しい友だちに会うようなもんだ』って」

「いい言葉ですね。そのころガキすぎて知りませんでした」

「でね、『そう思えるから見たこともない何かを作ってるんだ』って」

「ふーん。プリンスって長続きしてる友だちが少なそうですもんね。オレも……」

「ぼくだって。大人になると、知り合いは増やせても友だちを増やすのは難しいからねえ。義人も三十三なんだから、ぼくの言ってることわかるでしょ？」

「もちろんです」

「プリンスの言うこと信じてさ、新しい友だちを作ろうよ。親友って呼べる友だちを」

「親友ですか。いいなぁ、親友。へへっ。よし、光安さんからありがたいオコトバいただいたんで、オレ、そろそろ帰ります」

義人は敬礼のポーズをとった。挙げた手が右目をすっぽり隠して、お粗末なコントのようだ。動きが緩慢《かんまん》に見えてしようがないのは、どちらが酔っているせいか。

「大丈夫か義人。警官に注意しろよ。こんな時間に変な歩き方してると職質されるぞ」

「問題ないっす。光安さん、最後にもうひとつ生意気言っていいですか」

「なんだよ急に」

「言っていいですか」

「ああ、もちろん」

「いつもパーフェクトであろうとしないでください。光安さんが弱音吐こうがゲロ吐こうが、くっさいオナラしようが、そんなことで失望もしません。オレ、新人じゃないんで」

「言ってくれるね」

悟はふざけた調子で逃げようとしたが、義人の目は据わったままだ。

「プロデューサーに完璧なんて求めてません。ただ歌い手を信じてほしいだけです」

「……」

「じゃ、失礼しまっす」

☆

ビール缶を片づけてピカルディを洗い終えると、時刻は午前三時半を過ぎていた。

櫛田義人が出ていったあとのミッスタは広い。最近とみにそう感じる。昨年十月に「Comeback」のデモ制作に着手してから、義人はここをもう十回以上は訪れている。その多くは現場マネージャーを伴わずに、自分で車を運転してやってきた。長いときは半日近く、最短でも二時間は悟とふたりきりで過ごすことになる。

作業を終えた義人が出ていくたびに虚脱感に襲われてきた悟が、それがさびしさによるものだと気づいたのは最近のことである。六年間も離れていたのに、再会してたった四ヶ月ほど共同作業しただけで、義人は悟の毎日に欠かせない存在になってしまった。

先月、そんな話を紗和にしたところ、「義人くんのツイッター読んだことある？」と言われた。二つ折りの旧来型携帯電話を使い続ける夫を尻目に、去年の夏にｉＰｈｏｎｅ４を買ってスマートフォン・デビューを飾った紗和は、そのままの勢いで暮れにはｉＰａｄを買いもとめた。最近は両機を使いこなしてツイッターに熱中しているらしい。

もともとミクシィやフェイスブックといったＳＮＳに親しんで、地元仙台の友人たちとの連絡に利用していた紗和である。ツイッターに興味が移行したことについてもさほど驚きはしない。だが義人のツイートまでチェックしているとは、悟も予想していなかった。

「あなたツイッターやってないから、『チェックしている』なんてすごく大げさな言い方するけど、フォローってもっと気軽なことだから。しかもわたし、匿名《とくめい》のアカウントだし。まあほとんど読む専門だけど」

紗和はさらりとした口調でそう言ってから「あなたも読めば」と勧めた。

「え？　ガラケーだよ、ぼく」

「何それ？　最近ときどき耳にするんだけど」

「ガラパゴスケータイ。ま、普通の携帯電話のことだよ。スマホが登場したせいで、最近じゃガラパゴスなんて言われてね」

「ふーん。ツイッターはそのガラケーでもできるわ。それに、読むだけでしょ？」

そうだったのか。知らなかった。

「あなたみたいに名前を出して仕事してる人のほうが、ツイッターの利点を生かせるはずだけど。お仕事とか意見の発表の場に使えばいいと思うの。そんなに難しく考えずに」

紗和が言葉を選んで話しているのが悟にはわかる。夫の気分を害さないようにという配慮や気遣いをうれしく感じた。

以来、知り合いや国内外の有名人のツイッターを一日の終わりに覗くことにしている。すぐにでも盗んで使いたくなるようなアフォリズムを連発するイギリスの大物ミュージシャンもいれば、本業の俗っぽいイメージからほど遠い政治的なツイートばかりのお笑い芸人もいる。本人には伝えていないが、悟がツイッターを利用するきっかけになった義人のツイートも、もちろんすべて読んでいる。

ソファについた義人の形をした窪みに腰を下ろした悟は、二つ折りの携帯電話を開いた。今日の収穫は……ツイート五件。

櫛田義人　@yoshitovibes・35分前
音楽よりも好きなものは…音楽的な時間。たとえば今夜。

櫛田義人　@yoshitovibes・41分前
スタジオわず。代官山なう。ただいま徘徊中。

櫛田義人　@yoshitovibes・46分前
今やってる曲、もしかして大化けしちゃうかも。
#カムバック

櫛田義人　@yoshitovibes・48分前
新しい曲は新しい友だち。
#カムバック

櫛田義人　@yoshitovibes・6時間前
スタジオうぃる。今日で決めよう!
#カムバック

第十四章

二〇一一年三月十一日　金曜　東京・鉢山町

「悟さん、おはよう。昨夜《ゆうべ》も遅かったんでしょ。お仕事は順調に進んだ?」

ベッドルームのドアが開いた音をいち早く拾った紗和は、まだ意識が朦朧としている悟に向かって朗らかに言葉を投げかけていく。一昨日の朝に妊娠を告げたときから、紗和は軽躁状態にいる。元アナウンサーながら普段は多弁ではないので、余計そう感じるのかもしれない。この三日間は口数が顕著に増えている。

悟は問いにきちんと答えることができない。学生時代から何着も買い継いできたブルックス・ブラザーズの定番ブラックウォッチのパジャマに、カシウエアの生成りのバスローブを羽織りながら、リビングへと続く廊下を歩いていく。

「杉《すぎ》さまが出てるわよ。めずらしい」

半開きのドアのむこうから弾んだ声が聞こえる。ドアを押し開いた悟は訊ねた。

「おはよう。杉良太郎《りょうたろう》が何に出てんの?」

「『笑っていいとも!』だよ。テレフォンショッキング、初めてなんだって」

紗和はソファに足を投げだして人魚のような姿勢でテレビを観ていたが、足をほどき、膝を揃えた。悟は隣に腰を下ろして肩に手を回す。バスローブの袖先に頰を擦り寄せた紗和は、

「このモコモコ感がたまりませんなー」とふざけた調子で言った。

「誰の紹介で出たんだろう。昨日は誰だったかわかる?」

「エイベックスの社長さん。お花がたくさん出てる。議員さんが多いなあ」

悟はAQUOSの画面を凝視した。これは去年の夏、iPhone4を買う紗和に付き添って渋谷のビックカメラに足を運んだ際、フォルムの美しさに一目惚れして買ったものだ。フレームの右上には、シャープ亀山工場で作られたことを誇示する〈世界の亀山モデル〉のシールが購入時のままの状態で貼られている。

配達された日、何のためらいもなくシールに手を伸ばした紗和を、悟は「あ、剝がさない

で」と制した。それがきっかけで、ふたりはめずらしく激しい口論をした。その一部始終はいまでもよく憶えている。夫に負けじとありったけの暴言を吐いた紗和は、「なんでそんなに小さいの」とつぶやき、一気にシャッターを下ろすように口を噤《つぐ》んだ。

　これはこたえた。継続的なワークアウトでほどよい厚みと均整のとれた体形を保ってきた悟は、自分の体軀に相当の自信を持っている。初対面の相手から「鍛えていらっしゃいますねえ」と声をかけられることもめずらしくない。それだけに、十年近く連れ添った細身の妻が発する「小さい」には、夫がもつ自信には何の根拠もないと糾弾する響きがあった。


「町村、武部、河村……こういうところに花贈ってくる代議士って、やっぱり全部自民党なんだよな。この前の参院選で〝ねじれ国会〟になっちゃったけど、こんな調子じゃあ今度の衆議院選挙でも民主党は大負けしちゃうんじゃないの」

　悟のつぶやきに返事はない。このところ紗和は自分とお腹の子に夢中で、夫のやることなすことに対して反応が気まぐれである。

「悟さん、コーヒー淹れようか。あ、でも、お腹空いてるんでしょう？　いきなりコーヒーはお腹に悪いわよね。三十分くらい待ってくれたらお昼ごはんできるけど。さっき炊飯器のスイッチ入れたところなの」

「ありがとう。でも無理しないで。昨日今日と体調はどう？」

「あー、そうだ、メール送ってなかったね。昨日はとにかく一日中眠くて、九時くらいに寝ちゃったの。体調は悪くないんだけど、何だか疲れがたまってたみたい。すっごく熟睡できたから、今朝は目覚ましかけずに六時半に起きたんだよ。だから超元気。心配してくれてありがと。悟さんは何時に帰ってきたの？」

「シャワー浴びてベッドに入ったのが四時半かな」

「わたし、熟睡してたでしょ？　夢も見てないんじゃないかな」

「うん。気持ちよさそうにぐっすり寝てた」

嘘だった。調光スイッチを薄暮のレベルに設定した部屋で、紗和は何かにうなされたような声を断続的に上げていた。

悟の目が部屋の暗さにだんだん慣れてくると、ベッド脇のナイトテーブルに、ページを開いて伏せられた文庫本が見えた。表紙には『定本　育児の百科（上）』とある。さらに目が慣れたら、その奥に文庫本サイズの直方体の紙箱があるのがわかった。『岩波文庫　全3冊セット定本　育児の百科　松田道雄著』とある。こんな分厚い三冊もの本を紗和はいつまでに読み終えるつもりなのだろう。悟は訝しく思ったのだった。

「じゃあ、せっかくだから昼ごはん作ってもらおうかな。今は青汁とヨーグルトだけにしとく。ダノンの買い置きあったっけ？」

「あー、ごめんなさい。昨日『代官山アドレス』に行ったんだけど、無糖が売り切れてて加糖のものしかなかったからパスしたの。やっぱり買っておけばよかったかしら」

「いいよいいよ。牛乳はあるでしょ？」

「まだパックの半分くらいは残ってるはずだけど」

「そんだけあれば十分」

何気ない会話こそが、今いちばん必要なのだ——。悟は自分に言い聞かせた。

☆

昨夜、タクシーが自宅マンションに着いたのは四時直前だった。四桁《よんけた》の暗証番号でエントランスの自動扉を開け、重くなった両まぶたに手をあてエレベーターへゆっくり向かった。昇降ボタンに右手を伸ばしたら、指先が届く直前に鈍い音をたて、扉がゆっくりと開いた。マンションの旧《ふる》さを愚直に語るその音は、悟の偏愛の対象である。だが昨夜は違った。自分と周辺すべてが巨大な怪物にひと呑みにされてしまうのではという恐怖を感じた。

開いた扉のむこうでは、コートで着膨れした男女が濃厚なキスを交わしていた。目のやり場に困る悟などお構いなしに、ふたつの影は悪びれもせず絡まりあいながら出てきた。悟は反射的に体を左に寄せたが、それでも男性を避けきれずにたがいの腕がふれた。

「ヨッス」

聞き慣れた声に悟は顔を上げた。最古参住民の男性が口を閉じたまま笑って悟を見ている。唇のまわりには毒々しいルージュが描いた乱暴な線があった。男女が体を合わせてどんな動きをすればこんな禍々《まがまが》しい曲線が生まれるのか、悟にもわかる。

「おはようございます……いや、こんばんは」

悟の落ち着きを欠いた挨拶に、控えめな笑い声を返したのは女性のほうだ。ハスキーな低い声は、これまでの人生で高音成分をすでに使い果たしたように聞こえる。崩れた体の線をチンチラのコートがいたずらに強調するが、濃いメイクではないのに派手に見える顔つきは、「元美人」の栄華をわずかに残していた。

その表情にはどこか見覚えがあった。亜麻色のロングヘアをかき上げる仕草は板についているが、髪質が細く痩《や》せているせいで、けっして優雅には見えない。両頬には脂が浮き上がり、いびつな毛穴が不摂生を語るように気まぐれに散らばっている。

結局誰かはっきりとは思いだせないまま、悟はふたりに会釈してエレベーターに乗りこんだ。

さっきまで義人と飲んでいた名残りの酔いを一瞬で吹き飛ばす、古くさい香水のきつい匂い。吐き気を催しそうになるのを必死にこらえた。

住まいのある最上階の三階でエレベーターが止まり、扉が開いた。

鈍い音がした途端、悟はパッと視界が開けた気がした。思いだした。女性は、さっきの男性とともに「フライデー」に載った、かつての人気モデルだった。

☆

悟と紗和は、ソファから一歩も動くことなく『笑っていいとも！』を最後まで観た。

テレビに釘付けになったのには理由がある。「テレフォンショッキング」に初登場したゲストの杉良太郎が、ヴェトナムに四十三人の養子がいるという驚くべき告白をしたからだ。司会のタモリが、「すごい大家族ですね」と賞賛とも揶揄ともつかぬ感想をもらす。異口同音に「一緒に住んでんの?」と合いの手を入れた悟と紗和は、顔を見あわせて笑った。

養子を百人まで増やしたいと意気込みを語る杉に対して、タモリは「養子って制限ないんですか」と舌鋒《ぜっぽう》鋭く質問した。あくまでバラエティ番組の中に収まる軽いトーンを保ちながらも、ナチ親衛隊が設けた『生命の泉協会《レーベンスボルン》』を思い起こさせるフックを意図的に含ませたように感じられた。これぞ怪人タモリの真骨頂と、悟は興奮を覚えた。

だが杉はさらりと「制限ないです」と答え、会話はあっけなく終わった。

『笑っていいとも！』の放送が静かに始まった一九八二年十月、悟は中学三年生だった。番組のコンセプト「楽しくなければお昼じゃない！」は、当時何度も聞いた記憶がある。といっても悟が観るのはもっぱら、日曜朝のダイジェスト番組『笑っていいとも！増刊号』だったが。

三年後、『いいとも！』は超人気番組に化けていた。都内の私大受験にあわせて観覧募集に応募し見事当選、受験本番をサボって新宿のスタジオアルタに観に行った同級生がいた。彼はタモリの熱狂的なファンでもなければ、テレビ業界を志していたわけでもない。ただ、合法的な手段で夢のありかに近づきたかっただけだ。当時のテレビにはそれだけの求心力があった。

テレビが今なお夢の箱であり続けているとは、とても思えない。多田羅との間に横たわる主題歌制作のやりとりだって、聖戦と呼べるほどの崇高さからは程遠い。なのに実際の自分ときたらどうだ。戦うどころか、テレビマン多田羅の顔色を窺ってばかりだ。

「Comeback」の最終デモ提出の締め切りまでは、あと六時間を切っている。


『笑っていいとも！』が終わると、紗和は「もうご飯炊き上がってるわ」とソファから立った。まだぺたんこなお腹を両手でつつんでゆっくりとキッチンに向かい、「簡単に作っちゃうけどごめんね」と言う。

「無理しないでよ。ぼくこそ、手伝えることないかな」

夫の呼びかけに、紗和は「いいからいいいから」と答えるばかりだった。テレビを消した悟は、ｉＰｏｄに放り込んだ音楽データの中から、三月の晴れやかな午後にふさわしいＲ＆Ｂを思いつくまま二十曲ほど選ぶと、同期させたバング＆オルフセンのスピーカーＢｅｏＳｏｕｎｄ８を鳴らした。

十三時三十分ジャストに、紗和が「簡単ランチのできあがり」と言った。悟が微弱な電波のように細長く発し続ける悪い気の流れを断ち切るひと言だった。

紗和は二種の味噌《みそ》を常時ストックしているが、今日はメインの福岡の合わせ味噌ではなく、紗紀江が送ってきた仙台の赤色辛口味噌で、福島産の春菊《しゅんぎく》を具に汁を作った。主菜は大分豊後《ぶんご》産の鯵《あじ》の開き。あとは秋田産の有機丸大豆を使った納豆と、紗和が塩糀《しおこうじ》で漬けた五種ほどの野菜。ノルのチューリップ・テーブルに座って、白米とともにいただく。

夫婦揃ってのランチはいつ以来だろう。食事中ふたりともほとんどおしゃべりしなかったのは、気乗りしなかったからではない。料理と音楽に満たされて、言葉がいらなかったからだ。

前年に出たばかりのコリーヌ・ベイリー・レイ"Closer"から、一九八一年のテンプテーションズ"Aiming At Your Heart"まで、新旧のR&Bが混在するプレイリストだった。マニアック一辺倒ではないがヒット曲の羅列でもない、悟らしい選曲である。

紗和はほとんどの曲に聴きなじみがあるようだ。食事中だから口ずさむわけではない。だが、曲を知らなければわかるはずのないポイントで、リズムにあわせて顎を小さく動かす瞬間がいくつかあった。悟が見逃すはずがない。出会ったころは「R&Bって何の略ですか?」と屈託なく訊ねていた紗和だが、夫婦生活を十年も続ければ、配偶者の趣味にすべて寄り添わずとも耳が育ってしまうのは自然なことなのだろう。

悟だって事情は似たようなものだ。

ベースボールキャップを被らなくなった。地下鉄でサングラスを取るようになった。起き抜けにコップ一杯の水を飲むようになった。襟付きのシャツを着る機会が増えた。

そのいずれにも妻からの影響を見出す一方で、たんに歳を重ねたせいという気もする。自分のどの部分が配偶者によって変えられたかなんて、はっきりとした答えが出るものばかりではない。親兄弟ではない人と十年にわたって寝食をともにした、この事実だけで十分なのかもしれない。それにまさる出来事なんて、これまでの人生にはなかった気がする。

夫婦とは——。

結婚したからこの問題をよく考えるのか、その解を知りたくて結婚生活を続けているのか、悟はときどきわからなくなるときがある。


ランチをとってようやく落ち着きを得た悟は、料理を褒めて調理の労を讃え、十分にリラックスするよう妻に勧めた。紗和は穏やかな笑顔でソファにゆっくりと身を沈めた。

今度は悟がキッチンに立つ番だ。ふたりが使った食器をシンクで軽く前洗いし、食洗機に移し終えるとコーヒーを淹れた。ひとつは自分の好きなモカ、そしてもうひとつは昨日紗和のために買ったデカフェだ。

ジノリのペアのカップにコーヒーを注いで、リビングに移動する。カップを載せたトレイには、昨夜持ち帰ったホレンディッシェ・カカオシュトゥーベとユーハイムのバウムクーヘンを添えた。

ｉＰａｄをいじっていた紗和は、悟がソファテーブルに置いたトレイを見るや「バウムクーヘンまつり？」と反応して白い歯を見せた。

「うん、どっちもいただきもの。ひとつは下川社長さんから。紗和さんにどうぞって」

「下川さん！　奈保子さん、お元気かなあ。もうひとつは？」

「仕事先。紗和が知らない人」

「ふうん」

紗和は窓の外に視線を向けた。むかし夫婦で招かれた下川家のバーベキュー・パーティーを思いだしているのだろうか。悟は奈保子の現況にはふれず、妻のやわらかい表情を見守った。

「あのね、今日は仙台の友だちから届いたメールを見て、ちょっと気が滅入ってたの」

「悪いことでもあったのかな」

昨日の義母の不機嫌な電話の話はするまい。悟は自分に強く念じた。

「うーん、っていうか、ウチの母が言ってるのと同じよ。ちょっと揺れがあったとか、犬がうるさいとか、カモメがすごい声で鳴いてるとか」

「昨日の真夜中、ミツスタの近くでもカラスが狂ったように鳴いてた。あれは相当気味が悪かったなあ」

「やだ。そんなこと言わないで。じゃ、わたしもいただきます」

紗和は二つのバウムクーヘンを前に迷った末、ユーハイムにフォークを伸ばした。

第十五章　二〇一一年三月十一日　金曜　東京・鉢山町

「紗和、テレビつけさせてもらうよ」

バウムクーヘンを夫婦でゆっくりと味わっているうちに、いつのまにか十四時四十分を過ぎていることに気がついた悟は、リモコンでＵＢＣの人気番組『ホンネＤＥワイド』を選びだした。都知事選の行方が気になってどうしようもない。

「わっ、これ都庁？　すごーい」

ＡＱＵＯＳに向かって、紗和がまるで屈託を感じさせない声を上げる。画面はＵＢＣのスタジオから都庁へと切り替わった。テロップの大きさが緊急度の高さを物語るようだ。

都知事選出馬表明

石原都知事　まもなく会見

そのとき、バウムクーヘンを載せていたロイヤルコペンハーゲンのイヤープレートがカタカタと揺れた。軽い地震か。プレートがソファテーブルから落ちないよう、悟は即座に両手で覆った。

指の間からコバルトブルーの数字が見える。1968。自分の誕生年ではないか。はて、さっきは食器棚から紗和のプレートを取りだしたつもりだったのに。たった数秒とはいえ、妻の分身を救ったという英雄的な気分に酔っていた自分が、たまらなく恥ずかしい。

「悟さん、見て。揺れてる」

リビングの天井の中心に吊られて揺れるペンダントライトを、紗和が指さした。ふたりで目黒通りの家具店をしらみ潰しに歩きまわって見つけたガエターノ・ショラーリだ。

「ほんとだ。この揺れ、結構長いね」

「やだ」

紗和が悟に身を寄せた。

揺れが弱まると、紗和は自分の肩に乗っていた悟の手をさりげなく外した。すると、今度はさっきとは比べものにならないレベルの揺れがやってきた。下からドーンと突き上げてくるような、長く、激しい揺れが。

悟はペンダントライトが落下しないよう念じながら、紗和の背中に手を添えて部屋の隅へ移動し、ふたりでチューリップ・テーブルの下に隠れた。胸の鼓動を必死で抑えながら、テーブルの下からテレビを見上げる。NHKに切り替えたいのだが、リモコンはソファに置いたままだし、揺れが完全に収まるまではここで『ホンネDEワイド』を観続けるしかない。画面は都庁からＵＢＣの報道フロアに替わっている。さっきの石原慎太郎の都知事選出馬表明とは比べものにならない、巨大なサイズの新しいテロップが出た。

宮城北部で震度7
岩手・宮城・福島に大津波警報

☆

地面が震えても太陽はまっすぐに降りてくる。地震の日にも夜は来る。

悟はリビングルームの掃き出し窓を開けてバルコニーに出た。このマンションと大使館をはさむ一帯は通り抜ける人も車も少ないから、朝夕問わず静かなものだ。いつも通りの夕刻の風景がそこにあった。あまりにも変わったところがないので、悟はかえって不安になったほどである。今日の東京は快晴で、空気はほどよく乾いていた。ビールやスパークリングワインに口をつけるには格好の夕べだった。地震さえなければ。

部屋に戻って窓を閉めた。東北の惨状を伝える映像を直視することに耐えられずテレビを消してから、かなりの時間が経っている。

壁のアイクロックを見上げると、十七時を過ぎている。日没まではもう一時間もない。夕闇のあとは本当の闇が降りてきて、夜がまた来る。何ら疑問を抱くこともなく居合わせている毎日の時間の移ろいは、信じがたい奇跡の連続なのかもしれない。

現実に向きあわなければと自分を鼓舞し、ＡＱＵＯＳの電源を入れた。ＵＢＣだけではなくすべての地上波をザッピングして、揺れのひどかった地域や首都圏の現状の理解に努める。東北地方はもう薄暗くなっているようだった。都内の交通機関も、メトロが運転を見合わせているのをはじめ、普段とはかなり様子が違う。都心のオフィスワーカーたちにとっては、どうやって帰宅するかが最大の問題だとアナウンサーが叫んでいた。

はたと気づいた。

──「Comeback」の最終デモ提出の締め切りまで、二時間を切っている。

だがすぐに思い直した。今日はそれどころではないはずだ、と。

楽曲デモの提出なんて、この非常事態に真っ先にやるべきことではない。ましてや悟は新案を出すつもりはないのだ。六曲目をあえて再提出すると決めていたのだから。多田羅俊介を挑発する意味合いもあった。でも今日は戦う日ではない。まずは、被害の大きな地域の人びとが今夜を無事に過ごせること。この瞬間、この国でそれ以上に優先すべきことはない。

本当に価値のある音楽ならば、それくらいで止まるはずがない。

「今日は火を使わない料理でいいかしら?」

ようやく生気を取りもどした紗和が、微笑みを浮かべながら言う。

「へえ、そんなことできるんだ」

答えにもならない返事で会話を埋めながら、非常事態にあっても落ち着きと穏やかさを保っている紗和の頼もしさに感服した。

「今夜はさすがに外には出ないんでしょう?」

「もちろんだよ。情報を集めて、これからぼくたちに何ができるか、何をすべきかをしっかり考えよう。しばらく電気やガスの利用には制限が出るかもしれない。飲み水のストックはあるから、当分は大丈夫だよね」

「お腹の子さえ元気に産めるなら、わたしはいいの。そのあと無事に育てられるなら」

「おふくろが言ってたみたいに、福岡で産む？」

紗和の実家とは電話もつながらないままだが、義兄が東京で勤務医をやっていたときの同僚から「庄司病院とご家族の無事は医者ルートで確認済みです」と連絡があり、悟は母親の登美子に電話で報告し、紗和の妊娠も告げた。喜んだ登美子は、震災の影響がおよばない福岡での出産を勧めた。

「それね、どうしようかなあって思ってる。まだ決められない。悟さんはどう思う」

「それもひとつの考えだと思う。そのときはぼくも福岡に行くよ」

「義人さんの新曲の仕事はどうするの？」

「どうするのって……なんとかなるし、なんとかするよ。そんなこと」

「無理しないでね。わたしはどこでも産めます。お義母さんがああいうふうに言ってくださっただけでうれしいんだから」

「ぼくやウチの母親をもっと頼りにしてくれよ」

「ありがとう。あの大震災の年に生まれたって一生言われるね、この子」

紗和はまだ目立たない自分の腹部をいとおしそうに撫でた。

十九時三分。枝野《えだの》幸男《ゆきお》官房長官が首相官邸で記者会見を開き、原子力緊急事態宣言の発令を述べた。現代における震災は震災だけで終わらないことを、悟は初めて知った。

You've Got Mail!

二十一時を回ったころ、ショートメールの着信を告げる声に、鳥肌が立った。

今どきユーガットメールですか、としょっちゅう揶揄されながらも、快活な米語のネイティブ発音による着信音を長年使い続けてきたのには理由がある。サウジアラビアでイラク軍の短距離弾道ミサイルに倒れた親友フレディーの声にどこか似ているのだ。

そんな聞きなれた着信音にこれほど驚いたのは初めてのことだ。このタイミングで届く報せがよい話であるわけがない。

きっと生死に関わること――。

息を深く吸って覚悟を決めた悟は、携帯電話を開いた。

2011／3／11　19：15
From　UBC音楽出版　澤口
締め切りの七時を過ぎました。デモの結論どうなってますか？

本物のバカか、こいつは。

悟はあきれ、怒りに身を震わせながら、メールの送信時刻を数回確かめた。二時間も過ぎて届いた理由は、回線がつながりにくくなっているせいだと容易に察することができたが、この非常時でも締め切りの時刻を冷静に待っていた事実に、澤口の底知れぬ怖ろしさを感じる。

「大丈夫？　どうしたの」

様子を見守っていた紗和が心配げに訊いてくる。

「大丈夫。なんでもない」

悟は平静を装いながらも、怒りを収めるのは怒るよりもずっと疲れることを痛感した。

澤口が今日の地震を知らぬわけがない。それどころか、ＵＢＣの子会社であるＵ音に身を置いているのだから、最新の災害情報を得やすい立場にいるはずだ。その澤口が地震について一切言及せずに、曲の締め切りだけをショートメールで知らせてくる。こんな不自然なコミュニケーションがあるだろうか。枝野長官の記者会見だって見ているはずなのに。

大地震が起こったことよりも、締め切りまでに新しいデモが届かなかったことのほうが、澤口にとっては非常事態らしい。雨が降ろうが槍《やり》が降ろうが地震が起ころうが、今日のうちにデモ問題に結論を出したい自分の切羽詰まった状況を察してほしいのか。であれば尚更のこと、自分と澤口の間に生産的な会話が成立するとは思えない。

いま悟には、紗和をやさしく抱きしめる以上に大切なことはない。

第Ⅳ部　律動

第十六章

二〇一一年四月八日　金曜　東京・駒場

二〇一一年三月十一日十四時四十六分に発生した地震は、その日のうちに気象庁によって「東北地方太平洋沖地震」と名づけられた。土日に春分の日が連なった三連休明けの三月二十二日、UBCは土曜夜十時からのドラマ枠「サタジュウ」で四月十六日からスタート予定だった連続ドラマ『カムバック　飛翔倶楽部ゼロ』の放映無期延期を発表した。

UBCが報道発表《プレスリリース》を出す前日、春分の日に、ラッキーミュージックの権藤雅樹からの電話で悟はこの情報を知った。権藤によれば、無期延期とは放送業界特有の体のいい言い換えで、実態は放映中止にほかならず、むしろダメージを少しでも軽減したいというUBCの台所事情が浮き彫りになったということだ。

もちろん権藤なりの解釈だから、話半分に聞いておく必要はある。しかし、社会現象といわれるほど大ヒットした前作『飛翔倶楽部』のシリーズ化を高らかに宣言する『カムバック』は、UBCが喉から手が出るほど欲しい新作ドラマなのだ。放映中止が業界雀たちの容赦ない憶測と陰口を招いたのは当然かもしれない。

無期延期の理由については、UBCからは「諸事情を考慮して」としか説明されなかったが、震災発生以降に放送業界で急速に広まった自粛ムードに従った決定だと思われる。

自粛の対象になったのは、前作『飛翔倶楽部』の最終回で暗に示されていたように、主人公である飛山翔太《とびやましょうた》には絶えず死の影があるからだろう。事実、ドラマのもとになった「光クラブ事件」の東大生・山崎晃嗣《やまざきあきつぐ》は、債務返済日の前日に青酸カリを服用して自死した。

だが今回の『カムバック　飛翔倶楽部ゼロ』は、翔太の企てた自殺が未遂に終わり、そこから再起するというポジティブなストーリーになるはずだった。

悟は資料として第一話から第三話までの脚本を貸与された。それを読むかぎりでは、今回の続編は「焼け跡ノワール」と評された前作とは一線を画した明るいムードに満ちていた。「弱者だけど、敗者じゃない」という番組のコピーが象徴するように、『カムバック』は喪失感を抱えた者たちの回復と再生を主題に据えている。自粛の対象にすべきどころか、むしろ今この国に必要なメッセージではないかと悟が思ったほどだ。

多田羅俊介が『カムバック』を企画発案するにあたって、来るべき大震災を想定していたとは考えにくい。だが統計や学説に基づく根拠がなくても、のちに起こる事象を予見したような創作物を生みだせるのは、優れたクリエイターの証しだ。悟は多田羅の高い霊性を認めざるを得ない。無論あの性格は好きになれないし、仕事の進め方だって納得いかない。だが彼が、鋭敏なレーダーと高いアナウンス能力の主であるのは確かだろう。

無期延期という措置には、UBCの怯懦《きょうだ》な体質が透けて見える。ドラマが掲げるポジティブなメッセージを信じるよりも、主人公の自殺未遂という設定が視聴者のクレームを招く事態を未然に回避したいのだ。未曾有の大震災という状況下にあって、UBCがスポンサー企業の顔色を窺うことに過敏になっているのは疑いようがなかった。

プロデューサーの多田羅に罪はない、むしろお気の毒だ、というクリエイター擁護の側に立った意見がいくつか悟の耳にも届いた。だがそんな同情的意見こそ、多田羅にとっては最大の屈辱だろう。同情とはあくまで外野の視点なのだから。

視聴率男の評判をほしいままにしてきた多田羅のプロデュース作品も、万能の汎用力までは有しておらず、所詮は天変地異に左右される程度のものだった。これは否定しがたい事実なのである。

悟だって、汎用力の担保を最優先するテレビドラマなんて観る気も起こらない。だが汎用性を排除した作劇なら、学生やアマチュアの劇団がやればいいことだ、という冷ややかな気持ちもどこかにある。商業音楽の世界だって、この汎用性の問題と無縁ではないのだ。

何せ、初対面の悟に向かって、テレビドラマは「十万、百万程度の客相手に一喜一憂する商売じゃない」と言いきった多田羅である。放映中止の会社決定に対しては、どんなに不満や怒りを持てあましたところで、結局は企画発案者の自分を責めるしかないだろう。自分の責をまったく認めない社員クリエイターには、退社の選択肢しか残されていない。


多田羅よりも悟のほうこそ事態は深刻だった。

『カムバック　飛翔倶楽部ゼロ』の放映無期延期が意味するのは、櫛田義人が起死回生を賭してリリースする予定だった主題歌「Comeback」もまた、世に出るきっかけを失ったという現実である。だがそのことについて、悟は自分でも意外なほど落胆を感じなかった。

震災後、〈俯瞰の悟〉は冷静な指示という域を越えた揶揄や挑発の言葉を投げかけてくる。

――悟、もっと焦れよ。じゃないと、商業音楽のプロデューサーとして失格じゃないか。

「そうだな、失格かもしれないな」

――なんだ開き直って。ずいぶん呑気なもんだ、他人事みたいに。

「多田羅はいまどれだけの屈辱感を味わっているのだろうと思うと不憫でね。それに比べたら自分のダメージなんて小さいもんだよ」

――それは多田羅に対しての同情ではないだろう？

「どうせ『十万、百万程度の客相手』のコンパクトなショーバイなんで」

――卑屈だな。商業音楽の仕事をやってきたせいで、性格が悪くなったのか。

「半分正解、でも半分は間違ってる。もともと性格悪いからこの仕事も続いてる」

――義人のことはどう考えているんだ？　新曲はこのままお蔵入りか。

「ドラマあっての主題歌だから。無理してリリースしたところで、タイアップの補助輪がないとうまく走れないだろうし。今はそのタイミングではないという気がしてる」

――作ってるときは、ドラマから独り歩きできる曲にしたいって張り切ってたじゃないか。

「モチベーション上げるために自分を鼓舞していただけだよ」

――情けないヤツだ。ザッキーさんならそんな卑怯な言い訳はしなかっただろう。

「あの人と比べるのはやめろ。張り合うつもりはない」

――心のどこかでずっと意識してるように見えるぞ。

「ザッキーさんみたいに枯れる前に、さっと引退するから」

――エラそうに。人生哲学でもひけらかしてるつもりか。自分の才能が枯渇するのはずいぶん先だと思いこんでるんだな。おめでたいヤツだ。

「樫井雅也を道連れにした罪は重いよ」

――悟こそ、いま義人を道連れにしかけてるんじゃないか。このまま新曲をお蔵入りさせたら、義人の歌手生命はどうなる？

「……」

――「弱者だけど、敗者じゃない」は、今こそこの国に必要じゃないのか。

「多田羅俊介もいいこと言うなあって、最近やっと素直に思えるようになってきた」

——ふーん。それなら、中止になったドラマのかわりに主題歌をリリースすれば？

「寝ぼけたこと言うんじゃない」

——本気だよ。ドラマは放映できなくても「うた」は世に出せる。多田羅にディスられたコンパクトさを今こそ逆手にとれ。

「逆手に？」

——そうだ。コンパクトは弱点じゃなくて特性だと見せつけてやれ。

「音楽を復讐の道具に使うつもりはない」

——は？　綺麗事言うねえ。お得意の「自分への口実」か。考えてみろ、義人への向きあい方としても、作品を出すのが唯一にしてベストの選択のはずだ。

「わかったようなこと言うな。そんなイージーな話じゃないんだ。第一、中止になったドラマの主題歌を、手も加えずに出すなんて、聞いたことない」

——前例がなければ失敗しようがない。今がチャンス。義人も権藤も反対するはずがない。

「どうせ多田羅がつぶしにかかるに決まってる」

——意気地なしめ！

☆

主人公の飛山翔太を演じるためにNHK大河ドラマ主役の出演依頼を蹴ったと報じられた中里猛は、『カムバック　飛翔倶楽部ゼロ』の放映無期延期を決めたUBCの姿勢を公然と批判した。口火を切ったのは、無期延期が発表された直後の連投ツイッターだった。

中里猛　@takelion・2011／03／22
ありえない。弱者だけど、敗者じゃない？　ふざけんなチキンども！
#カムバック

中里猛　@takelion・2011／03／22
ここで一句。侍は　ひとりもおらず　テレビ死す
#カムバック

中里猛　@takelion・2011／03／22
Uzai
Baka
Comeback
#カムバック　#UBCファック

人気俳優によるテレビ局批判は大きな騒ぎとなった。ファンのみならず『飛翔倶楽部』シリーズの共演俳優や脚本家が次々にリツイートしたり「いいね」をつけたほか、『カムバック』とは直接関係のない俳優や映画人、演劇人、さらにはUBC局員とおぼしき者までもが匿名アカウントで「いいね」をつけたことがネットで話題となり、ひとりの俳優の私怨を超えてテレビ業界のあり方を質す問題提起という見方をされるようになった。

騒動は二日後に全ツイートが削除されても収拾しなかった。中里はさらなる批判の場として、

ライバル局の帝都テレビのワイドショーに自ら売り込んだという噂だった。

だがUBCへの憐憫《れんびん》か忖度か、あるいは中里の所属事務所ノーチェとの取り決めか、帝テレは発言の場を与えなかった。状況は一転、テレビ局の決定に刃向かった取り扱い注意の俳優として、彼の立場は急に危険に晒された。

窮地の中里を救ったのは、一件の短いツイートである。

横手弓彦　@ｙｕｍｉｙｕｍｉ・２０１１／03／24
中里くんは正直苦手。でも言ってることは正しい。頑張れ。

犬猿の仲といわれた次期大河ドラマ主演俳優が支持を表明したことで、ネットの風向きは一変し、中里は国家的有事下にあっても信念を曲げない気骨の俳優として英雄視された。

三月二十八日、中里の所属事務所ノーチェは、日本外国特派員協会で記者会見を開いた。マスコミに顔写真すら露出させないことで知られる創業者の村山百太郎も同席する、異例の事態だった。芸能界のボスが顔出ししての会見とあって、注目度は最高潮に達した。

だが、その記者会見での中里の発言は、大方の予想を裏切って当たり障りのない内容に終始した。ボス村山百太郎の同席は、中里の暴走を抑止するための実力行使だった。テレビ局に対しては吠えてみせる中里も、所詮はノーチェの庇護と監視の下に置かれたひとつのコマに過ぎない。世間はそれを知ることとなった。

ネットニュースに「公開処刑」「勝者なし」の文字が躍る一方で、テレビやスポーツ新聞、大手週刊誌には猫を撫でるような好意的論調で中里猛を賞賛する声があふれ返った。

☆

「視聴者のみなさまからの熱いご要望にお応えして」という惹句のもとに、UBC系列の衛星放送局BS－UBCで『カムバック』のシリーズ前作『飛翔倶楽部』の再放送が始まったのは、中里猛の記者会見からちょうど一週間が経った月曜日、四月四日のことだ。

同局の公式ホームページには再放送の理由として「テレビ番組の多様性確保のため」というもっともらしい文言があり、悟は鼻白んだ。お茶を濁すような決定は、『カムバック』放映中止にあたり、ノーチェとUBCの間でなされた手打ちの結果に違いない。

ところが、こうして始まった平日午後の『飛翔倶楽部』再放送は、震災関連番組続きの地上波に飽き飽きした視聴者に受け入れられ、初回から高い支持を集めることになった。

違和感も反感も束ねれば共感と名を変え、商売の具となる。BSの視聴率は調査対象から外されているため正確な数字はわからないが、実際の視聴者数は地上波のUBCを上回るという評判だった。さらにはそのことを伝えるネットニュースが高い宣伝効果をおよぼすという新しい現象が生まれた。

放送四日目の四月七日、UBCはこの人気過熱ぶりを地上波のワイドショー『ホンネDEワイド』で大きくとり上げた。通販番組や韓流ドラマばかりが目立つ編成のBSは、母屋の地上波からはずっとお荷物扱いされてきたはずなのに、『飛翔倶楽部』の再放送の大健闘を自画自賛するUBCの臆面のなさは、ネット民たちの格好の餌食となった。揶揄や反発も想定したうえでの炎上商法という声さえあった。

翌日放送予定の第五話は、まさに『飛翔倶楽部』の前半のクライマックスである。手形詐欺で巨万の富を得た主人公の東大生・飛山翔太が、乞食谷戸《こじきやと》と呼ばれた横浜の貧民窟《スラム》でひとり暮らしをする実母を訪ねて再会を果たすシーンは、最大の見せ場だ。

二年前の本放送のときにも凄まじい高視聴率を記録したこの回は、再放送でも大いに盛り上がった。民間放送の命運を決定づける視聴率のデータが欠けているとはいえ、ネットの検索ワードランキングで番組の関連用語である「乞食谷戸」「スラム」「バラック」がトップ3を占めたことからも、『飛翔倶楽部』の人気が再燃したことは間違いなかった。

☆

四月八日、金曜日。悟はヤフーのトップニュースで、『飛翔倶楽部』が再放送番組としても斜陽のBSのコンテンツとしても異例の評判を呼んでいることを知った。白けた気分を禁じえなかったが、人気再燃の理由を探るべく再放送を観ることにした。

DVDで何度も観た『飛翔倶楽部』も、震災後に観ると新しい発見があった。例えば、昭和二十三年の乞食谷戸を再現したシーン。「最大限のリアリティ」を追求すべく作られた巨大セットは、普段は予算チェックに細かい多田羅が、演出チームが試算した多額の制作費をめずらしく一発で認めて完成したという代物だ。本放送のときから民放ドラマとしては型破りの規模と完成度が評判になっていたとはいえ、DVDで観た悟は、「近過去を舞台にしたウェルメイドなドラマ」という通り一遍の感想しか抱かなかった。

CGを駆使して昭和二十年当時の焼け跡の在りようをつぶさに描く『飛翔倶楽部』の映像は、「バーチャル・リアリティ」と呼ぶにふさわしいものだ。だが震災を経て観ると、バーチャルを超えるリアルがあった。「焼け跡ノワール」はレトロでもノスタルジーでもなく、テレビが毎日伝える被災地の人間模様と重なった。映像はバーチャルかもしれないが、そこで描かれるドラマには「バーチャル」を要しないリアリティがあった。「バーチャル」という冠辞は、描写力に自信がない作り手が打つ保険だと悟は思った。

『飛翔倶楽部』の世界に引きずり込まれ、五十五分はあっという間に過ぎた。ドラマが終わってもその世界観は悟の中にずっしりと居座り続け、乞食谷戸の異臭はしつこく鼻腔にまとわりついた。終盤に飛山翔太の母親が放った「結局、嘘は高くつくよ」という台詞が、終わりのないこだまをくり返す。音楽を無理に止めても頭の中で消えることのないリズムのように、母親役の女優の声はいつまでも追いかけてくる。

自分はいま初めてこの『飛翔倶楽部』というドラマシリーズの主題を正当かつ十全に理解できたのではないか。主題歌のプロデューサーという立場にありながら、震災前はドラマの主題に正面から向きあえていたのだろうか。自信はない。

このドラマが執拗に問いかけるのは、生まれた時代の情勢にのみ込まれ、生まれた国の政情に翻弄された飛山翔太が戦うべき相手は誰か、なのだ。『飛翔倶楽部』は、私たちの本当の敵は誰かという正義のありかを問う物語だった。

不正義に対して抗うことは甚大な困難を伴う。それくらい悟も知っている。

一方で、音楽それ自体を社会への発信のツールにするつもりは毛頭なかった。音楽とはあくまで香りのようなものと位置付けていたからである。「香りにすぎない」という否定的な意味ではない。四畳半の和室を楽園に変えた音楽の魔法はリスペクトの対象であり、芳香剤の調合に慎重になるのは畏敬の念あればこそだった。

時代のうねりに目をつむる。それは戦うべき敵《エネミー》を見過ごすことである。エネミーを見過ごした先には、正体のわからない憎しみ《ヘイト》だけが残る。

二十代前半の悟にとって、すべてのエネミーが一目瞭然なほど集中化されたものならば、目をつむることもなかったのかもしれない。だがエネミーはもっと分散的な対象だった。ぐっと目を凝らして運よくそのひとつを発見できたとしても、それはスライムのように形を変え、めっぽう早足のくせにたっぷり迂回しながら社会の中を転移していくのだった。悟はそのたびにエネミーを見失い、かわりに目をつむることを覚えた。以来、途切れることなくヘイトとともに生きてきた。常態化したヘイトに対して不感症になってしまうほどに。

多田羅は高視聴率獲得のためだけに俗なドラマを作ってきたのか。むしろ逆で、高視聴率を担保にこの国のあり方に挑戦状を叩きつけたいのではないか。

震災が、さらに言うならこの有事に起因する放映中止が、多田羅が描こうとした構図をいま鮮やかにあぶり出そうとしている。皮肉にも放映が中止されたことで、『カムバック』が刻もうとした律動《リズム》を聴きとることができたのかもしれない。

ならば悟がやるべきことは、このリズムにふさわしい和音進行《コード》を練り、ドラマよりドラマチックな詞を書き、メロディとハーモニーを完成させる、それ以外にないだろう。

自分は間違っていなかった。間違っていない。

ただ——気づくのが遅かったか。

いや、震災がなければこのリズムは聴きとれなかった。

奸智に長けた多田羅の仕事の進め方を音楽に例えるなら、装飾的な意味合いの楽器の数が多すぎる饒舌な編曲《アレンジ》である。肝となるはずのリズムは、流麗な調べの下にいつも隠れてしまう。曲のクライマックスとなるサビが終わり、間奏《ブレイク》で楽器の数が減ると、はじめてリズムはむきだしになる。多田羅イズムは、大震災という想定外の振動によって装飾音《ウワモノ》が振り払われたのだ。

悟の本当の敵は、多田羅俊介ではない。

第十七章

二〇一一年四月十六日　土曜　東京・六本木

「お待ちしておりました。紗和さん、お久しぶりね」
「マンマ、お久しぶりでーす。すっごく楽しみにしてました」
「震災のあと初めて……いや、今年初めてかしら？」
「そうなんですよー。お外で晩ごはんなんてしばらく遠ざかっていたので、今日は悟さんにリクエストしちゃいました。ハマムラさんって、やっぱりいつ来ても胸がときめいちゃいますねえ。お腹すかせてきたので、食べちゃいますよ！」

こんなにはしゃぐ紗和を見るのはいつ以来だろう。夫婦での久々の外食に、通い慣れた『オステリア・ハマムラ』を選んだのは正解だった。

イタリアの簡易食堂を彷彿《ほうふつ》させるハマムラは、東京ミッドタウンから徒歩三分の雑居ビル二階にある。街灯の数が乏しい暗がりに位置するので、あらかじめ知っている者でないと通りすぎてしまう。五十代の夫婦だけで切り盛りする小さな店だが、肉の火入れ加減が好みで、常連客に対してもある一線より内側には踏み込まない接客が悟は気に入っている。

麻布十番の『よしなが』に続いて、紗和との二度目のデートで来た店でもある。彼女が気に入ったのは、初めの三十分でわかった。以来この店はふたりの待ち合わせの定番となり、結婚してからもふた月に一度くらいは紗和と来ていた。

妊娠中は早めにベッドに入りたいという紗和の希望をかなえるべく、濱村《はまむら》夫妻にお願いして、今日は通常の開店より一時間早い午後五時に店に入れてもらった。

レジ横の義援金募金箱に紗和が目をとめると、濱村夫人が弁解するように話しかけた。

「この箱、濱村の手づくりなの。こういうのってさ、店側はお客さまの釣り銭をあてにして置いてるわけだけど。ほら、ウチのお客さまはほとんどカードじゃない？　だから箱置く意味あるかしらってあたしは思うのよ。でもあの人は絶対置くって言い張って。ねえ気づいた？『義援金』の『援』の字が間違ってんのよ。ほら、ここ横棒が一本足りない」

「ほんとだ」

「ね。おまけに字が下手でしょう。あたし、もう恥ずかしくって」

「なんだー、また俺の悪口言ってるかー」

夫人と紗和の楽しげなやりとりが耳に届いたのか、濱村が厨房《ちゅうぼう》の奥から素っ頓狂な声を上げる。ほかの客はまだ来ていないという気安さもあるだろう。

「はーい、オトコの悪口で盛り上がってまーす！」

夫人をさえぎるような速さで紗和が返事をしたのには、悟も驚いた。

「紗和ちゃんなら許す！　ウチのは許さーん！」

「それ、おノロケですよ。逆に」

悟がこぼした言葉に妻たちが短く笑ったあと、濱村夫人はいかにも手慣れた所作で悟と紗和をカウンターのいつもの席に通した。

「あー、今夜唯一の不満はお酒が飲めないことだなあ」

紗和が笑いながら愚痴をこぼす。不満とは口ばかり、それさえも母になる喜びのひとつとして楽しんでいるのは明らかである。一点の曇りもない笑顔がその証拠だ。震災前は、紗和がお腹の子のことではしゃぐたびに、自分は取り残されたような劣等感にかられたものだが、いまでは少女のような表情を見せる妻がたまらなくいとおしい。

紗和はよく食べ、よく語った。前菜の盛り合わせに始まり、メインの「山形牛のヒレ肉のビステッカ」も大盛りで注文してひとりで平らげた。紗和は依然としてバレエ少女の体形を保っているが、食欲はまぎれもなく妊婦のそれだ。好物の「餅とモッツァレッラのトマトソースグラタン」も、悟の分まで食べつくすほどだった。

ソアーヴェのかわりに微炭酸水《スルジーヴァ》を飲む彼女にあわせ、悟もワインではなくビールを飲んだ。四月というのにやたら渇きを感じる喉が、フルーティーな味わいのモレッティでゆっくり潤されていく。さほど炭酸がきつくないところもいい。

「うまいなあ」

悟は思わず声を漏らした。

「そんなにおいしいの？　わたし、それ一度も飲んだことない」

「こうやってコップから口を離した瞬間にね、トウモロコシの香りがするんだ」

「トウモロコシ大好き。赤ちゃん産んで授乳も終わったら絶対飲みたい」

「どうぞどうぞ。いくらでも付きあうから」

食べ物を口に運ぶたびに、紗和の顎はせわしなく上下に動く。そのさまを見ていると、悟は自分が晴れやかな気分になっていくのがわかる。これまで特に意識したこともなかったが、好き嫌いなくたっぷりと食べる女性が子どものころから好きだった。

いや、それも気のせいか。登美子は偏食があったが、それでも悟は母親っ子だったし。

紗和といると、時おり、目の前にある高価値のもの、目の前で進行する好ましい事態、そういったすべての「佳きこと」は彼女が発信しているように感じられる。錯覚であることには薄々気づいている。でもこれが夫婦で重ねた歳月の産物だとするなら、その正体を暴くことなく過ごす時間をしあわせと呼びたい。

「ところで義人くんはいまどうしてるの？　三・一一《さんてんいちいち》からずっと会ってないんでしょう」

紗和が話題を変えたのは、お腹の子どもの成長具合や、都内の放射線量や菅直人《かんなおと》首相の政治姿勢について、ひとしきり語りあった後だった。十二席しかない客席はすべて埋まってしまい、濱村夫人はすでにふた組の飛び込み客の入店を断っている。

「うん。会ってない。まあツイートしてるのを見るかぎりだと、被災地に少なくとも四回は足を運んでるな。三陸とか女川《おながわ》とか、あと仙台も」

「ボランティアってこと？」

「そう。これが今週の頭にぼくに届いたメール」

「わたしが見てもいいの？」

「ああ。ここ読んでみて」

悟は携帯電話を差しだした。

元気っすか。
今回は仙台に来てます。光安さんが紗和さんに出会った街！
紗和さんのご実家は大丈夫とのことで安心しました。海側はかなりひどいことになってます。紗和さんをケアしてあげてください。
俺のオフクロ、仙台に住んでるんですよ。言いましたっけ？　産んでくれたほうの母。

全然連絡とってなかったんですけど、やっぱ気になって来ちゃいました。

古い住所を頼りに来てみたら、デカい家の表札に家族四人の名前があったんで複雑な気分
……でも倒壊もしてないし、灯りがついてたので安心してるところ。

以上、その家の前からメールしました。

もうすぐ東京に帰ります。レコーディングの話、うれしいです‼


「ずっと会ってないけど、義人くん、いい感じに大人の男性に成長中みたい」

携帯電話を悟に戻しながら、紗和が感心するように言った。

「まあね。一緒にいると相変わらずガキっぽいところも感じるけど」

「今いくつだっけ？　わたしが初めて会ったときの悟さんくらい？」

「うん、そのくらい」

「じゃあまだまだガキンチョね」

ふたりは控えめに笑った。紗和が「ガキンチョ」なんて殊更《ことさら》に粗野な言葉遣いをするのは、まぎれもなく上機嫌の証拠だ。悟はグラタン皿に残った最後の餅をモレッティで流しこみ、紗和は空になった自分のグラスにスルジーヴァを注いだ。

「ところで、最後に書いてあったレコーディングの話ってなに？」

いくぶん真剣な表情で紗和が訊く。

「あれね……『カムバック』が放映中止になったことは紗和も知ってるよね」

「そりゃ、まあ。だって、今夜が初回だったんでしょう？　もともと」

「うん。震災がなければね。それ知ってて、今までぼくには何も言わずにきたんだろう？　紗和の心遣いには感謝してるよ。ありがとう。ほんと、ありがとう」

悟はテーブルに両手をついて頭を下げた。

「どうしたの？　急にかしこまって」

「まずそのお礼をきちんと言いたかったんだ」

「そんな、お礼だなんて。みんな懸命にがんばってるじゃない。いま日本中がたいへんなんだもの。ねえ、義人くんのレコーディングについては教えてくれないの？」

「ごめんごめん。じつはね……」

悟は今日いちばん伝えたかったことを話し始めた。

第十八章

二〇一一年四月十一日　月曜　東京・永田町

悟が指定した十五時きっかりに、権藤はブラックスーツ、黒いネクタイという出で立ちでオリガミのラウンジにやってきた。

「なんだ、葬式帰りか」

「違いますけど、まあ似たようなもんです。最近は毎日この格好なんですよ。いつ呼び出されてもすぐに謝罪に行けるように」

「痩せたんじゃない？」

「震災のあと、三キロ落ちました」

「そんなに謝らなきゃいけないこと多いの？」

「そりゃあもう。ポップミュージックなんて不要不急の存在だし、それどころか不謹慎でごめんなさいですよ。水やパンや電気が最優先ってことくらい、わかってたつもりですけど」

権藤は嘆息を洩らして椅子に腰を下ろした。

三月十一日に発災してから、テレビとラジオは災害報道一色になった。全面災害報道が十八日まで続いたＮＨＫ総合テレビほどではないにせよ、在京の民放テレビキー局各局も災害報道特別編成に切り替えられ、十四日まではＣＭ抜きで放送を続ける局がほとんどだった。ＣＭ枠が復活してからも、各局とも社団法人ＡＣジャパンの公共広告ばかり流し続けた。被災地と被災者に配慮したスポンサーが、相次いで自社ＣＭの放送自粛を要請したのである。

十九日には各局ともほぼ通常編成に戻ったが、番組内容にはさまざまな変更が加えられることになった。最も大きな影響を受けたジャンルのひとつが音楽番組である。ラッキーミュージックにも、各局の音楽番組から「当分は応援ソングしか放送しない」というお達しがあったという。プライムタイムだけでなく深夜帯も一切の例外なし。音楽メディアとして頼みの綱だったＦＭもテレビに追従する姿勢を見せたので、もう出口はないと権藤は意気消沈していた。

「まあ、いまは我慢、我慢だな」

悟のなだめるような口調が気に障ったのか、権藤は口をとがらせる。

「時期が時期なんで、そんな曲しか聴きたくないって気持ちもわかるんですけど。ちょっと自粛しすぎじゃないですかね。失恋ソング、不倫を歌ったバラード、ストリート・フレイバーのヒップホップ……俺が得意にしてるジャンルはほぼ全滅です。シャレになりません」

「自粛が進みすぎると危険じゃないか」

「ウチの役員連中は、とにかく今は低姿勢でいろ、風向きが変わるのを待つしかないって言うんです。テレビとラジオだけじゃないです。ライブも延期続きだし、こないだなんて、広告代《だいり》理店《てん》のウチ担当から『どんな企業《クライアント》もこのさき最低二年は前向きな元気出る系のアップテンポしか要らないから、当分は悲しい歌やせつないバラード厳禁ですね』って聞きました」

「バラード厳禁？　なんだそれ。どうして代理店なんかに指示されなきゃいけないんだ。『前向きな元気出る系』とか軽々しくジャンル作るなっていうんだよ。最近評判になってるサントリーの『上を向いて歩こう』だって、ぼくに言わせりゃ悲しい歌だよ。孤独な夜に涙が落ちてこないように星を数えながら歩いてる。受け容れることで乗り越えられる悲しみもあるんだ」

「あれはほら、殿堂入りしてる曲じゃないですか。いま新曲作るならアップテンポですよって、親切に教えてくれてるんですよ。CM曲のスポンサー見つけたいならってことで」

「札束ちらつかせやがって。えらそうになんだよ、そいつ。余計なお世話だって」

「まあまあ。光安さんもご存じの通り、CMもドラマも事情は同じってことです」

今度は権藤が悟をなだめる番だった。短い静寂があった。

「……Gストリート以外にも、俺、いくつかの部門の責任者やってるんで。発売中止、発売延期、放映中止、活動自粛。ジーパンで行っちゃまずいでしょう」

「たいへんだな。おまえも、みんなも」

自分で自分を諭すような悟のつぶやきに、権藤も大きく頷いた。

「光安さんにも謝らなきゃいけないですもん、俺。あれだけ主題歌を作り直してもらった『カムバック』が放映中止なわけで」

「こないだもミツスタまで来てくれたじゃないか。それにおまえのせいじゃないよ」

「でも申し訳なくて」

「いいから気にすんな。ところで腹へってないか。今日はぼくにごちそうさせてほしい」

悟が顔を綻ばせて言う。

「おっ、うれしいですねえ。光安さんはもう注文するの決めました？」

「ジャーマンアップルパンケーキとコーヒー」

「出たっ。最高のコンビ。俺も同じ組み合わせでお願いします。じつはオリガミって聞いて、
これを楽しみにやってきたんです」

　権藤は「やっぱりうまいわ」と何度も口にしながら、フォークとナイフを品よく使ってパンケーキを口に運んでいる。この男の食べるさまが同席者の表情を朗らかにするのは昔からだ。見ていて気持ちがいい。「もう一枚食べるか」と声をかけると、間髪を容れずに権藤が「じゃ、お言葉に甘えて」と答えるものだから、悟は思わず噴きだしてしまった。

「冗談ですよ、冗談。さすがにもうそんな歳じゃないんで」

「わかってるって。ところで、権藤は『カムバック』の局内試写を観たんだよね？」

「ええ。オフラインの最終版を見せてもらいました。義人の主題歌のかわりにラブジョーンズの『レディ・トゥ・フライ』が使われてたんですけどね」

「それと比べて義人の『Comeback』は劣っていたか。正直に答えてほしい」

　両腕を組んだ権藤は目を閉じ、きゅっと口を結んだ。五秒ほどして重い息を吐き両腕をほどくと、鋭い眼光で悟を見据えた。

「ぜんぜん負けてませんでした。予定通りドラマに使われてたら、絶対ヒットしたはずです。間違いありません。でも……」

「でも、なんだよ」

「多田羅は『レディ・トゥ・フライ』のほうが好きだと思います」

「どうしてそう言える？」

「それくらいドラマにばっちりハマってました。俺が頭抱えこんじゃうレベルで。百人のうち

九十九人が『Comeback』を好きだとしても、ひとりで『レディ・トゥ・フライ』を偏愛する多田羅の気持ちを変えることは難しいでしょう」

　視線を落とした権藤は、コーヒーカップにミルクを丁寧に注いだ。

「結局、多田羅が心から気に入らないことには、『レディ・トゥ・フライ』を超えるところまではヒットしなかったと思うんです。ドラマ主題歌って、タイアップとしては最高クラスですけど、制作者に愛されなければ所詮、愛のない使われ方で終わってしまうでしょう。視聴者の心のど真ん中に届けるには限界ありますよ。やっぱり」

「言うねえ、権藤」

「気を悪くしないでくださいね」

「幸か不幸か、ぼくはそれほど繊細にはできていない」

　悟の軽口に、権藤は首を傾げながら話し始めた。

「光安さん、テレビドラマって誰のものだと思ってますか」

「映画なら監督だろうけど。テレビドラマだと脚本家のものじゃないのか」

「山田《やまだ》太一《たいち》とか橋田《はしだ》壽賀子《すがこ》とか野島《のじま》伸司《しんじ》とか、ごく一部の大物にかぎればそうでしょう」

「じゃ、主演俳優かな」

「それもごく一部の大物にかぎっての話でしょう。もうとぼけるのやめませんか」

「……バレてるか。ま、プロデューサー様だよな、きっと」

「そうです。ドラマを企画したプロデューサーですよ、やっぱり。少なくとも多田羅は『カムバック』を自分のものだと思っていたはずです。所有感、支配感と言ってもいい」

「その多田羅が刻むリズムを正確に聴きとれなかったのは、ぼくの能力不足だった。いくら多田羅とぼくの間にU音の澤口がいたとはいっても、ね」

悟は視線をまっすぐ向けた。権藤の両目に鋭い光が戻った。

「今日の本題は何なんですか」

「『Comeback』をリリースしたい。もちろん六つめのバージョンを」

「本気ですか。それこそドラマの制作者に愛されることなく、ずっと塩漬けにされてた曲ですよ。正確にいえば主題歌じゃない。あくまで、主題歌の候補、にすぎないんです」

「わかってる。それでもあれはぼくと義人の絶対的な自信作なんだ」

「それに、ドラマは中止になったばかりです。復活する可能性はまずありません」

「だから言ってる。ぼくには、主題歌という枷《かせ》を外せばあの曲は実力を発揮できるという自信がある。だからドラマが放映中止になったと聞いた瞬間、ピンチだという焦りと同時に、願ってもないチャンスが到来した直感もあってね。UBCが認めてくれるのなら、いや、UBCの意向を無視してでも『Comeback』を世に送りだしたい」

「もう一度訊かせていただきます。本気ですか」

「本気だ。本気だとも。いまBS-UBCで『飛翔倶楽部』の再放送がすごく盛り上がってるだろ。先週の金曜、ぼくも観たんだ。いま観るとなかなかだった。『Comeback』は、多田羅が企画したドラマシリーズがあってこそ生まれた曲だと思い知った。ドラマそのものが現代に対峙している。そのことに遅ればせながら気がついたよ」

「おっしゃる通りです。あの人のドラマは現代に向きあっています。良くも悪くもね」

「何だかもう多田羅と争ったりしてる場合じゃないって思ってさ。『主題歌という枷を外す』ってことと矛盾するようだけど、中止になったドラマの理念を伝えるためにも曲をリリースしたい。今は本気でそう考えてるんだ。そして……」

「そして?」

「いま、この国はこんな状態だろ。ぼくが『Comeback』に託したメッセージも現在と共振しているはずなんだ。そういう気持ちが日に日に強くなってきた」

熱弁をふるった悟は、すっかり冷めてしまったコーヒーに口をつけた。

権藤は悟から目をそらし、ガラス壁の外のたっぷり水が張られた人工池を静かに眺めていたが、ふと何か思い当たったように視線を戻して静かに問いかけた。

「勝ち目はあると思いますか。光安さん」

「もちろん。『Comeback』をリリースしたいのは、音楽屋としての意地だけじゃない。勝算もあってのことだよ。あいつの歌は、やっぱり、いい。中低音の豊かな響きと、ハイトーンほどハスキーな成分が増すあの感じは、義人だけの魅力なんだ。デビュー前から持ってて今でも失っていないって、すごいことだよ。持って生まれた資質の高さと半永久的な努力のどちらも揃ってないと、嘘みたいに消えてしまうんだから」

「大した褒めようですね」

権藤の言い回しに皮肉めいたトーンがまじる。

「ハイトーンが健在なだけじゃなくて、低音部のピッチも昔とは段違いに安定してる。ハイトーンから裏声《ファルセット》にスムーズに移行していく感じ、あれは日本でトップクラスだろう。ファルセットの声量も増してるし。本人にはまだ一度も褒めてないけどね」

「ええ。櫛田義人はいつだって最高です」

ずっと離れていたあなたに言われるまでもない、といわんばかりの権藤の硬質なプライドが顔をのぞかせる。悟は構わず続けることにした。

「義人が努力家だってわかったことがいちばんの大発見だったかもしれない。そこも含めての才能だ。ぼくはもう一度、あいつの才能を世に広める手伝いをしたい。それが好きで音楽プロデュースを生業にしてるんだって、体で感じてる。じーんと痺れる感覚があるよ。たとえ障害があっても『Comeback』のリリースにこだわりたい。音楽を止めちゃいけない」

「こんなに熱い光安さんを見るとは思わなかったな」

「おい権藤、冷やかすなよ」

「冷やかしじゃありません。俺も同じこと考えていたんです。いつ光安さんと下川社長にご相談しようかって、ベストのタイミングを窺っていました」

「ほんとに？　ちょっと調子よすぎるんじゃないか」

悟は権藤のプライドを損ねないよう、注意を払いながら言った。

「ほんとです。じつは先週、義人からも『Comeback』をリリースしたいって申し出がありました。絶対出せる、その根拠もあるって自信たっぷりに言うんですよ」

「義人が？　あいつが絶対って言っても、もちろんシュガスパとノーチェの関係もあるだろうし、そんなに簡単に出せるものでもないだろ？」

「光安さんにご報告しなければいけないことがあります。じつはシュガスパはノーチェの傘下からは外れてるんです」

「外れてる？」

悟は、初めて多田羅に会った三月九日に、ＵＢＣのエレベーターで「ノーチェとは別口で降りてきたタイアップ」と語った下川の歯切れの悪さを思いだした。

「ええ、去年の春に。下川さん、それを隠して大勝負に出たんです。いかにもノーチェ系って顔してＵＢＣの部長に義人を売り込んで。そうとう下世話な接待もやったって噂ですよ」

「下川社長、やるね」

「あのひとはハンパないです」

「それはわかってるよ。で、義人が自信たっぷりに『絶対出せる』って言う根拠は？」

「あいつ、やっぱり持ってる男ですよ。というのは……」

☆

三月も中旬に入って、上原真里生のストレスは限界に達していた。

『怒りのAサイン』で初主演を飾ることが決まったのは昨秋である。プロデュースはヒットメーカー多田羅俊介とあって、所属事務所パワーハウスの社員たちは沸いた。

男性ショウダンサーの手配業から始まって音楽事業で大きな成功を収めたパワーハウスだが、その実、社内は俳優ビジネスに偏重している。所属タレントに支払われる報酬も、事務所内での格付けも、主役を務めるドラマの本数で決まるのは有名な話だ。所属の二十代タレントの中で最も早く主演ドラマを射止めた自分は、かなり運がいい。事務所から寄せられる大きな期待に感謝せずにはいられない。

Aサインとは、本土復帰前の沖縄で米軍公認の風俗店や飲食店に与えられた営業許可証を指す。祖母がAサイン店を営んでいた真里生には絶好の適役といえる。

だが本音をいうなら、真里生は俳優業にはさして強い興味はない。ヴァイブ・トリックスのYOSHITOに憧れて、ただ歌手になることだけを目指して上京したのだから。

それなのに、先月からロケでずっと沖縄に拘束されている。沖縄《ここ》を出たくて歌い始めたのに、ドラマの仕事でコザのホテルに長逗留することになるなんて。来週の頭から三日間だけ新曲レコーディングで東京に戻る予定があったのだが、昨日東北で起きた震災の影響でレコーディングは延期となった。事務所からは「いま東京に戻っても不便が多いから、しばらくは沖縄で撮影に専念するように」というお達しが出たばかりだ。

ドラマのプロデューサーの多田羅俊介については、事務所幹部から何度も「キーパーソンだからくれぐれも失礼のないように」と聞かされている。高視聴率を叩き出してきたドラマ屋としての実力を疑ったことはないが、人としては面白みが感じられない。

撮影現場で自分のビジョンを一方的にまくしたてるのには閉口するし、そのくせパワーハウスの社長が訪ねてくると掌を返したようにお愛想を連発して、見苦しいったらありゃしない。自分を主役に抜擢したのも、あくまでこの世界のパワーゲームの結果であって、本当に演技者として買ってくれたわけじゃない。そんなこと、バレバレだ。

多田羅は服装にも無頓着で、いつもビッグサイズの量産品に身をつつんだ野暮天である。かなり年上と思いこんでいたら、自分と十歳も離れていないと知って驚いた。あの男と会うたびに「人は見た目が九割」とかいう言葉を思いだす。ダサい。ダサすぎる。


ただ多田羅にも使えるところがひとつだけある。ひとつだけど、かなり大きい。

『怒りのAサイン』より一クール早い四月スタートのドラマ『カムバック　飛翔倶楽部ゼロ』の主題歌に、櫛田義人を起用するというではないか。

昨年十一月にマネージャーからこのことを聞いた真里生は、その直後に多田羅と初顔合わせをしたときに、義人を大型新作の主題歌に起用するセンスを褒めちぎり、「デモが上がったら、こっそり聴かせてくださいね」とおねだりしてみせた。

他アーティストの制作中のデモを聴かせるはずがないことくらい、もちろん百も承知だ。明らかなルール違反なのだから。そんなことをして発覚したら、多田羅も真里生もこの業界にいられなくなる。真里生はただ自分が抱き続けてきた櫛田義人へのリスペクトを、多田羅に知ってほしかっただけだ。本人の耳に伝わればよいが、というささやかな願いを込めて。

『怒りのAサイン』の撮影初日、多田羅がすっと手渡してきたクッション封筒の中身をその場で確かめた真里生は、驚きの叫びを上げずにはいられなかった。なんと、義人のデモが収められたCD－Rが入っていたのである。

これにはさすがの真里生も超弩級《ちょうどきゅう》の興奮が止まらなかった。正直言うと、こわかった。後ろめたさから「僕なんかがもらっちゃっていいんですか」と言ったら、多田羅は小鼻を膨らませながら「真里生くんは特別だから。誰にも内緒だよ」と曰くありげにささやいた。

媚び、を感じた。このドラマプロデューサーは、男性タレント最大の供給源パワーハウスがいま最も注力するひとりである上原真里生に気に入られたいのだ。

こいつ、使える――。

昨年末に主題歌『Comeback』の最初のデモをもらって以来、ただならぬハイペースで新しいデモが届き、いま真里生のiPodには合計六曲も入っている。それぞれタイプが違うものの、どの曲もよくできているし、ボーカルはどれも絶品のひと言だ。自分にとって義人がいつだって神の領域にいることを痛いほど感じる。

最初のデモを一聴しただけで、この肌触りは光安悟プロデュースだと直感した真里生は、次の撮影現場で多田羅に確かめた。光安の名前を口にした途端、多田羅の目が泳いだように見えたが、彼のプロデュース楽曲であることはあっさり認めた。

光安にはストーリーテラーズも大きな恩義がある。日本ミュージックアワードのグランプリ受賞曲「トゥルー・ロマンス」を提供してくれたのは彼なのだ。そんな「恩人」と「神」の組み合わせが復活することに、真里生の心がときめかないはずはなかった。

不思議に思ったのは、なぜ六曲ものデモが存在するのかということだ。ストーリーテラーズが担当する『怒りのAサイン』の主題歌は、自分が沖縄入りする直前に録った簡素なデモに早々とオーケーが出たのに。その三ヶ月前にオンエアが始まる『カムバック　飛翔倶楽部ゼロ』のほうがまだ決定していないのは、どうにも腑に落ちない――。

ひょっとして『怒りのAサイン』は多田羅からあまり期待されていないのでは。ドラマも、主題歌も。だとしたら、義人のレア音源に喜んでばかりもいられない。

真里生は、櫛田義人のデモが六曲も生まれた理由を多田羅に訊ねた。

「こっちこそ知りたいよ。完璧主義の光安さんが自分で納得できないって何度も新曲を送りつけてくるもんだから、正直困ってる」

どこか芝居がかった所作で大きな体をすくめた多田羅は、ぼやくように答えた。

仕事に妥協を許さない光安らしい話だと真里生は思った。放映開始を翌月に控えた三月になっても、まだ作り直しているなんて。クオリティへの執着心には狂気じみたものを感じる。同時に、そんなチームに身を置いて音楽を作り続ける義人のストイックな姿勢を、真里生はシンガーとしてあらためて尊敬した。俳優と二足の草鞋《わらじ》を穿く自分のスタンスが、どうしようもなく中途半端に感じられてしまうほどに。

とりわけ六曲目のデモのクオリティには舌を巻いた。これは昨日、いつものように撮影現場で多田羅からこっそりと手渡されたものだ。撮影が終わった深夜、ホテルの部屋に帰って試聴したら、全身が痺れるような感動があった。何度かくり返し聴いて涙がぽろぽろと止まらなくなった真里生は、ひとりでいることがたまらなくなり、ホテルの裏口に呼んだタクシーで小一時間かけて那覇のソウルバー『ダイ』に直行した。

普段はアメリカのR&Bしか流さない店だが、懇意にしている店長のダイちゃんに無理を聞いてもらい、持ちこんだＣＤ－Ｒを閉店後に大音量でかける。人気《ひとけ》が消え猥雑さのかけらだけが残ったような店内で聴く凜《りん》とした歌声には、格別な響きがあった。再び滂沱《ぼうだ》として流れ落ちる涙は、ホテルにいたときより熱く感じられる。

この感動を一刻も早く義人さんに伝えたい――。

『ダイ』のカウンターでそんな思いに囚われた真里生は、義人本人にメールを送ることを思いついた。メアドは義人の親友のスタイリスト、川本敦史からずいぶん前に聞きだしていたが、あまりに畏れ多くて今まで一度も送ったことがなかった。

でもその夜は特別だった。ダイちゃんに勧められて飲んだ〈菊之露ＶＩＰゴールド〉の酔いも手伝って、携帯電話からメールを送ることに躊躇はなかった。

☆

「これがそのメールです。義人のスマホの画面を撮影しました」

悟は半ば放心状態で権藤の差しだすｉＰｈｏｎｅ４を見た。日付に三月十二日とある。


はじめまして。ストーリーテラーズの上原真里生です。

いきなりメールしてすみません。

メアドは川本敦史さんに教えてもらいました。

僕は義人さんに憧れて歌い始めたんです。

ＵＢＣの多田羅さんから新曲デモのＣＤ－Ｒをもらい、聴かせていただきました。

どれも最高。感動です！　特に六曲目は最幸!!

完全にやられました。大ヒット間違いないですね。
いつか会える日を楽しみにしています。

「このメールがきっかけで、義人は上原真里生としょっちゅう連絡をとりあう仲になったそうです。で、自分のデモが流出した経緯の一部始終を聞いたらしくて。真里生はロケが終わって東京に戻ってるので、最近はかなり頻繁に会ってるみたいですよ。先週なんて、ふたりで被災地を訪ねて瓦礫《がれき》を撤去してきたとか」

「それはすごい」

「こういうのも、櫛田義人の人間力っていうんですかね」

権藤はいつもの冷笑的な表情を奥深く仕舞って、純粋に感心した様子で言った。

「にしても……このメールは決定的だな。さすがの多田羅も言い訳できないだろ」

「ですよね。関係ないドラマの出演者に完成前のデモ音源を渡すなんて、一線越えちゃってます。パワーハウスへの忖度が過ぎるというか。それだけあの事務所の強引なキャスティングに悩まされてきたんでしょう」

放映中止になった『カムバック　飛翔倶楽部ゼロ』の穴は急造のお笑い番組で埋めることが決まり、ギャラの安い若手芸人たちが大量投入されるらしい。UBCの局内で多田羅の存在感はどれほど低下したのだろうか。悟は疑問をぶつけた。

「噂じゃ上原真里生が主演する七月クールの『怒りのAサイン』も、局の上層部からは内容変更を求められてるって話です。国難の今、沖縄がテーマかって。ほら、UBCは政権と微妙な関係にありますし。光安さんにはわからないかもしれないけど、同じ会社員としては少なからず同情しますよ。あの多田羅でもね」

権藤の弱々しい吐息が、アイドルタイムのオリガミの吹き抜けに溶けて消える。

「この件、ぼくに任せてくれないか。今すぐにでも多田羅に会って話をつけてくる。とりあえずさっきの写真、ぼくの携帯にもメールしてくれるかな」

悟は意を決して言った。

「えっ、光安さんがあの男に会ってくれるんですか」

「会うよ。会いたい。そのあとの細かい権利関係の話は権藤が仕切ってくれるよな」

「もちろんです！　ありがとうございます！」

「あいつ、今どこにいるんだろう」

「ウチのＵＢＣ担当から聞きましたけど、今月にかぎっては九時五時勤務でデスクワークだそうです」

「いつも現場飛びまわってた、あの多田羅俊介が？」

「ええ。ＵＢＣの社内目安箱に『飛翔倶楽部』は貧困層出身の主人公の階級闘争ドラマだ、極左の多田羅は官邸批判が過ぎるという投書があり、それを深刻に捉えた局上層部からお灸を据えられたそうなんです。おそらく多田羅に酷使されてきたドラマ班の内部告発でしょうが。まあ公開処刑ですね」

カラトラバを見たら、もう十六時半を過ぎていた。多田羅はあと三十分も経たぬうちに退社するだろう。さっと会計を済ませた悟は、権藤と別れて地下駐車場まで下りた。キーを出そうとボッテガ・ヴェネタのトートをまさぐるのだが、気が急いているせいでなかなか見つからない。ようやくつかみ取って安堵したのも束の間、手が震えて、どうしたことかイントレチャートにキーの先を突っ込んでしまった。

――落ち着け。余裕で間に合うだろ。

不意に現れた〈俯瞰の悟〉の低いささやきにはっとする。ここからＵＢＣまでは、外堀通りから紀尾井町通りを抜けるだけの単純かつ短いルートだ。早ければ三分くらい、どんなに道が混んでいてもせいぜい七、八分だろう。カラトラバは十六時四十一分を指している。イントレチャートの編み目が解けないようにそろりと抜き出したキーを、４２０Ｇに挿入した。

回りだしたエンジンは、いつもの音ではなかった。滑らかさを著しく欠いた音は、複数の突起物を引っ掻くように、聞き慣れぬポリリズムを作りだす。

――落ち着けって。まだ寒いこの時期にはよくあることじゃないか。いったん切って、三十秒待て。エンジンを休ませろ。それでもじゅうぶん間に合うから、焦るな焦るな。

〈俯瞰の悟〉の口調が独善的に感じられて、癇《かん》が高ぶる。三十秒も待っていられるか。エンジンを切ってスタートからやり直す。だが、不穏な音を吐き出したかと思うと、ぱたっと止まって無音になった。すぐにもう一度やり直したら、今度はセルモーターの音さえ出なくなってしまった。それに合わせたかのように〈俯瞰の悟〉も気配ごと消えてしまった。

よし、決めた。もう〈俯瞰の悟〉には頼らない。自分で決める。

ＵＢＣまでは自分の足で走る。走って行く。

第十九章

二〇一一年四月十一日　月曜　東京・紀尾井町

息を切らしてＵＢＣのビルに駆け込み、受付に向かって一直線に走る中年男を不審に思ったのだろう。悟はすぐさま屈強な男性警備員に取り押さえられた。

名前を告げると、「やべっ、光安悟だ」と急に手を放され、バランスを失ってあやうく倒れるところだった。

「すみません、光安さんだと気づかなくて」

「前にどこかで会ったっけ？」

「いえいえ、こっちが一方的にファンなだけです」

そう言われては紳士的に振るまわざるを得ない。

「ありがとう。こんな場所でバタバタ走って、ぼくこそごめんね」

「とんでもないです！　光安さん、今は何を手がけていらっしゃるんですか」

「ＹＯＳＨＩＴＯ。櫛田義人」

「まじっすか。ヴァイブスは俺の青春ですよ。カラオケでよく歌いました」

ありがたい。ありがたいが、今はもうこれ以上付きあえない。

「うれしいな。ごめん、ちょっと急いでるんだけど」

「失礼しました。受付ですね。お通しします」

警備員との一部始終を見ていた受付の女性は、用件は承知したとばかり、早々に一日入館証をカウンターの上に準備して悟を待っていた。

「光安先生、今日はどちらにご用でしょうか」

「先生は勘弁してくれないかな……多田羅俊介さんにお会いしたいのですが」

「はい、少々お待ちください」

彼女が内線電話をしているあいだ、悟は受付の背面の超大型ディスプレイに目をやった。目を覆いたくなるほどの惨状が画面いっぱいに広がっている。震災後のひと月というもの、毎日のように目にする陸前高田市の被災状況を伝えるニュース映像だろうか。

いや、違う。これは『飛翔倶楽部』のワンシーン、乞食谷戸ではないか。そうか、いまBS－UBCではちょうど再放送の時間なのか。UBCの本社一階ロビーで、地上波ではなくBSで放映中の番組が映し出されるのは異例中の異例だろう。

大きすぎて逆に見落としていた画面右上の時刻表示に遅れて気づく。

十六時五十九分。間に合った。

「光安さま、お待たせしました。そちらのエレベーターで二十階までお上がりになって、会議室まで直接お進みください」

悟に入館証を渡すと、受付の女性は花が咲いたような微笑みを唇のふちに浮かべた。


エレベーターに相客はいなかった。

最後に乗ったのは、忘れもしない、紗和の妊娠を知った三月九日のことだ。緊急ミーティングは多田羅の怒気を確認するだけで終わったが、下りのエレベーターで下川隆三のあひゃひゃという笑い声を聞いて、少しだけ気がまぎれたものである。つい昨日のことのようにも感じるし、はてしなく昔の出来事のようにも思える。

あの日から、じつにさまざまなことが起こった。よいことも。そうでないことも。

紗和の妊娠。多田羅との対面。高桑碧との邂逅。義人との痛飲。地震。ドラマの放映中止。宙に浮いた新曲。そして、権藤が聞かせてくれた思いがけない事実――。

ひとりのエレベーターは速すぎて、饐《す》えた液体が胃から喉元にせり上がってくるようだった。

二十階に着くと悟は会議室の前で呼吸を整え、軽くノックして扉を開いた。

楕円を描くように配置された長テーブルに見覚えがある。そのむこうで、チャコールグレーのスーツを着た多田羅は腕組みをして外の景色を眺めている。悟が入室したことに気づいているはずだが、振り向こうとはしない。今日はこの会議室が記憶よりずいぶん広く感じるのは、ほかに誰もいないせいか。

「多田羅さん、急にお時間をいただきまして、ありがとうございます」

扉から会議室の対角に立つ多田羅に向かって、かなり大きな声をかけたつもりだ。だが後ろ姿は微動だにしない。悟は近づきながらもう一度「多田羅さん」と呼びかける。

「何度も呼ばなくても聞こえてますよ」

背中を向けたまま、不機嫌を隠そうともせずに答えたあと、多田羅はようやく振り向いて悟に会釈した。その表情や佇まいに、最後にミツスタで会ったときと大きな違いは感じられない。放映中止という不測の事態に、生気を失ったりやつれたりしているのではという悟の想像は裏切られた。それどころか、落ち着きのある色合いのスーツを着た多田羅には、適度に引き締まった印象が加わり、働く男の色気らしきものまで漂っている。

「光安さん、いま俺がどんだけ惨めな姿か確かめたくて来たんじゃないですか」

そう言うや、多田羅はキャスターの付いた椅子にでんと腰を下ろした。この期に及んでも高飛車なふるまいは健在である。悟は長テーブルをはさんで椅子に座った。

「ぼくを悪人みたいに言わないでください。大切なご提案があってお伺いしたんです」

「へえ。そんな大切なことをアポなし訪問でやるの、光安さんくらいのものですよ」

「失礼を承知で来ました」

「言ってくれますね、光安センセイは。で、何の用ですか」

「『Comeback』を御社のお墨付きでＣＤリリースしたいのです」

悟は単刀直入に本題を切りだした。

「はあ？　お墨付き？」

「そうです。ドラマ『カムバック』の主題歌として」

「おちょくりたいんですか。放映中止ドラマの主題歌のＣＤが出るなんて聞いたことがない。局内で恥をかかせたいんですか。こんなこと言うつもりなかったけど、あれはウチの部長が勝手に決めてきたことで……」

「は？　局内？　部長が？　多田羅俊介ともあろうお方が、そんなしみったれたこと言っちゃいけませんねえ。数千万人の視聴者と毎秒勝負してるんじゃないんでしたっけ。十万、百万程度の客相手に一喜一憂する商売じゃない、とかなんとか」

悟は芝居じみた啖呵《たんか》を切る自分に驚いた。多田羅に罵詈を浴びせることに快感が伴うのは否定しがたい。だが同時に、多田羅はこんな荒っぽい快感に身を委ねてきたのかとあきれ、蔑む気持ちもあった。

「俺を貶《おとし》めたいんだな。そんなことならお引き取り願えませんか。さもないと、警備員に力ずくで追い出してもらうことになりますよ。ったく、光安悟も堕《お》ちたもんだ」

「……多田羅さんがそんなことをぼくに言える立場でしょうか」

「その言い方は失礼でしょう。何が言いたいんだ」

多田羅は大きな体を怒りでわななかせている。

「ストーリーテラーズの上原真里生が、なぜかリリースもされていない櫛田義人の曲を気に入ってくれてるらしいんですよ。多田羅さん、心当たりありませんかね」

唇が震えそうになるのをぐっと堪えながら、悟はゆっくりと語った。火を噴くような表情だった多田羅の顔の赤みが、すっと抜けた。言葉の意味を理解したのだろう。

「これは立派な脅迫じゃないですか。光安さん、自分で言ってることの意味がわかってるんですか？　私憤で言ってるとしたら、俺は訴えますよ。第一、いまあなたがここでやっていることを、ラッキーミュージックは知ってるんですか」

　精いっぱいの虚勢を張ってはいるが、多田羅が冷静さを欠いているのは、いつもより格段に声高く早口でしゃべっていることでもよくわかる。

「脅迫だなんて、人聞きが悪いこと言わないでくださいよ。これはあくまで、ご提案、です。ラッキーの権藤から託されてきたんです」

　多田羅が「グルか」と呻くように言う。構わず悟は続ける。

「真面目な話をさせてください。レコード会社と契約しているアーティストの未発表デモを、無断で流出させていたことがバレたら、どうなります?」

「流出って……」

「しかも、流出先は他社のアーティスト、上原真里生です。ラッキーミュージックが法的措置をとったら、困るのは多田羅さんのほうですよ。ラッキーだってわざわざ裁判なんてやりたくないでしょうけど。そんなことしなくても、多田羅さんがやったことは、法律以前にビジネスモラルとしてあり得ない話なんですから。事実が知れ渡れば、UBCのドラマに役者を貸し渋る事務所はひとつやふたつじゃないでしょうね」

「何の話かわかりませんけど、それが事実だって、どうやって証明するんですか」

「真里生って律儀なヤツなんですよ。『Comeback』のデモを聴いて感動しましたって、義人にメールを送ったらしいんです。面識もないのにご丁寧に。義人のスタッフと多田羅さん、澤口さんしか知らないデモを、どうして真里生が聴けたんでしょうか」

「澤口がドラマを間違って送ったんじゃないですか。よくある話だ」

　多田羅は椅子を半回転させ、窓の外に目をやった。悟は背もたれ越しに話を続ける。

「だとしたら澤口さんの責任ですね。大丈夫かな、あの人」

「大丈夫も何も、ミスなら仕方ないでしょう。光安さんが何を言いたいのかよくわからない。上原真里生はあくまで感想を伝えただけでしょう。たかがそれくらいのこと」

「それくらい、ですか。じゃあこれが故意だとしたら?」

「まさか……」

「真里生とおんなじで義人も根がマジメなんで、メールをきちんと保存していたんですよ。さっきラッキーの権藤経由で転送してもらったので、いま確認させていただきますね。えーっと、日付が三月十二日、地震の翌日だ。真里生はドラマの撮影でずっと沖縄にいたようですね。そういえば、あいつのドラマも多田羅さんのプロデュースでしたっけ」

「メールの日付がそんなに重要ですか。地震でみんな取り乱してた時期でしょう」

「いま全文読めました。まずいなあ。これはまずい。もうはっきりと『UBCの多田羅さんから新曲デモのCD-Rをもらい』って書いてありますよ」

多田羅は聞こえよがしに「上原のバカ」と言い捨てた。

さすがに観念したのだろう——。

ガッツポーズのかわりに深呼吸をした悟は、震えている自分の両膝に初めて気づいた。


長い沈黙があった。これ以上たがいに口を開かないと、ふたりとも永遠に言葉を失ってしまうのではという寸前、先に口を開いたのは悟だった。

「多田羅さん、あなたが妙なプライド、いや、エゴっていうのかなぁ、それさえ捨てれば、UBCさんも得するんですよ」

「得する?」

多田羅は椅子を再び半回転させ、悟を見て言った。両頬には赤みが戻っている。

「そうです。ＣＤが売れるたびにＵ音さんにチャリンとお金が入ります。ＵＢＣグループとしては悪い話じゃない。多田羅さんほど頭のいい人なら、ぼくの提案を受け入れるデメリットなんて何もないことくらい、おわかりいただけますよね」

「ほかに条件は？」

不貞腐れたような口調は、この話に乗り気になっているバツの悪さをごまかしたいだけだろう。多田羅の顔に一瞬だけ小さな笑みが浮かんだのを悟は見逃さなかった。

「これこそ今日いちばん大切なお願いなんですが。リリースにあたっては、あくまでドラマがきっかけで生まれたことを世間に強くアピールしたいのです。タイトルも『Comeback』のまま、歌詞にもドラマのコピーを織り込むことで、ＵＢＣ公認の『幻の主題歌』としてリリースさせてください」

「ドラマのコピーって？」

「弱者だけど、敗者じゃない」

「それ、俺が作ったコピーですよ。使いたければ勝手に使えばいい」

「タダでお借りはしません。だから楽曲の出版権もＵ音さんに振るんです」

「ほう。通常のパーセンテージで出版権回してくれるんですか」

金勘定をする声にいつものトーンが戻ってきた。

「もちろん。放映中止になったとはいえ、これはドラマの主題歌なんですから。多田羅プロデューサーお墨付きの、ね」

「そういう既成事実みたいな言い方は遠慮してほしいけど。まあ、いいか」

もう、いつもの多田羅俊介だった。

「そう理解していただけるのであれば、話は早いです」

「光安さん、理解できないことがひとつあります」

「なんでも訊いてください。リリースの前にすべてクリアにしておきましょう」

「ドラマに固執するのはなぜですか。あの六曲目の『Comeback』をシングルで出したいのなら、別の新しい歌詞で出せばいいんじゃないですか。そしたらＵＢＣなんかに気を使う必要もないでしょう」

そこまで言うと、多田羅は自分で何かを確かめるように小さな声で「ＵＢＣなんか」とつぶやき、きつく締まったネクタイの結び目を粗暴な手つきで緩めた。

「光安さん、もし俺の誤解だったら間違ってるとはっきり言ってほしいんですけど、前は『飛翔倶楽部』のことバカにしてましたよね。震災でものの見方が変わりました？」

「たしかにドラマのタッチはぼくの好みとは違います。それはおたがいさまでしょう」

「ええ、まあ。俺も正直Ｒ＆Ｂとやらはよくわかりませんし」

苦笑する声が重なったことに気づいたふたりは、ともに黙りこんだ。そのことがおかしくて、もういちど一緒に笑ってしまう。

ひとしきり大笑いしたあと、「でも」と悟が口を開いた。

「今ならはっきりと言えます。『飛翔倶楽部』シリーズはぼくたちが語り継いでいくだけの意味も価値もあるドラマです。多田羅さんのメッセージに共感します。『カムバック』の主題歌を出すことで援護射撃していきたい」

「それ、イヤミですか。敗残兵への憐れみじゃなくて？」

「どちらでもないです。ぼくたちがいがみ合ってる場合じゃない」

「じゃあ何に向かって援護射撃するんですか」

「ぼくたちの本当の敵です。すべての人間が強者を目指す社会なんて、息苦しいですよ。そんなの、いい国であるはずはない」

「ほう……。では光安さんの考える、いい国とは？」

「国家論を語れるほど、ぼくも考えを煮詰めているわけじゃないんですが。でも、弱者は弱者のままでも風通しよく生きていける社会の実現を目指すのが、成熟した人びとのあるべき姿じゃないですか。ポップミュージックが止まるとき、この国もいよいよやばいってことです」

多田羅は肯定も否定もせず、黙って悟を見つめたままだ。

「弱い者叩きは、自分がいま苦しい状況にある不安の裏返しでしょう」

悟は顎を上げ、背筋を伸ばした。多田羅は答えない。言葉を選んでいるのか。必要としていないのか。無言が続いた。

だが、この沈黙はこわくない。言葉がないことが肯定を意味することもある。

多田羅は深く頷くと椅子から立ち上がり、今まで見せたことのない晴れやかな笑みを浮かべて右手を差しだした。それに応えようと悟も椅子から立ち、右手を出そうとした——。

You've Got Mail!

オレのことも忘れるな、といわんばかりのタイミングで、悟の携帯電話がショートメールの着信を告げる。サイドボタンを押して画面を開いた。

２０１１／４／11　17：46
Ｆｒｏｍ　ダイちゃん
元気？　先月の今ごろ地震だったのよね。

ちょっと前まで真里生が店に来てよく悟さんの話をしてたわ。

櫛田義人さんの新曲、好き〜。

いつかみんなで一緒に遊びにきて。チャオ!


「光安さん、どうしたんですか、ニヤニヤしちゃって」

多田羅が怪訝そうに悟の顔色を窺う。

「喉が渇きました。どうです、サシ飲みに付きあっていただけませんか」

第二十章　二〇一一年四月十六日　土曜　東京・六本木

星条旗通りに出ても、タクシーはなかなかつかまらない。先月高桑碧とバーで別れたあとは、この近辺ですぐに拾えたのに。悟と紗和はガードレールに腰を下ろして待つことにした。

「ごめん、タクシー呼べばよかった。今の時間帯はこの辺は凪状態だもんなあ」

「ううん、いいの。ゆっくり話を聞かせてもらったし。あのね悟さん、わたし決めた」

「決めた?」

「子どもは東京で産むわ。堂丸クリニックで産む。放射線量のリスクは毎日チェックするつもりだし、いざとなったら福岡でも沖縄でも行く覚悟はあるけど、そこでひとりになるより、同じ場所と時間を悟さんと共有するほうが健やかな気分でいられると思うの」

「……ありがとう。そう言ってくれて」

「こちらこそ、よろしくね」

明るさと生真面目さを高い次元で両立したようなトーンで紗和が言った。

「ぼくはダメな夫かな」

「なんでそんなこと訊くのよ」

「ダメな父親になるんだろうか」

「そんなこと言ってないで、笑おうよ」

「……」

年長者たちに人たらしと言われ続けてきた笑顔も、こういうときにかぎってすぐには出てこない。それを悟はたまらなく歯痒《はがゆ》く感じた。

「笑うの。理由はあとで見つければいいじゃない。大丈夫、愚痴こぼしてもまだ間に合うから」

「間に合う?」

「だって、お腹の子はまだ言葉わかんないでしょう」

そう言って、紗和は陽が射すような笑顔を見せた。つられて悟も笑う。

「ほーら、笑った笑った。わたしは悟さんより悟さんの性格知ってるんだから」

「ほう、言いますねえ。どんな性格だよ」

「自分で思ってるより単純。複雑なこと考えるけど長続きしない。以上」

「ろくな男じゃないね、そいつ」

ふたりは声をあわせて笑った。つっかい棒が取れたように笑いが止まらない。気を許すと、このまま泣いてしまいそうだ。

「悟さん、やさしくなったよね」

「昔はやさしくなかったみたいじゃない？」

「そうだよ。自分がいなきゃ何も回らない、自分はなんでもできる、自分さえいればどうとでもなる、そんな感じだった」

「だったら、なんでそんなぼくとずっと暮らしてきたわけ」

「そんなところがかっこよく見えたのよ」

「勘違いで好きになったとでも？」

「ううん。勘違いなんかじゃない。ずっとかっこいいと思ってるもん。赤ちゃんができてからはやさしさも加わって、もう無敵のかっこよさよ」

　客を乗せたタクシーのライトが、紗和の頬を青白く染めて通りすぎる。

「どうしたんだよ、そんなに褒めちゃって。こわいなあ」

「あと、悟さん、仕事に対して熱くなった。たぶん、わたしと会うずっと前、音楽のお仕事を始めたころはきっとこんな感じだったんだろうなあって、最近よく思うの。きっと義人さんや権藤さんと再会したおかげで熱を取りもどしたのね」

「ねえ紗和。よくさ、初めての出会いを運命って言うじゃない？　ぼくは違うと思うんだよなあ。再会こそ運命だよ。二度目の出会いは偶然じゃない。会いたくて会ってる」

　そこまでひと息に言った悟は、熱をごまかすように顔を歪めた。

「ほら照れてる。今のほうが自然で好きよ」

「あんまりからかうなよな。あのさ……」

「わー、赤ちゃんが動いたー」

「マジで。いや、嘘だね。だまされないぞ」

　生暖かいが妙に乾いた春の夜風が、両の頬を撫でる。鼻の奥の粘膜が干上がるような痛みを覚えた悟は、「おっ」と裏返った声を漏らした。紗和が茶化して拙い口真似をする。
タクシーはまだ来る気配がない。それまで、少し歩こうか。

エピローグ

二〇一六年九月十七日　土曜　東京・広尾

朝の九時を過ぎたばかりだというのに、降りそそぐ陽射しはもう目映《まばゆ》い。

　悟が応仁学院幼稚園の運動会に足を運ぶのは、今日が初めてである。娘の七海《ななみ》が入園して最初の運動会となった去年、レコーディングが明け方におよんだ悟は、家を出る直前に参加をキャンセルした。孫娘の晴れ姿のために仙台から来た紗和の両親が、悟さんは無理しないでと言ってくれたのに甘えた。運動会が終わって紗和がそれを蒸しかえすことはなかったし、母親や祖父母になんと聞かされたのか、七海が悟を責めることもなかった。

都心にあってそこだけ聖域のような穏やかさを保つ応仁《おうじん》学院キャンパスの雰囲気が、悟はあまり得意ではない。たいへんな準備期間を経て入園試験に合格したときも、紗和の喜びように比べて自分はどこか醒めていたと思う。だが一年経ってみると、昨年の運動会を欠席したことが悔やまれてならない。けっして自分を責めなかった七海を思いだすたび、胸に痛みが走る。今年は前日に仕事を入れず、万全を期して参加することにした。

ところが昨夜十一時を過ぎたころ、最近付きあいの深いラブレス・レコードのA&Rから電話があり、年末公開の映画主題歌の編集チェックを至急お願いしたいと泣きつかれた。少し迷ったものの結局はミツスタに向かい、今朝五時までマックブックに向かって追加編集に没頭した。スタジオのソファで二時間だけ横になり、帰宅して熱いシャワーを浴びてから、紗和と七海とタクシーに乗った。

通園はいかなるときでも公共交通機関の利用が義務付けられているが、でも今日ばかりはやむを得ない。タクシーの中で悟が七海に話しかけたら、紗和に「パパ、園に着くまで少し仮眠をとったら」とさえぎられた。その意味がわかるのか、まだ四歳の七海も車内で静かにしている。悟は眠気ではなく胸苦しさに耐えられず目を閉じた。

幼稚園に到着するとすぐに紗和と七海と離れ、ビデオカメラとサーモスの水筒を手に撮影者専用エリアに向かった。父親たちでもういっぱいなので、悟はおとなしく最後列に並んだ。

「光安さん?」

聞き覚えのある声に振り向く。高桑碧だった。

母親になったのだろうか。ラルフ・ローレンの白いポロシャツにネイビーのコットンパンツ、足元はスタン・スミス。こういう場における制服のような装いだ。自分のセンスを圧《お》し殺してここにいるのか、あるいは趣味を変えたのか。

「高桑さん、もしかして……」

「いえ、ママになったわけじゃないですよ。再婚もしてませんし。じつはコレなんです」

そう言って上半身を軽く右にそらし、腕章をつけた左腕を右手で指さした。腕章には応仁のスクールカラーのオレンジ地に黒字で〈運営サポーター〉と刺繍が入っていた。

「幼稚園や小学校の行事をサポートする会社を友だちと立ち上げたんです」

「それはすごいな」

「私は演出のプランニングとレンタル機材の手配を担当しています。業務はもう終わってるんですけど、応仁さんの運動会はユニークだって伺っていたので、今日の本番も見学に来ちゃいました。ほんと楽しいですね、ここの雰囲気」

「ですかね。ほかの幼稚園のことは知らないけど」

「そういう話し方、すごく光安さんっぽい。お変わりなさそうで」

自分も目の前の高桑碧に同じ印象を抱いたことは、言わずにおいた。

「ええ、まあ。応仁のお仕事はいつからなんですか？」

「去年からです。震災のあと堂丸をやめて、会社を作ってまだ四年目なんですよ」

「高桑さんの会社、ウチの子と同い年だ」

「あのときのお子さんですね。息子さん？　お嬢さん？」

「娘です。いま年中クラスです」

高桑碧は量感のある唇をわずかに緩ませた。

「もうそんなに！　きっとかわいいんでしょうねえ。私もおばさんになるわけだわ」

「以前にもましてお綺麗ですよ」

「紗和さんお元気ですか。今日はいらっしゃるんですよね？」

既婚の男に容姿を褒められた途端に妻の話題を持ちだす女は、褒められて舞い上がったか、著しく気分を害したかのいずれかだ。美貌にやわらかな表情が加わった高桑碧を褒める言葉に嘘はない。だが安い世辞と誤解されたくなければ、これ以上は口にすべきではないだろう。

「運営テントでアナウンスのお手伝いをしていますよ。でもここの保護者にはキー局の現役アナウンサーが男女で六人もいらっしゃいますからね。ウチのはあくまで予備要員《スタンバイ》」

「お嬢さんのお名前は？」

「七つの海と書いて七海です。世界中どこでも生きていけるように育ってほしくて」

「素敵。あっ、この曲って光安さんが作ったんですよね？」

高桑碧が左の人差し指を唇の前に立てて、右手を最寄りの屋外スピーカーに向ける。流れ始めたのは、四年前の春の選抜高校野球大会で開会式入場行進曲に使われた「Comeback」のブラスバンド・バージョンだった。

「ほんとだ。入場曲に使われるなんて、聞いてなかったなあ。このバージョン、なかなか慣れなくて。かなり速いテンポにリアレンジされてるし」

「意外とご本人はそういうものなんですね。でもこれってほんと運動会にぴったり。すごく気分が上がります。ほら見て。園児も保護者のみなさんもあんなにニコニコして楽しそう」

悟はスピーカーから流れる「Comeback」に耳を傾けた。ボーカルが入っていないと、かえってメロディ自体の骨格が浮き彫りになるのが新鮮だった。

「ありがたいなあ。正直まだピンとこないけど」

「こんなにヒットした曲を私が今ごろ褒めるのも、かえって失礼かしら」

「まさか。そんなことないです。うれしいな……いや、かっこつけずに言うなら、二〇一一年三月の自分に教えてやりたいくらいです。おまえは五年後、高桑さんにばったり再会して『Comeback』を褒められるんだぞ。だから最後まであきらめるなー、って」

「もう。相変わらずですね。おしゃべりな男って危険だわ」

やさしい笑みが高桑碧の頰にのぼる。アルトボイスはなつかしい潤いを含んでいた。


「Comeback」の音量が急に落とされ、入れ替わるように合図の笛が鳴り響く。女性教諭の「前へならえー」に続いて、園児たちが一斉に「イチ、ニッ!」と叫ぶ声が聞こえる。にわかにグラウンドが騒がしくなった。

どうやら、年中クラスの園児たちが参加する「お団子リレー」が始まるようだ。巨大なお盆に見立ててビニールを張ったフラフープの上に、団子がわりのバレーボールを乗せて運ぶ速さをリレーで競う、この運動会の名物である。去年からこの競技に憧れていた七海は、今月に入ってからは紗和を相手に毎朝「特訓」と称した練習を続けていた。

悟は右手のビデオカメラにちらりと目をやった。娘の晴れの舞台を記録するために用意したものだ。悟の視線の先に気づいた高桑碧が恐縮しながら訊ねる。

「パパさんは撮影タイムですよね。どうぞ、ご遠慮なく」

「いや、違います」

咄嗟《とっさ》の答えに驚いたのは悟自身だった。たくさんの父親たちが、我が子の晴れ姿をカメラに収めるために、競走路《トラック》に少しでも近づこうと撮影者専用エリアの前方に移動していく。だが悟は高桑碧との会話を続けることに迷いがなかった。そういう気分だった。

「櫛田義人さんって四年後の東京オリンピックで歌う予定はあるんですか。開会式とか、テレビのテーマソングとか」

「あいつは東京にオリンピックはいらないって公言してるやつなんで、それはないな」

「オリンピックはいらない？　そんなこと言ってるの？」

「共謀罪の法案を作らなきゃ開催できないようなオリンピックはいらないって、ＳＮＳで毎日のように吠えてます」

「そういう人なんですね、櫛田義人さんって。まったく知りませんでした」

「そういうやつです。しょっちゅう国会前に立ってるし。あそこで歌ったり、スピーチしたりしてる義人の動画がユーチューブにたくさん上がってますよ。あいつ、いつも言ってます。オリンピックは終わっても法律は残る、そんなもん許しちゃいけないって」

高桑碧はふと思いついたように、目を大きく見開いた。

「じゃあ光安さんもオリンピックの仕事はしない方向なの？」

「あいつほど強い反対の意思もないですよ」

「東京オリンピックそのものには賛成？」

「どうだろう。わかんないな。まあ東京がいちばん暑い時期にオリンピックをやることについては賛成しかねるけど」

「相変わらず理屈っぽい」

微苦笑を浮かべた高桑碧は、額の汗を大判のハンカチでゆっくり丁寧に拭った。まもなく秋分とはいえ、今日の東京は秋晴れで三十度近くもある。今週はずっと曇り空が続いたから、紗和と七海は昨夜てるてる坊主を作ってリビングのカーテンレールにかけていた。それを思えば、運動会当日が汗ばむくらいの快晴というのはありがたい話だ。

ハンカチの青い象の柄には見覚えがある。紗和も愛用するジム・トンプソンのシルク製だ。紗和のは青ではなく象牙色だが。堂丸クリニックに初めて足を運んだときも、ビルボードライブで出会った夜も、高桑碧は紗和と色違いの同じ服を着ていた。

このふたりの女性は、好きなものがとても似ている。でも、いつも少し違う。


大盛況だったお団子リレーの余韻がようやく落ち着いたころ、グラウンドから大きな歓声が上がった。なかなか静けさは戻ってこない。スピーカーからひどいハウリングノイズが大音量で鳴り響くと、歓声はいっそう騒がしくなった。ハウリングがようやく収まると、潮が引くようにグラウンドに静寂が訪れた。

「園児のみんな、保護者のみなさん、こんにちは！　櫛田義人です」

静けさが戻る一瞬を明らかに狙ったタイミングで聞こえてきた声に、悟は絶句した。

「ありがたいご縁があって、今日はここで歌わせていただくことになりました」

さては権藤が仕込んだか。

グラウンドに視線を向ける。朝礼台の上でマイクを握っているのはまぎれもなく義人だ。多忙を極める彼がよく来てくれたものだ。しかも大抵のシンガーが嫌がる、こんな朝早い時間に。二〇一一年の夏にリリースされ、その年最大のヒットを記録した「Comeback」で完全復活を遂げてから、義人はただの一日も休みをとっていないのではないか。

「Comeback」に火を付けたのは本根悠介だった。UBCで冠番組『ホンネDEワイド』を持つ本根は、この曲の正しい出自を発売の三ヶ月も前から知ることができる立場にいた。いったん知ると、自分の言葉で「Comeback」を世に広めることへの執着が生まれたらしい。我こそはテレビ業界を代表する情報発信者という強い自負もあっただろう。

CDの発売日、義人は数年ぶりに『ホンネDEワイド』のゲスト出演を果たした。出演依頼は本根の独断と伝えられている。その日の放送で本根は、「オトナの事情で流れてしまった、あの『飛翔倶楽部』続編の幻の主題歌」と気を持たせる表現を使った。

東日本大震災を経て浮き彫りとなった、この国の美しさと醜さ、強さと弱さ、失ったものと得たもの。そういったすべてを凝縮した映像がノンナレーションで流れてから、カメラはスタジオに戻り、神妙な表情の司会者を映し出した。

「この一曲の中に、日本人が取りもどすべき、すべてがあります」

本根が言い終えると同時に、義人は「Comeback」を歌い始めた。

その日の「Comeback」は、普段はCDを買うことのない年配層の視聴者に刺さった。反響は波紋のように広がり、最終的には若年層でもヒットした。ここ数年というもの、義人のCDは初週のみオリコン・トップテン入りしても、二週目にはチャートを急落するというのがおきまりだった。ところが「Comeback」は初週の九位から一度も順位を落とすことなくチャートを上昇し、ヴァイブ・トリックスのデビュー曲「シェア・マイ・ライフ」同様、発売七週目にしてついに頂点に立った。曲が自分の力で根を張った、本物のヒットだった。

九月に野田佳彦《のだよしひこ》を首相に据えた新内閣が発足した。東日本大震災被災地への政府の支援がスムーズに進行しないことに対して、国民の不満と不安は募るばかりであった。

秋が深まるころ、帝都テレビの報道番組の硬派キャスターが「Comeback」の歌詞の一節「弱者だけど、敗者じゃない」に着目し、「社会的包摂《ソーシャル・インクルージョン》の時代を生きる日本人のための子守唄」と評したことが、この曲に高い文化的価値を与えた。終息しかけていたセールスは再び息を吹きかえした。素顔を隠して被災地でボランティア活動をしている義人に気づいた現地被災者の写真ツイートが拡散したことも、「Comeback」が神格化していく一因となった。

この曲で年末の日本ミュージックアワードのグランプリを受賞し、ソロシンガーとして紅白歌合戦に初出場を果たした義人は、かつてのファンたちから再発見された。年が明けると、「Comeback」だけにとどまらない櫛田義人ブームが本格化した。ヴァイブ・トリックス時代と比べてもまったく容姿に衰えが見られない点もしきりに褒めそやされた。

以来、現在にいたるまで、義人の二度目の黄金期が続いている。今のところ終焉する気配は毛ほどもない。この夏も毎週のように大規模ロックフェスに出演して、その多くではトリを務めたし、テレビをつければ民放各局の夏の音楽特番を総なめにしていた。

それになんといっても、今月末からはヴァイブ・トリックスの再始動ツアーが始まる。もちろん義人のソロシンガーとしての華麗なる復活劇の余勢をかって組まれたものだが、一日だけ予定されているヴァイブスの東京ドーム公演のチケットが即日完売したというニュースは、彼らの人気が根強いことを鮮やかに証明した。

二〇一二年から四年連続で全国五大ドームツアーを成功させている義人にとって、東京ドーム公演は最早めずらしいものではない。だがRYUとKINYAとの三人での公演となると話は別だ。じつに十三年ぶりの東京ドームへの帰還、まさにビッグ・カムバックだった。

「入場曲にぼくの『Comeback』を使ってくださって、ありがとうございます。『Comeback』はぼくにとって、とてもとても大切な曲です。おかげさまでこの曲はいろんなところで愛されてきました。でも今日ほどうれしい使われ方はありません！」

保護者たちが一斉に沸く。さながらライブ会場の興奮状態である。この熱気こそ『Comeback』が大ヒットした証しだが、加えて彼らの大半がヴァイブ・トリックス全盛期に青春時代を過ごした世代というのも大きな理由だろう。

「入場行進を見せていただきました。ぼくの知っているお子さんがいました。その子がまだママのお腹の中にいるときに『Comeback』を作っていたんです。そして東日本大震災が起こりました。多くの尊い命が失われました。でもそれからこの国にはたくさんの新しい命も生まれて、育ち、今こうして地面をしっかりと踏みしめている。ぼくたちを、そしてこの地球を元気にしてくれるのは、いつだって新しい力なんですね！」

季節はずれの遠雷のような拍手が生まれた。それが収まるのを待つことなく、むしろ煽るかのような調子で義人が言葉をつらねる。

「そんな新しい力に負けないように、そして、二度と音楽が止まることのないように、ぼくも気持ちを込めて一生懸命歌います。さっきのブラスバンドのほうがよかったって言われないようにね。へへっ。ではぼくの生のボーカルで聴いてください。『Comeback』です」

荘厳なストリングスがグラウンドに響きわたる。自分がプロデュースしたこのオリジナル音源《トラック》で歌ってこそ櫛田義人は最大限に輝く、というプライドが悟にはある。

二〇一一年の末、義人に初めての、そして悟に二度目の日本ミュージックアワードのグランプリをもたらしたこの曲は、現在にいたるまでの五年ほど、カラオケのランキングでトップテンから一週も落ちたことがない。「Comeback」を国民的流行歌と呼ぶことに異論を唱える者はいないだろう。義人の歌が始まる前のイントロで、すでに大きな拍手が起きている。

「運動会、晴れてよかったっすねえ、光安さん」

紺のブレザーに白いポロシャツの権藤がニヤニヤして立っていた。隣では車椅子に乗った白髪の女性が、エレガントな黒い長手袋を着けて白い日傘を持っている。鼈甲《べっこう》柄のレイバン・ウエイファーラーの下の鼻梁と薄い唇には見覚えがある。

「よっ、ミッチー」

車椅子の後ろで手押しハンドルを握っているのは下川隆三。シートに座って小首を傾げる女性は、妻の奈保子だった。

「今日はどうもありがとうございます……って言えばいいのかな」

近づいてぎこちなく謝辞を述べる悟を、下川が「照れてやがるよミッチー」と茶化す。

「私たちは七海ちゃんの応援に来ただけだから」

男たちの会話を楽しそうに眺めながら、奈保子が存外に張りのある声で言う。それを聞くだけで、悟は鼻の奥がつんとする。

悟と紗和が入籍して初めての春、下川家でバーベキュー・パーティーが催された。ワインを各自一本持ってくるという取りきめに従って、手ごろなワインを一本ずつ持参したRYUとKINYAに対し、義人だけは桁違いに高価な銘醸ワインを六本入りの木箱で持ち込んだ。

下川には「こういうのを品がないっていうんだ！　だいたい俺はおまえにそこまでの給料なんて払ってねえよ」ときつく叱られ、奈保子には「ヨシくん、気持ちはうれしいけど、これは過分というものよ」と静かに諭されていた。だが当の義人は神妙な表情を長続きさせることができず、しまいにはへへっと笑っていたのではなかったか。

不意に島崎直士《ザッキー》の笑顔が頭に浮かぶ。無性に声が聞きたくなった。今なら、素直に話せるかもしれない。たがいに雑《ま》じり気のない言葉を交わせるかもしれない。

すぐ真後ろに歩み寄ってきた権藤が、耳元でささやく。

「義人、ずいぶんＭＣがうまくなったでしょう？」

「うん。正直ちょっとびっくりしてる。あいつのＭＣでウルッときちゃうなんて」

「いやほんとほんと。デビューしたときからあんなにベシャリが上手だったらね」

権藤は意味ありげに低い声で笑い、「俺たちはもうちょっと前のほうで光安家の美人母娘を見てきますよ」と言い残して下川夫妻を誘った。遠ざかっていく三人を目で追うと、振り向いた奈保子が日傘を持っていないほうの手を小さく振った。

まどろむ幼な子を見守るようにやさしく始まった義人の歌は、サビへと進むにつれて熱を帯びていった。世の無常から目を背けることのない力強い意志を感じさせる熱だった。両耳ではなく体表全体から歌詞が浸透してくるような実感があった。

悟が三人とやりとりする間、さりげなく場を外していた高桑碧が戻ってきた。

「お知り合いのファミリーですか？」

「まあそんなところです」

義人がファルセットを駆使したフェイクを披露し、グラウンド中が沸いている。

「こんなサプライズを仕掛けていたなんて。先に教えてくださってもよかったのに」

微笑みをたたえた高桑碧は、熱唱する義人と悟を交互に見た。

「いや、ぼくは何も知らなくて」

「あらやだ。本業についてはおしゃべりじゃないんですね」

「誤解しないでください。今日は仕事じゃないんです。ほんとに知りませんでした」

「光安悟さん」

このアルトボイスは、何の変哲もない自分の名前も悪くないと思わせてくれる。

「はい？」

「光安さんが作った音楽には、人をこんなに笑顔にする力があるんですよ。東京オリンピックでもお仕事をやってほしいわ。こないだのリオの閉会式も、会場のどこかに光安さんがいないかなぁって思いながらテレビ観てたんですよ」

「もったいぶるわけじゃないけど、いま訊かれてもそれはなんとも言えませんね」

「どうして？」

「どうしてって……ぼくはプロデューサーだから」

「もっとわかりやすく教えてください」

「いい歌を歌ってくれるシンガーがいなければ、ぼくの居場所はない。逆に、才能あるシンガーがいれば、オリンピックじゃなくても、いつでもどこでも駆けつけますよ。ぼくの仕事は、止まらない音楽を作ることだから」

「あー、やだやだ。七海ちゃんは理屈っぽい男につかまりませんように」

高桑碧は両の口角を上げて白い歯を見せると、手を振りながら再び離れていった。

義人の熱いステージアクションに促されて、二度目のサビでは大きな合唱が生まれた。グラウンドにいた全員が手を上げ、間奏のギターソロにあわせて大きく左右に振る。その波の動きには、目の前で起こる奇跡をすべて信じさせるだけの一体感があった。間奏があけて半音階高く転調したサビを、義人は圧倒的な声量で最後まで歌いきった。

「Comeback」のトラックが流れ終わっても、義人は朝礼台から手を振り続け、止まない拍手に応えていた。やがて、自分の歌声が生みだした熱量を持てあますように、無伴奏《アカペラ》のまま高らかにもう一度サビを歌うと、ほとんど悲鳴のような歓声が湧き上がり、アンコールが起こった。

義人は飽きることなく朝礼台から何度も大きく手を振った。スーパースターの気取りのない対応に感激した園児、保護者、そして教職員たちの拍手と歓声はまだまだ止みそうにない。このまま朝礼台を降りるべきかどうか義人が逡巡しているのが、悟には手にとるようにわかる。

それを察したように、園長がマイクを握って「櫛田さんにもう一曲歌ってほしいですよね、みなさん！」と言った。再び沸き起こった拍手と歓声の中には「イエーイ」というライブ会場さながらのものがあり、微苦笑の連鎖がそれに続いた。

三年前まで応仁学院大学の教授職を兼務していた園長は、テレビの人気コメンテーターとしても知られている。七海の受験の親子面接では「お父さまがお嬢さんに胸を張って言える、お仕事の誇りとはなんでしょう？」と訊ね、悟を答えに詰まらせたものだ。

音楽業界ではまず耳にすることのない慇懃な口調が、今ここで櫛田義人に向けられている。そのことに悟は俗っぽい興味と一抹の不安を覚えた。

だが義人は迷うことなく頷くと、晴れやかな笑顔をグラウンドに向けた。

「園長先生にそうおっしゃっていただけるなんて光栄です。みなさん、ご理解ありがとうございます。へへっ。ではもう一曲だけ、お言葉に甘えて歌わせていただきますね。ぼくのスタッフが、いま音楽人生をかけて全力でカラオケを用意しています」

スーパースターのおとぼけに、グラウンドの雰囲気は一気になごむ。

喉が渇いたようだ。

悟は水筒を開けて口をつけた。麦茶とばかり思っていたがコーン茶だった。炒ったトウモロコシの香ばしさが口じゅうに広がる。以前にこの感覚を紗和と分かちあったような気がするが、それがいつなのか、いや本当に起こったことなのかさえ定かではない。

まあ、いいだろう。

幸せを感じたこと、今もその気分が残っていること、幸せを分かちあった相手が紗和ということ。止まらない音楽があること。それだけでもう十分。この人生は、しあわせな人生だ。

運営テントから「ありました!」という声が聞こえた。現場マネージャーがｉＰａｄからトラックのデータを選び終えたようだ。義人がテントに向かって右手の親指を立てた。

「はい、お待たせしました。準備オッケーです。これは……なんともう十五年前の曲になっちゃいましたけど、いま人生のスタートラインに立っている園児のみんなの気持ちに一番近い歌だと思います。ご存じの方はぜひ一緒に歌ってください。ヴァイブ・トリックスのデビュー曲で『シェア・マイ・ライフ』です」

この作品は書き下ろしです。

Cover model
岩田剛典
【EXILE / 三代目 J SOUL BROTHERS from EXILE TRIBE】

Photographer
赤木雄一
【eight peace】

装幀
新潮社装幀室

永遠《えいえん》の仮眠《かみん》

2021年2月15日 発行
2021年3月10日 3刷

著者 松尾《まつお》 潔《きよし》

発行者 佐藤隆信
発行所 株式会社新潮社
東京都新宿区矢来町71
〒162-8711
電話 編集部 03-3266-5411
読者係 03-3266-5111
https://www.shinchosha.co.jp

印刷所 株式会社光邦
製本所 加藤製本株式会社

乱丁・落丁本は、ご面倒ですが小社読者係宛お送り下さい。
送料小社負担にてお取替えいたします。
価格はカバーに表示してあります。

©Kiyoshi Matsuo 2021, Printed in Japan
ISBN978-4-10-353841-7 C0093